枣圩烟

何显玉 著

自　序

一直想给我的家乡东圩埂写一部书，记录那条圩埂上的往事故人。三年前谷雨时节，我年过九旬的母亲过世，圩埂上的那处老屋空了，我从热闹的都市移居江南九华山中，开荒种菜，晴耕雨读闲写文章。我就知道，往后余生漂泊在外，与生我养我的故乡越来越远了。

从母亲离世的那个雨季开始，我便有意从故乡岁月烟火里翻捡出些往事故人写成文章。这些文章辗转传至故乡，乡亲们给我极大的鼓励。还在那条圩埂上谋生的儿时小伙伴说，生命如同韭菜，一茬一茬割，下一茬就轮到割我们了。你若再不写出来，那些往事故人沉淀到岁月尘埃里就找不到了。

打开乡愁的方式有很多种，哪一种里都少不了一份深情和诗意。今年春末夏初，我从在九华山间写就的有关故乡的文章里，挑选五十余篇集成《东圩埂》一书初稿。在整理润色书稿时很是沮丧，一种悲情弥漫开来，如同少年时亲历的滔天洪水吞没了圩心庄稼一样，漫过心田，汪洋一片。暴雨，洪水，白浪滔天，这就是我儿时家乡的底色。祖祖辈辈连年都要与天灾洪水抗争，夺得粮食，活下去。

书稿内容感情固然充沛，篇章亦非虚构。但是，东圩埂上祖祖辈辈人的苦难生活却难觅诗意。

初夏时，我带着书稿专程回故乡东圩埂老屋住了一些日子，试图寻觅东圩埂往事故人的"诗意"与激励人的精神。

晨光里，晚霞中，还有星光下，我独自去圩心田埂上走走。白天下田看看耕田、打耙、撒稻种的儿时小伙伴们，他们现在都成了圩埂上老人了，依旧在泥巴田里抠碗饭吃，还是那么辛苦劳累。

《东圩埂》书稿浸染故乡烟火气息，那些本已落入岁月尘埃里的往事一桩桩浮现出来，一个个早已离别人世的长辈在我的心里"活"了过来，他们活着时候的一幕幕情景浮现在我脑海里。独自睡在老屋里，夜闻雨打窗户声，尤似那些看着我长大的先辈们声声叮咛：伢仔，好好写东圩埂。

如今，不少人可能已经忘记了面朝黄土背朝天的农民。作为东圩埂后生的我，是不能忘记圩埂上那些祖辈、父辈，还有与我同辈同龄的中国农民的。他们是家庭的顶梁柱，是天地间的好汉。

人间纵有万般苦难，岁月亦不乏温情。我似乎找到了故乡苦难生活中的"诗意",发现故乡人超乎寻常的生命力量。圩埂头上烟火人家,就圩心那片泥巴田,养育了一代代人。活在圩区的人们生命中总有种超常的力量与韧劲,无惧灾难,笑对生死,带领着一家家、一个个村落走过贫穷与苦难,往生活的高处与生命的高境行走。

我大山一般伟岸的父亲何德顺那么勤劳苦做,头顶天脚踩地,仍然无法周全一家老小生活。我七岁的哥哥、六岁的姐姐先后死在他和母亲的怀里,他心里装的苦水一定比黄连还要苦百倍。如我父亲一样,东圩埂上很多人一辈子都没有走出过那条圩埂,他们的一生承载过太多的灾难与伤痛。他们用坚忍顽强的生命跟诸多不幸死磕,撑起东圩埂那一小片天空,让那条圩埂上如我一般的后生们得以存活下来,长大成人,依靠读书、参军、打工走出那条圩埂头。四十多年前我成为东圩埂上第一个大学生,直到二十二年后才走出第二个大学生,如今有了公派赴美的博士生了。很多东圩埂后生靠自己打拼,在不同的城市扎根生活。

江山代有才人出,一代总比一代强。

圩埂上的人是同时代中国农民的一个缩影,东圩埂也是万千村庄中的一个缩影。

我用信仰的力量将沉淀在岁月尘埃中的往事故人写成文章,铸成"东圩埂"这座乡村纪念碑,纪念过往,也给后世留下渐行渐远的乡村背影。

| 东圩埂 |

巢湖彼岸一个叫童智星的乡妹，曾循着我的文章找到东圩埂。她拍下圩心麦浪、田埂，还有做了村史馆的我家老屋与荷塘照片传给我。她鼓励我说："凭借你的一己之力，让百年间的东圩埂往事故人在书里活过来。此书一出，东圩埂再活几百年，一切值得！"先祖们年复一年播撒种子，养家活命。我能在故乡种下文化种子、留下时代记忆，也算是为东圩埂做了件有益的事。

书名思忖再三定了《东圩埂》，书法名家王家琰老先生题写了书名，厚重拙朴中蕴含着难以言说的苍凉。青年画家朱迪女士手绘封面，取材乡村秋收后的田原，村庄上空飘浮着如梦似幻的云，生活艰辛，亦有人生梦想。我不担心那些随风而逝的东圩埂的一茬茬故人先辈的亡魂找不着他们的故园，我是担心自己再老一点时，脑子糊涂，风沙迷糊了眼睛，记不清回故乡的路，我要记得东圩埂。

我为我的故乡东圩埂骄傲，敬畏先辈们，也为从那条圩埂上走出去闯荡世界的后生们自豪。生活，并没有那么糟；苦难，是酿就幸福的源泉。希望读者们能从《东圩埂》这部书中感受到不屈与顽强，体验到力量和美好，看见光亮，拥抱温暖，开始相信活着真好。那样，生活就会越来越好。

二〇二三年八月十三日 九华山

目 录

第一辑 一叶竹筏

破　圩／...003

洪　水／...013

活　路／...018

双　抢／...025

榨油坊／...033

桃树、柿子树／...039

车　塘／...045

一叶竹筏／...049

第二辑 捕鱼人家

二　爷／...061

光　爷／...072

婶　娘／…084

玉娥姐／…096

素　贞／…111

杀猪匠／…125

屠　刀／…136

捕鱼人家／…144

第三辑　三块"玉"

高　考／…161

三块"玉"／…167

我们仨／…181

老　井／…186

谈注渠老师／…196

老　韦／…204

输　赢／…211

咖啡屋／…221

情　书／…227

第四辑　父亲的战争

父亲的战争／…237

丢　脸／…244

谷　雨 / ...249

三姐夫 / ...255

村史馆 / ...267

"豪赌" / ...273

相　亲 / ...279

脑袋瓜子 / ...284

碧玉年华 / ...291

第五辑　梦想摇篮

比肩金牛山 / ...303

摇　篮 / ...306

祖坟冒青烟 / ...313

寄语考生默默 / ...321

同学就是亲人了 / ...326

敬那往昔的温柔 / ...332

向前走就可能遇见光 / ...339

午后时光 / ...344

第六辑　回到东圩埂

回到东圩埂 / ...351

东圩埂晨曲 / ...356

守望一份美好 / ...360

故乡的原风景 / ...365

田埂上的那晚星光 / ...372

荷塘还是要有的 / ...377

西瓜地里的月亮 / ...381

大饺子 / ...390

三河街 / ...395

黄　屯 / ...403

第一辑　一叶竹筏

破　圩

天像是捅了个大窟窿，暴雨倾盆。东圩埂圩心稻田刚弯腰的早稻眼睁睁沉没水里，圩心路基多处被暴雨冲毁，几棵树在风雨中摇晃。男人们在圩埂上下跑来跑去，抽水机根本来不及往圩埂外排水。我家草屋右邻何德长叔在外做木匠，有人从他家里找出旧斧头，开始砍圩埂上的树，扛去加固圩埂。

不断传来相邻圩口的险情，破圩的灾难随时都会降临。尽管是夏天，躲在屋檐下的东圩埂伢们神态像仲春时鸟巢里毛发尚未长全的雏鸟，眼巴巴看着圩心稻田水越涨越高，土墙草屋也在暴雨狂风中发出悚人的响声。不知是冷，还是害怕，一个个缩着脖子颤抖。

那年夏天，我与左邻大富都才六岁，右邻德长叔儿子大存三岁。

傍晚时分，从外地做木工赶回东圩埂的堂叔何德长在东圩埂头上挨家挨户喊叫:"要破圩了,东圩埂长卵蛋的伢们赶快跟我走,往岗头上跑。"他手里抓着两床竹席子,一路上大叫。见惯洪水的女人们知道大难临头了,把自家儿郎推出门,赶进雨里,跟在德长叔后面跑。有的伢们不愿钻进大雨里,大人不由分说将他们赶出来跟在德长叔后面跑。

我跌跌撞撞滑下圩埂头,看见当队长的父亲正带着男人们拆人家门板,锯树打桩保圩,做最后的抗争。德长叔连牵带抓领着我们二十几个小屁孩往岗头上跑,圩心中间的路基被洪水冲垮蹋许多地方,水吼叫着翻过路基。遇到水沟,他背一个伢蹚水沟到对岸,转身再背下一个。我们中有人跃跃欲试想自己蹚水过沟,他凶狠地冲我们吼:"谁也不准下水,我要保住东圩埂头上的人种。"我们那个年岁只知道稻种,蚕豆和黄豆种,还不知道德长叔当时所说的"人种"是个什么东西。

当天夜里,我们一群伢横七竖八挤睡在岗上人家堂屋地上,饿着肚子心里默默期盼着新稻收割后新米饭的味道。

迷迷糊糊中被外面的喊叫声惊醒了:破圩了。陈挡圩破了,相继破掉的还有湖稍圩、林城圩、樊荡圩、天井圩、南公圩、施湾圩、同大圩……八大圩里一片汪洋,白浪滔天。

东圩埂长卵蛋的伢们抢在破圩前跑到了岗头上,那条圩埂上的男人、女人,还有女娃们都没有撤出来,留守在圩埂头上。我们伢们挤在水边,看淹没在洪水里的树枝上,水蛇成团缠绕在上面,圩心洪水里偶尔漂过来一两只鸭子……

陈挡圩位于巢湖西南岸庐江县金牛境内,与环湖海拔最低才五米的同大圩只隔着施湾和林城圩。我们的祖先围湖畔滩涂撮土成"井"字或"品"字状,形成一个又一个圩,圩埂与圩埂间留条内河,供相邻并行的两条圩埂上住家淘米洗菜,平时也作抗旱或排涝时用。这内河也是我们儿时夏天成天游泳戏水的好去处。我家在陈挡圩的东圩埂上,那里四周是圩,圩圩相连。从记事时始,每年庄稼人都为水患所苦。

冬春白茫茫,夏季雨多即成一片汪洋,淹没将熟的稻谷。洪水退去,茅草丛生,芦苇飘絮。秋冬季里有大雁飞过,野鸭掠波。穷极无奈的庄稼人到冬季连烧锅的草也不够,多数人家破烂不堪的茅草屋几年都翻新不了一次。沧海桑田,围湖成圩,撮土做埂,终将一片汪洋分割成"井"字状的一个又一个圩。圩心湖泥成稻田,养活庄稼人;埂上垒土墙筑屋,繁衍一代代庄稼后生,住在圩埂上的人最怕的就是破圩。圩一破,一年的劳作心血白费,连种子也搭进去了。四边圩埂上的男女老少一年口粮无着落,还要用几年的时光去挑土垒圩埂。

我们一群成天乱蹿的伢饿得更快,青黄不接时最大的企盼就是天天跑到圩心稻田看稻穗的腰到底弯了没有。听大人说,"稻穗腰弯了,稻谷就饱浆了,再晒些日头就可收割,能吃上新米饭。"饥饿时时处处,如影相随。我们激烈地讨论着，不要菜，看各自都能吃几碗新米饭，常吹得仿佛明天太阳升起来时就可以端碗新米饭吃了。

就在这一轮的早稻将熟之季，东圩埂破圩了，我们集体流浪到岗头人家。东圩埂一群屁孩子天天坐岗头上看白浪滔天的洪水，水里柳树枝丫上蛇都缠成了球。我们饿得没力气去害怕，一心只想找东西填肚子。忽有一天上午，白浪浪的圩心有人在水中大喊"救命，救命啊"。那人游在我们逃生的路基附近，清楚地看见那人在洪水中挣扎。他大约还记得那条路基的位置，试图沿着路基从东圩埂游上西圩埂这个岗头上来。

我们只记得一些人找来木板推着下水往那人身边游去，后面有人划着腰盆追过去……记不得可曾救上来了。我只记得母亲被困在东圩埂上，家里连老猫也饿死了。我父亲依旧奔波忙着救助别人，早晚都不归家。母亲当时怀孕六个月了，自己带着我三岁的大妹。叔父不忍她们饿死在东圩埂，便找来一个小腰盆，将我母亲和三岁的大妹挪进盆里，两人各执一根棒槌划水。为防止风高浪急打翻腰盆，便从东圩埂划往北圩埂，转而西圩埂。叔父叮嘱我母亲：翻了盆，要死死扒着腰盆，他扒住盆往圩埂边上划。我母亲问："那这丫头呢？""顾不上了，能活下来一个是一个。"

我母亲原本是不想冒险把两个孩子的命押进这个小腰盆里去的，她守着等洪水退去，逃难的孩子们终会回到东圩埂上来的。但她能忍得了饿，三岁的女儿，还有肚子里才六个月大的胎儿受不了。我母亲在我还没有出生之前，已有两个孩子饿死在她和父亲的怀里，带着三个女儿逃荒的路上，饿晕在水沟边时，一个闺女也舍不得丢下来。时隔许多年，她的命运又一次陷入旧时的噩梦里。

我母亲还守在东圩埂时，我忍受不了饥饿，随邻村一位老妈妈踏上了讨饭的路途。这位老妈妈家住在与陈挡圩相邻的林城圩南圩埂上，她常在晚上给我送些吃的，杂乱的食物中我觉得南瓜最好吃。我盼望天早点黑，她就会给我送来吃的。那时我二姐兰花也到岗头上照顾我，我饿极时就跟她说，"老妈妈怎么还不来呀？"二姐说，"她今天跑的路远。"我这才知道老妈妈天天在外讨饭。再见到她时，我要跟她一起去讨饭。她摸摸我的头，像母亲一样温和地说，"伢子，你碗都没有，怎么讨饭呢？"二姐不知道从哪儿找到一只破葫芦瓢，央求老妈妈："别让狗咬了我家弟弟。"老妈妈把她手中的树棍给我，"拿着，狗怕棍子。"

我随老妈妈走上讨饭的路，走得很远。到了庄上，她也不敢走近人家门口，叫我先去人家门口。遇到有狗冲我叫唤，老妈妈总是上前呵斥狗。有的人家见来了叫花子，便关上门。老妈妈说，"人家也难，讨饭的太多了。"她拉着我去前面一个村庄，到下一家门口……

一九八一年夏天，我成为那陈挡圩东埂上第一个大学生，每年回家过春节，我都去给那位带我讨饭的老妈妈拜年。我跟她家人一样喊她"乔奶奶"，她不姓乔，只是夫家姓乔，我问过几次，她的家人也说不出来她的名字。有一年回家听说乔奶奶去世了，我赶到她家。她儿子告诉我："我妈临死前还念叨你，夸你懂事，知恩图报。"非常巧合的是，七八年前，省城有个年轻人来我爱人的公司想租房子办学校，他的家乡地址正是乔奶奶家那里，细问之下，才知他正是那位带我讨饭的老妈妈的孙子乔安山。小乔说，"我从小就听父亲说过，我奶奶曾带着讨饭的小叫花子，成了几个圩口第一个大学生！"我漂泊半生，几十年后见到乔家奶奶的孙子。那天，我请他吃饭，想起乔奶奶讨饭路上对我的种种关心照顾，我不禁泪流满面。我与爱人帮乔安山联系落实场所，他与几个年轻人后来干得轰轰烈烈。我爱人的几十亩园区后来也转让给了小乔的合作伙伴去办学。

洪水还未退去，我躲进山里的大姐夫费尽周折到了岗头上，送来一些山芋干，甚至还有饼干。原来，那座孤零零的山头成了飞机空投救灾物资的场所，我大姐夫当过兵，屡屡帮助公社干部回收救灾物资。大姐听人说六岁的弟弟在讨饭，非要大姐夫翻山涉水过来。他走了两天两夜，才找到我们。

洪水渐退，东圩埂逃难出去的大人小孩陆续回到了这条圩埂头上。那时别说稻谷了，就连圩埂头上的青草也都淹死了，很多人家门前的树被砍掉了，甚至连屋中门板也给拆了。打桩保堤，严防死守，能用上的东西都用上了。

洪水淹过了稻穗，排涝无望，暴雨依然如注。这种时候，我当生产队长的父亲找来一根铁棍，用钳子将铁丝缠绕在铁棍上，铰出许多铁钩。将两根麻绳拴住铁棍两端，然后划小腰盆到圩心，把铁棍放到被淹没的稻田里。圩埂上的众汉子抓住两根麻绳，一齐发力往埂边拖拽。铁棍拖出水，一团乱铁丝上缠着许多沤烂了的稻草。力气耗尽了的庄稼汉们瘫坐地上，等候多时的女人们冲上来，把铁丝钩上的稻草剥进筛子里，用水淘净泥巴，总能淘出些稻谷，晒干后分到各家救命。

我吃过最难吃的饭，恐怕就是从洪水里捞出来的这烂稻谷饭了。稻子原本就没熟，又被水沤得连草茎都烂了，煮出来的饭有一股刺鼻的煳味，吃进嘴咽不下去。可目睹父母们拽拉、清洗的劳累样子，他们又能到哪儿找东西给我们填肚子呢？于是狠命咽下去，活命要紧。后来连这样的"饭"也没了，铁棍上的麻绳泡在洪水里久了，被拽断了，铁棍沉入洪水中。我的小叔何德余、堂爷何辅保在朝鲜打过仗，他们俩潜入深水稻田里摸铁棍，被烂稻草缠住，我父亲与德长叔划小腰盆跳进水里摸到他们，用麻绳系住，众人齐力拖出水面来。

我父亲白天黑夜守在那段圩埂上，防止有饿急了的汉子偷偷下水……

　　一家人饥饿难忍的时候，我奶奶的娘家大侄子束克友与四侄子束克仓涉水送了几个南瓜和一袋山芋干。他们在岗头上住，水淹不到，这些食物是各家凑的。我母亲煮南瓜给我们吃，再问母亲要时，没了。我以为母亲把南瓜藏起来了，到处找。母亲这才说，父亲让她把几个南瓜切开，搭上山芋干分送给揭不开锅的人家了。南瓜，是我那个岁数时吃过的最美味的食物，虽然还想吃，但不吭声了。

　　童年时，我们以为洪水淹没庄稼是天灾，后来渐渐明白，我故乡那一片低洼圩区，海拔仅十几米，逢上暴雨，江、湖、外河水猛涨，有倒灌之势，只能关闸，圩内水排不出去，暴雨昼夜倾盆，内涝也是汪洋一片了。近些年来，还有一个重要原因，环巢湖早已形成重点城市，洪水猛涨时，为保城区只能开挖泄洪通道，将那些长庄稼的圩区当作行泄洪区。丁酉初夏，我的老家又遭遇洪水，长江水往巢湖里倒灌，巢湖水又往内河倒灌。日益见涨的江湖水与连绵不绝的天水在圩区坝埂内河里汇合，一天一个高度，逼近坝埂的最高处。圩埂上来回穿梭的工程车载着沙石袋，带着抢险人员，哪里有险情就往哪里冲，以身家性命与洪水抗争。

　　这个夏季防汛保圩战中，县委常委全部分头带队奔赴最险地段，昼夜驻守圩埂上，险情就是命令。他们常常一天也难得吃上一餐饭，更没有地方睡觉。洪水涨得人心惊肉跳，天雨又不肯断线，哪里还有睡意？分到我老家圩埂上的是当时的县委常委、宣传部部长杨进真。有一天夜里，她给我发微信：何记者，洪水淹到你家门口了，你也不回来看看我们。我了解到他们在圩埂上煮饭的米与方便面还有些，就是见不到蔬菜，家家户户的菜地都淹掉了，外面的菜运不进来。

那时，我与爱人组织书画名家赴意大利举办"中意文化艺术节"归来，连夜去采购蔬菜与食物，装满了一大车。书画名家王家琰、张兆玉、王涛等人闻讯，要跟着到汛区看看，表示慰问。

我与爱人各开一辆车，在家门口人的"导航"下，艰难地往老家方向摸索着走。车行圩埂上时，几位老艺术家见到河水与圩埂相齐，内外圩心都是白浪浪的水，恍惚间感觉像船行洪水中。他们感慨：保命都不易，干群们真是舍命保圩啊！

我们辗转抵达村部时，杨进真还在圩埂上巡查。她回来见一车蔬菜与食物，大喜过望，让人搬下来。这里距东圩埂我家老屋不到两百米，我知道老屋已经没有人住了，陪我母亲生活的二姐，被村镇干部一起接到金牛镇中心小学去了。我几次联系二姐，她说，只准进校园，不准出校园，一天查几遍呢，少一个人都要追查。水路难行，让我不要过去。

杨进真笑笑，你给我们送菜，我们代你行孝，一日三餐有专门人供应，保证你母亲姐姐与乡亲们不会有生命危险。

与我同来的王家琰曾连续担任过四届省政协常委，他慨叹洪水无情人有情，把群众安置在安全地带，领导干部身在最险的地方。杨进真部长说，全县汛区都是如此，保证群众生命安全是重中之重。

王家琰回城后，写下巨幅书法"众志成城"，表达对正在与洪水抗争的人们的敬意。

此时，适逢连日暴雨如注，多地汛情告急。梳理这些我曾经的家乡，而今已成故乡圩区的变迁，不得不赞叹那些一辈子面朝黄土背朝天、入水出水都是两腿泥的庄稼人，智慧、勤劳、团结、互助。他们一刻没懒惰过，半点也不怨天尤人。所有的努力与拼命，只是想挣粮食填肚子。

弹指间，这些往事淹没在长河里几十年了，再不写出来，掉进尘埃里就找不到了。吃过洪水沤泡过的烂稻饭，吃过百家南瓜饭，有这两碗"饭"垫底的人，今生大约不会忘记端好一碗米饭，该是件多么不容易，又是多么幸福的事情啊！

二〇二〇年七月六日　九华山

洪　水

庚子夏，天捅掉了，暴雨如注，连天接地。

我的故乡陈垱圩已是汪洋一片，堂兄大存三百亩就要熟的早稻也全淹没在水中。七月二十七日午后，巢湖南岸庐江县裴岗联圩裴河段开挖泄洪通道，同时打开兆河沿线四道涵闸，分洪总流量达一百五十立方米每秒。裴岗联圩三万亩成熟的稻子淹了，两万多人被迫离开家园，再回首一片汪洋。

在此之前，庐江境内石大圩、东大圩这些万亩之大圩与南圩等数十个大小圩溃口泄洪，洪水滔天，早已是汪洋一片。而截至当日，合肥累计主动启用或漫破圩口一百八十个，其中千亩以下一百一十二个，千亩以上万亩以下六十个，万亩以上九个。

一百八十个圩口，这是何等的悲壮，多少家园被淹，多少百姓背井离乡。

六月十日安徽入梅，至七月二十七日，超过常年二十六天，降水量超过常年梅雨量三倍还多。入梅当天，巢湖中庙站出现史上最高水位，当日巢湖达历史最高蓄水量。巢湖是全国五大淡水湖之一，水域面积七百七十平方公里。"守住了巢湖，就是守住了我国东部重要交通大动脉、华东输电走廊、煤炭运输专线、国省干道，以及省会城市合肥、巢湖市和流域内中心镇的数百万人口。"巢湖管理局副局长蒋大彬说。

巢湖入江通道只有裕溪河这一个主要出口。长江水位居高不下，如果巢湖水从裕溪闸外排入长江，势必增加长江的压力。巢湖裕溪闸，一头联系着巢湖周边数百万百姓家园生命安危，一头联系着长江流域更多城市的安危。是开闸，还是不开闸？

"江"与"湖"相连，这是一个怎样的江湖啊！安徽要在巢湖南岸破圩泄洪、保江湖安全，这个决定是凝重而又庄严的。要知道，就在七月二十日，安徽已在北方开启千里淮河第一闸——王家坝闸门，向蒙洼蓄洪区分洪。揪心的痛楚还未消去，现在又要在江淮之间鱼米之乡巢湖南岸破圩泄洪，保江湖安全。

暴雨有多大，老百姓就有多伟大。洪水有多惨烈，老百姓就有多悲壮！

庐江一个个圩区泄洪蓄水，一声令下，老百姓连夜就要牵儿带女、扶老携幼离别家园。他们带不走家什，连鸡鸭也带不走，更哪里带得走半生的心血与汗水！保"江""湖"安危，庐江乡亲们做出了实实在在的牺牲，泪流满面。五十五岁的何显存是庐江县金牛镇陈挡圩东圩埂的农民，他与儿子何亚运今年种了三百多亩农田，养了二十亩龙虾。东圩埂老小病弱者已撤离了家园，只有他与几个壮年男人不肯舍弃家园，固守在圩埂上。昨天接到通知，所有人员必须连夜撤离圩埂。何显存怎么肯就此离去？眼看着三百多亩金灿灿的稻谷，就能抢收上来了，可全淹没在洪水里。他与妻儿昼夜抢割上来九千斤稻谷，一斤才卖九毛二分钱。他原本要收获五十多万斤稻谷的呀。这场天灾水祸中，庐江金牛镇农民何显存心疼与劳累到了极点，流泪的力气都没有了。

何显存损失的是一年的收成，在这场破圩泄洪、保江湖安危决死战斗中，数以万计的干部与军人和老百姓誓死保卫大堤。在没有行洪命令之前，必须力保大堤安全。得行洪之令时，又必须保证人民生命安全。

百年一遇的大洪灾，苦累与危险如影相随着誓抗天灾的英雄们，他们中有人受伤，甚至牺牲了年轻的生命。冒小驰排长是写了请战书，随某旅到庐江抗洪的。庐江石大圩段突发决口，他与战友们用绳子捆在腰间组成人墙转移群众，他突然被洪水卷走，战友们高呼"抓住"，他喊出"救我"，洪水卷走了他。经过二十分钟的救援，战友们从洪水中救出昏迷不醒的冒小驰，急送医院抢救。经过两天的救治，冒小驰醒来了，站在重症监护室外的父母亲流着泪说："儿子做得对。"

同一天，同一个石大圩，两位抢险英雄永远回不来了。

在庐江县同大镇石大圩搜救老百姓时，一艘冲锋舟侧翻，船上五个人落水，三个消防员获救。他们的教导员陈陆，引领他们的同大镇连河村党委副书记王松淹没在洪水中。我的金牛中学同学朱启稳也在石大圩抗洪现场，他闻讯后特别悲伤，他怎么也忘不了，他防汛的战友王松前天分别时，还嘴角含着笑递给他一个大白桃。王松才三十七岁啊。三天后，朱启稳获知寻找到了一具英雄的遗体时，专门去看战友最后一眼，拍了张照片。当时他以为是王松的遗体，后经DNA比对，确认是陈陆的遗体。应急管理部批准在抗洪抢险中牺牲的安徽省合肥市庐江县消防救援大队政治教导员陈陆同志为烈士。

庐江人，当记住为庐江牺牲了年轻生命的英雄陈陆。还有庐江基层副书记王松，还未能找到他的遗体，一个长久的悲伤还淹没在洪水中。

暴雨还在下，暴雨还要下。

庐江抗洪前线正紧急。乡镇中小学校园成了灾民临时安置场所，庐城镇驻点城南小学工作人员，发现抗洪的战士们只带了两套换洗的迷彩服，连天的暴雨，他们就没有穿过干的衣服。他们是共和国的军人，是抗洪前线的战士，可他们好多都还是十几岁的孩子啊！

哪有什么岁月静好，只不过是有人替我们负重前行！安徽人民永远也不会忘了此时此刻在与洪水搏斗的英雄们，只是不知道与这场洪水有关的那些远方人，可曾记得安徽人民做出的巨大牺牲。

二〇二〇年七月二十七日　九华山

| 东圩埂 |

活　路

  我的老家在巢湖南岸金牛陈垱圩东圩埂,从我记事时起,每年冬季,父亲与乡亲们不是上圩堤挑土夯堤,就是下扒河工地,兴修水利,有时一条河流要扒好几个冬季呢。

  尽管如此,我们圩区还是深受水患之害。雨水大的年份,圩埂溃堤,水淹庄稼,一年收成全泡水里了。雨小年份,圩埂不破,暴雨连续,外排水来不及,圩心内涝,眼看着黄灿灿的稻穗一点一点被洪水淹过头顶。偶尔出一天大太阳,水被蒸发一些,稻穗从洪水中露出一点头,父老乡亲们眼巴巴地盯着,祈求水快点下去,让稻穗露出水面,给几个太阳就熟了。

  "风调雨顺"这四个看来平常的字,对圩区百姓来说,那是多么美妙的字眼,又是多么奢华的愿望啊。即使是风调雨顺的年份,我们圩区人家也缺粮食。我父亲就去省城,帮我舅舅和姨娘家做些杂活,临回乡下背些他们省下的粮食回来。而我的邻居堂婶则带着儿女外出要饭，一个冬季跑回来时，背着大一袋小一袋晒干了的饭粒，苦挨过青黄不接的时光。

家住圩上，十年倒有九年水患。可那时候，我能想象到的城市仿佛永远在天上，再大的洪水绝不会淹到城里去。斗转星移，哪里会想到现在暴雨一下急了，城里道路就成了江河，一路上的轿车全泡河中央了。

是什么让乡村依旧摆脱不了水患之苦，城里也遭水殃？

先讲一个真实的故事吧。看客拿来当励志人物、发财之道读都行，跟水利有关也照。

我的同学小乔连着复读两年，还是挤落在高考独木桥这一端，他垂头丧气回圩上种田。连年遇到洪水，他个头矮，不会游泳。连年面对洪水，觉得不是饿死，也得淹死。于是，他扔了锄头与镰刀，跑到省城建筑工地跟人学瓦工。混了些日子，力气与个头都处于劣势，根本不起眼。

他眼里有活，见工地的渣土经常送不出去，便想了一法。以前渣土随便找坑就填进去了，文明创建活动让渣土越来越难处理了。他租的房前是口大水塘，周边生活垃圾都倒塘边，夏天蚊蝇乱飞，恶臭难闻。上面经常来人检查，问责严厉。他找到当地村干部称：自己找人拉土来填平这个臭水塘，栽上树美化起来，从根本上根除脏乱差。领导以为是天方夜谭，试着问他要什么回报？他摇摇手说，"没有要求，就是帮你一个忙。"领导说:"你要有本事把这臭塘填平了,这塘就给你了。"

一车车渣土运过来,小乔坐镇指挥往塘里填,按车收费。他联系过去工地上熟悉的工友们,到建筑工地散发传单,一时间半城的建筑垃圾都运往这口大水塘。不到半年,大水塘填平了。小乔从收的费用中拿出一部分将周边美化绿化了,要领导兑现当初的诺言。当然,此时他有了钱,并不是跟人家空口说白话。事情真搞成了,水塘上的地归他了。

小乔以这口大塘之地作股,联合开发商在这口大水塘上开发出了一个小区。小区建成了,卖掉了,小乔也成了名副其实的老板,开启了他的财富之旅。

乔老板后来的故事更加精彩,只是与我本文所讲的水利水患关系不大,故不在此细述。

小乔填了省城的一口臭水塘,成了乔老板。大水塘没了,周边那些流进流出的小河也断了流,相继变成了绿地。小乔填平的水塘在省城还挂不上号,也无法与人们记忆中的金大塘、凌大塘、蚂蚁塘(今滁州路小学北侧)、站塘(今东七里站北侧、原市皮革厂附近),还有史河、浉河相比……一口口大塘填平开发成小区、商城了,一条条河流干涸了,继而填平了,有的在河流上修建了商业街……

水塘,是一个城市之肾,河流则是城市血管,水塘与河流交融,城市才有健康之躯。可我们现在每个城市,每年将大量防洪经费用在筑建防洪水泥大堤上，所谓的水利工程最大重点就是排洪，洪水来了排掉，水泥钢铁铸造的河道丧失了蓄水、吞吐功能，变成了过水渠而已。

原先自然流经城区的河流，夏天雨多水大可以漫过河漫过滩，冬天没水的时候河滩湿地的水会自然释放出来，所以风调雨顺。流经省城的南淝河早先还有人称之为合肥的母亲河，老百姓在河里淘米洗菜，摸鱼捉虾，前些年将流经城区的河道两岸用钢筋混凝土从河面浇铸到坝顶，高低落差有的竟达二三十米，一头牛滚落河里也爬不上来。有的地方将原先自然河流也照此样子筑造，断了湿地，河岸壁陡。就有父子同行，父亲看着儿子失足掉落河里，跳进河里救儿子，却无处可爬上岸，眼睁睁看着儿子淹死。

人尚如此，况草木、水流，还有鱼虾乎？你不让它们漫过堤坝入湿地，它就汇入大河大江，终有一天泛滥成灾。

安徽境内有两条大河——长江、淮河，我在职业记者生涯中曾多次沿江、沿河采访过抗洪抢险，印象最深的是两件事情：

二〇〇三年夏季，淮河第一闸王家坝又要开闸泄洪。报社派我与另一个记者赶赴现场，闸口已开，良田瞬间成洪区，两岸上都是搬家迁移的百姓，看着让人心酸不已。我们在屋里找到一个副县长，他专心抽他的香烟，对老百姓迁移情况一问三不知。与我同去的记者看他抽的是中华牌香烟，便说:"老百姓流离失所,你却躲在屋内抽中华烟,我们就照实写出这一对比。"他这才从椅子上站起来。

当地有人告诉我们,洪水泛滥受苦的是百姓,欢快的是某些贪官。上面每年拨那么多救济款与物资,说是专款专用,但真正用于老百姓的究竟有多少?

这年秋天,洪水刚退去,报社又派我带年轻记者袁星红去蓄洪区采访灾后重建家园的情况。我们遇到在洪水来临之时,曾上书国务院的乡长周勇,他直言淮河行泄洪区,根本不适合住人,当考虑移民出圩区,还圩于水,做成长久的沿淮湿地。

我们那天在号称六万亩大圩中间遇到周勇,整个圩区没有半点生机与绿色,仅有电线杆上零星地挂着烂稻草,深水沟里偶尔有大雁飞起来。老周正挺着肚子骂那些懒洋洋的村干部,你们一个个坐等着上面救济,人家媳妇再好,能有自己的管用吗?你们不回去发动群众补种补栽,明年春上都喝西北风去?

当晚,老周在一个路边摊子上叫了几个小菜,陪我们吃饭,仍在骂,称这些圩区原本就是淮河的滩涂,我们从水神手中抢过来,筑坝拦水。大坝越挑越高,成了一条悬河,白白东流到海不复归,沿途找不到一处排泄蓄积洪水的滩涂。就跟人整天在外跑,找不到一个撒尿的地方,憋急了逮着什么地方都尿。河流江海都是有生命的,人类不把它们当朋友待，处处拦截，坝坝高筑，它们憋急了总是要"尿"的，你人类不遭殃才怪呢。

千苦万苦，最终苦的还是老百姓。不宜住人的地方，就不要住人嘛。把人迁移出圩区，还滩涂于水，这才是长久之计。

无独有偶，今年七月二十八日，安徽省一位主要领导督导检查庐江兆河、西河两条河流流域防汛时，说的话很有见地——人不给洪水出路，洪水就不给人活路。未来河流治理仍是一个长远的话题，不与水争利，还水面于滩涂，保持原有自然生态，加固河堤，疏浚河道，做好城市排洪工程，让人与自然和谐相处，河流的治理要充分考虑给水让路。

这与周乡长的观点惊人地相似，时间相差了十七个春秋。

重在实施。

俞孔坚这位哈佛大学设计学博士，他的"大脚的革命"震惊了不少人。他认为"当代城市建设需要一场革命，大脚的革命"。这个革命有两个关键的战略：第一，"反规划"解放和恢复自然之大脚，改变现有的城市发展建设规划模式，建立一套生态基础设施。第二，必须倡导基于生态与环境伦理的新美学——大脚美学，认识到自然是美的，崇尚野草之美，健康的生态过程与格局之美，丰产之美。

中国有四百个城市缺水，四分之三的地表水污染。

人不给洪水出路，洪水就不给人活路。

眼下安徽仍有百万军民在与洪水抗争，暴雨还将连续下，汛情丝毫松懈不得。

我们与洪水斗争了这么多代人，今年这百年不遇的大洪水，惨烈、悲壮，但愿给我们今后在兴修水利与治理江流水塘时，更多一份警世。

二〇二一年八月七日　九华山

第一辑 一叶竹筏

双　抢

最炎热的酷暑天抢割抢栽，俗称"双抢"，是江淮之间农民一年中最难挨的关。种田人差不多要耗掉半条命收割填饱肚子的早稻，栽下晚稻，为过冬准备口粮。春夏青黄不接饿肚子关，如我这个岁数的乡下人挖野菜充饥、磨细糠填肚子。春节年关虽难过，但总被贴春联、放鞭炮的喜庆冲淡了哀愁。唯独酷暑盛夏天双抢，是乡下男女老少躲不过的生死关。要么少打两担稻，青黄不接时挨饿；要么舍命抢割早稻、抢栽晚稻，秋后一亩田多收一两担稻谷。

哪个农民，能舍得下这两担救命的稻谷啊！于是，在双抢季节，全都豁出命去拼双抢。

对于金牛陈垱圩东圩埂我的父亲、母亲而言，为两碗黄豆曾丢掉过一个七岁儿子的性命，这两担稻谷更是重于金牛山了！我的大哥七岁那年春上，饿得高烧不退，无钱去医院抓药。父母亲帮人家稻田车水，就是用水车抽排出稻田里的水。车了一天的水,换了两碗新摘的黄豆,母亲赶紧卖了换点零钱。他们跑回家抱着我哥哥往医院跑,半路上,我哥在母亲怀里咽了气。母亲一直自责不该去帮人家车水,而将孩子独自丢在家里。我参加工作很多年,她仍屡屡跟我讲起这件事,每次都泪水涟涟。

双抢在最热的天气里,蚊蝇成把抓,蚂蟥绕腿吸血,农民却要起早贪黑泡在水田里,抢割稻、抢犁田栽秧。季节不等人,人误地一时,地误人一年。立秋上午栽的秧与下午栽的秧都有极大反差,立秋后栽的秧基本上没收成。所有的苦累全都集中在动镰割第一把早稻,到立秋栽下那把最后的秧苗间,一家人的全年口粮全指望这段时光,一年的汗水与一生的辛酸也浓缩在那段昼夜里。

"双抢",一个至今仍让我辛酸与胆战的字眼,每一次回忆总是万千酸楚涌上心头。

双抢每到开镰割早稻前,我们金牛陈挡圩东圩埂的人家都先后做一件事:杀只还未开叫的小公鸡,不放盐,用菜籽油炸了,给家里的男人吃。炸鸡是要趁孩子们出去的空隙,好让家中顶梁柱完整地吃掉这只小梅鸡。据说,早稻穗正在饱浆期,农户家春节后孵出来的小公鸡还未开叫,这时炸了吃,最能补男人的力气。早了它未长全,晚了它一开叫追逐小母鸡,身子破了,也不顶事。

东圩埂年长的女人们从仲春开始,就不时半开玩笑地叮嘱告诫年轻的小媳妇们:"夜里别总缠着男人,给他留点力气干'双抢'。"我儿时记忆中有一件事情,我家屋后小棚是借隔壁山墙搭的,隔壁奶奶年轻守寡,儿子娶了媳妇,每到双抢前,她与媳妇睡一屋,把儿子赶堂屋睡。半夜常闻媳妇吵架声,继而是婆婆的哭泣声。一堵土山墙裂缝多,隔壁咳一声都听得见的,老奶奶哭中带诉:"我不想你跟我一样年轻就守寡。"

当时我年小,夜里借煤油灯看书,很烦这夜半的哭声。

这个老奶奶屋后有两棵柿子树,每年未等柿子红了便摘下来,装竹篮吊房梁上,吃时拿几个埋草木灰里,差不多一个冬天总能闻到她家的柿子味。我上大学时,她死了,不久儿子也死了。我母亲后来跟我说,"隔壁三叔死前还想去找你,看能不能帮找个好医生给看看,真不行死了也甘心。"三叔年轻时候冬天钓黄鳝,常入冰水,可能身子骨受了伤害。据说,他死时瘦成皮包骨。

我老家隔壁人家柿子树早砍掉了,当年那个小媳妇已当奶奶了,她年轻时候栽了两棵苹果树,现在树荫占了她家半个院子,每年挂许多果,她大约祈求后生们平安吧。

双抢时节,当我们早晨醒来时,东圩埂的男女们早已将一片金黄的稻子割倒在田里,他们一头露水,擦把身上的汗水,回圩埂上匆匆吃过早饭,荷着扁担与竹稻帘将起早割倒的稻把挑场基上。那时我暑假要放养些鸭子,大人挑完稻把,东圩埂的小孩子便蜂拥进稻田,捡拾稻穗,各自堆好,待大人路过时捆扎带回场基上。

"颗粒归仓"是我们那时纯真的想法,谁也没有抱怨,反倒为捡拾得比其他人多而骄傲。捡完稻穗才是我们放鸭郎、牧鹅人赶它们入田的时候,任由它们自个儿找吃的,我们泡水沟里摸鱼捉虾,洗澡凉快。有个小名叫二狗子的男孩,兄弟五个排行老小,抢饭抢不过四个哥哥,钻山打洞似的到处找吃的。双抢最初的日子里,他天天泡在稻田里玩泥巴,抠块泥巴往稻田掼来掼去。一团泥巴玩熟了,他又抠块泥巴玩。我们晚上牧鸭鹅回家,跳进水塘里直泡到月上东山。他躲在塘拐上用竹筛子把泥巴团在水里淘来淘去。当他们家传出东圩埂最早一锅新米饭香,我们才恍然大悟:他玩泥巴是在粘田里的稻谷呀。他那几天排在四个哥哥前,满满盛大碗新米饭,吃得额头上冒汗。

二狗子论辈分比我长一辈,他十三四岁就外出谋生,大名至今不知道,现在是昆山排得上号的大富豪。东圩埂小伙伴们几乎都去昆山跟他后面干过活,仍呼他二狗子。热天时,结伴钻他家别墅挤睡在地下,比工棚凉快,还能从他家冰箱里摸冰啤酒喝。二狗子带东圩埂人谋生这点上是我学习的榜样。二狗子的新米饭,让东圩埂人不淡定了。于是,吵着生产队先晒干一点新稻,机出新米分给各家,新米饭香是双抢最醉人的好味道。

尽管新米上来了，可我们依旧是早晚稀饭，中午才能吃饭。各家各户晚上都有个差不多的做法：晚上煮粥时，捞碗干饭放锅叉上蒸，留给家中男人吃。我的二姐三姐没进过学校门，从小跟父母亲后面干农活，双抢也同样劳累，可仍与母亲一样待遇：喝稀饭。那碗干饭，父亲晚上总要扒一半给我吃，说我读书也是在干双抢，抢的不是一季稻，抢的是一生的前程。

父亲是生产队老队长，夏季晚饭后，他要去场基上转一转，伙同几个人用石灰在稻堆四周打上记号，安排好人员在稻堆边睡觉看稻。他回家时，我差不多都在煤油灯下看书。那些年，我家就两间屋，晚上把鸡、鸭赶进屋，圈在墙拐上，吃饭桌子是我的书桌，与鸡、鸭相邻，蚊子成把抓。父亲提桶凉水，让我把一双脚放进桶，他用大手巾罩住上面，蚊子叮咬不到了。他匆匆洗完澡，便拿把芭蕉扇坐我边上扇，不时用凉毛巾给我擦汗。

我父亲是东圩埂起得最早的人，张罗全队一天活计安排。中午烈日当空，别人都回家去了，他让我将赶网与簸篓送到圩心，他下水沟里赶泥鳅。然后让我回家吃过饭带点饭到圩心，他浑身湿淋淋地蹲在沟埂上扒饭，连腿上的蚂蟥也没空去打。我一边打吸他腿上的蚂蟥，一边给他擦血。他教我：蚂蟥吸在腿上不能拽，用巴掌一拍，蚂蟥就滚下来了。我不想放过吸饱了我父亲血的蚂蟥，恨不得把它们碎尸万段。可一拽，父亲腿上的血流得更多。后来我学会了使用赶网，放完鸭子，我下水沟里赶泥鳅，给父亲省出中午睡一会儿的工夫。

四年前，我请一位老画家画出双抢时的父与子。那时，父亲每晚必摇着芭蕉扇给在读书的我扇风，常困得扇子掉地下，捡起来打足精神又给我扇风。我心疼他，便合上书本，他不去睡觉，我就不看书，以此要挟他早点睡觉。我在中学那些年里，也跟父亲后面干过双抢，割稻时力气小，又不停地站直腰。我二姐是东圩埂农活好手，她说："栽秧割稻，不怕慢，就怕站。"她能一趟稻割到头才直一次腰，栽一趟秧除了拿秧把子，从来不站起来伸一次腰。我栽秧时栽着栽着就歪了，姐姐说，两个手肘不能挨着膝盖，才能保持行间距相等。我一趟秧栽到头，直着腰仰面朝天躺到田埂上。有人喊我母亲："快来看，你儿子在田埂上生孩子了。"

长大以后，看到很多拍摄乡村农耕生活场景的照片，田园牧歌式的浪漫。我认定摄影者没有农村生活经历，更没有栽过秧割过稻。那份骨子里的艰辛与劳累，哪里去唱什么牧歌？

我考上大学后，曾想方设法让父亲改早晚两季稻为一季中稻，免得双抢累死人。父亲很是犹豫，始终不松口。有一年双抢时，我大学同学孙叶青、吴刚、张安东三人到我家来，说是帮干双抢，实则是劝说我父亲同意我的变双季稻为一季稻主张。

晚上,父亲卷两张席子带我们去场基上睡觉,他指着维系全东圩埂百十号人一年口粮的两堆稻谷说:"全队一百多张嘴,一年就靠这两堆稻!少收三五担稻,就会有更大的缺口,搞不好是要出人命的。"

我和我的同学们都不吭气,仰望那晚的星空,体会泥巴地抠碗饭吃怎么就那么难?忙完双抢,我们回校读书去了。父亲带领东圩埂人依旧栽双季稻,继续干双抢,就为了多收那三五担稻谷。

直到分田到户后,我家的双抢仍在继续。父亲已老,三姐与三姐夫带着孩子回娘家生活,帮助父亲爬过双抢这道坎。没想到,我父亲还是倒在了双抢这道人世间生与死的难关上了。

那年双抢刚开始,我三姐与三姐夫来到我工作的单位,三姐夫痛苦地挺着个大肚子,说春上拉板车时被撞了一下,肚子里的这个东西越长越大,现在不用手摸也看出来了。你带我去医院看看,好回家双抢。岂是看看就能了的事情?我找单位职工医院张院长,他们找来专家会诊:肿瘤,必须手术切除。当时医院像李凤仪、王国干等安医大毕业生,从省立医院请来他们的导师主刀,竟切出一个重达七斤二两重的肿瘤。我送到省立医院切片化验结果:恶性。我独自背负着这个秘密,既要筹钱给三姐夫治疗,还要忙着给他们做饭,一个双抢也没有空回家看看父亲。

父亲被双抢累垮了。

立秋后的第三天，我在医院走廊上见到了父亲，黑瘦干巴，人整个缩小了。年已六十八岁的父亲，一如他年轻时候，大哥与小弟为国家出生入死打仗时，他肩扛全家老小重担。这次，孩子遭遇厄运，他以年迈力衰之躯干双抢，一个人干了原本几个壮劳力才能干完的双抢活。

父亲生生被双抢累垮了！

他听我说到"恶性"二字时，顿时泪流满面，倚墙边哭泣。东圩埂他这一辈子的男人，患上此类病时都是他带到省城找我舅舅苏静波托人找医生，他早已熟知"恶性"二字的含义。这一记重锤砸在早已被双抢累垮了的父亲的身心上，实在太残酷了。

那年初冬，当父亲把最后一担晚稻从场基上挑回家后，一跤跌倒再也没爬起来，生生将我们父子一场的万般依恋之情扯断。此后，他再也遭遇不到双抢，我也再无法看见他的背影了。

双抢，虽然是我们农家人抢夺口粮的重要战场，也是寄托农民一年生计的关口，可我几十年来每一回想起双抢，总是万千酸楚与艰辛涌上心头。

或许真的不是双抢的错，可我就是无法释怀！

二〇二〇年七月十七日　九华山何园

榨油坊

榨油坊,这个充满着生活味道的地方,对别人而言,可能仅是与生活有关,而对金牛东圩埂何家来说,却是一场与生死有关的铭心记忆。

九岁到何家做童养媳的王光华,此前她的父亲耙田时腿被铁齿戳烂,无钱医治身亡,母亲也随人去了他乡。她是被邻居送到东圩埂何家的,只求一样:"别饿死了这可怜丫头。"岁月更迭,斗转星移,王光华的第五个孩子出生时,丈夫像往年一样,秋收后过长江下江南打短工,到春节前背些山芋干、玉米回家,好让一家人挨过青黄不接时节。

这一年,丈夫一走三个多月没半点音讯。王光华此前已有一个儿子、一个女儿饿死了,她与三个女儿彻底陷入绝境。她在迷糊之际挣扎着爬起来,将仅存的半碗粗米留给在朝鲜战场上震聋了耳朵、炸残了左臂的小叔子何德余,她抱起三女儿,牵着二兰,带着大桂,一起往龙河口百神庙束家庄走去，讨份活路。

王光华就是我母亲，她带着三个女儿去束家庄讨活路时，我还没有出生。

母亲自小就喜欢花，当童养媳时，曾摘自家屋后一株老月季树上的花，每三四朵用稻草芯系为一簇，摆放进篮筐，起早去三河古镇沿街卖花。有两个尼姑姐妹经常留她吃早饭，教她唱会了许多佛歌。母亲以花的名字来给每个孩子起名字，大桂、二兰，抱在怀里的女儿还没有起名字。

百神庙束家庄是她婆婆束氏的娘家，婆婆嫁过来的时候就没有名字。束氏死有五年了。她生前曾交代过，以后何家有难，可去束家庄求救，娘家的几个侄子心都善，他们不会见死不救。束氏未嫁之前大约不会想到，她作为束家长房长女，家门口多是岗地，种瓜点豆，还是能收获一些吃的。嫁到这个巢湖之梢尾的"陈垱"，水大涝了庄稼，天旱颗粒无收，一年中半年没有吃的东西。束氏生前大约也不会想到，她死时，大儿何德富战死在抗日的战场上，小儿何德余正在朝鲜参战，二儿何德海躲抓壮丁在外跑反仍未回东圩埂，三儿何德顺无木板安葬她，编了一张草席卷起她，埋在了孙女的旧坟旁。

我母亲带着三个丫头走走停停，实在走不动了，在一条浅水沟前，大桂哀求妈妈："把小妹妹扔这水沟里去吧，我们活不了命了。"二兰只是哭。母亲跌坐在水沟边没有力气爬起来，两个女儿也无力拉她起来，跌坐在水沟边哭。母亲流不出眼泪，还没有想好用哪一朵花的名字来命名怀里这丫头，就这么让她随水而逝？她咬牙让大桂、二兰拉起她，"横竖是个死，要死，我们母女几个死一块。"又爬上一个坡，看到束家庄的地里有人在干活，母亲再也支撑不住了，昏倒在地。大桂、二兰，还有怀里的无名小丫头，一起哭……

母亲醒来的时候，是躺在大表嫂姚秀英的床上。秀英说："你昏睡两天两夜了，几个表哥撬开你的牙齿，我们轮流给你喂米汤，活过来就好！"王光华还说不动话，只是眼神向四处在搜寻什么。秀英明白，忙拉来大桂、二兰，抱来小丫头，一个个都活着。从众人断断续续的讲述中，她渐渐知道那天的情景：那天，有人发现你们倒在地上时，回庄喊有个女叫花子饿死了，几个孩子在哭。几个表哥招呼大家，抬回来，救人！当时还不知是你们呀！大表哥束克友有经验，煮稀饭给闺女们喝，熬米汤喂你。几个表嫂抱三丫头到百神庙街上求坐月子的妈妈们让她吃几口奶，再喂些米汤。

十多年前，三丫头与二兰日夜守在大姐何显桂病床边，姐妹仨有一场关于水沟的对话。三丫头说："大姐啊，当年要是把我扔进水沟里，现在就少一个妹妹照顾你了。"二兰劝和："三妹，那年月的人命都贱，也不能怪大姐心狠。""妹妹们，能活下来就谢天谢地了，穷人家什么时候命贵过？"大姐是那年春上去世的，当时我和两个姐姐，还有大菊、小梅两个妹妹都在她身边，濒死的桂花斯言亦善啊！

我们何家人当记住百神庙束家庄人的救命之恩。他们救了我母亲，我大姐，二姐，还有三姐。我母亲要是那天倒地没有救起来，就没有我了。我父亲从江南打短工回到东圩埂时，也永远见不到他的妻子和女儿们了。我父亲原本就是个可怜人，要是那样，他的一生更是苦水里泡黄连了。

百神庙是庐江郭河相邻万佛水库的一条老街，我小时候印象中并没有多少水，到处是丘陵小山岗。束家庄就在一个小山岗上，居高能望到远处。庄外有一口荷花塘，每年冬季把水放浅，各家各户分圈出一块，过年时各家挖各家的藕，一个庄上都飘着莲藕的香味。也有等到春上青黄不接时才挖藕，好度过饥荒的。

我在考大学之前，父亲每年春节都要带我去束家庄，母亲将攒了一个冬天的鸡蛋让父亲带上，在包红糖的报纸尖上贴上小片红纸，添些喜庆，偶尔也带些咸鸭、干泥鳅。我父亲把东西背到束家庄后，多半是放大表舅束克友家，由大舅妈姚秀英分送给二表舅束克元、三表舅束克道、四表舅束克仓、五表舅束克松，他们几家轮流请我们父子吃饭。那些穷苦的岁月，他们大约把自家最好的食物拿出来给我们享用。我印象最深的事情，就是那些与我年龄相仿的表兄弟从来不上桌子，吃饭时端碗就跑出门外。

我父亲总是一遍遍说着那年救命的事情，还有他们后来经常给我家送去食物,香油、豆饼。他们总是一摆手:"小事,谁遇到都不会不问的。"几位表舅从不跟我说细节,还是大舅妈姚秀英一讲起那年的事情就淌眼泪,从她口中我得知一些细节。

我母亲饿昏在束家庄之外野地里,有人看到跑回庄上说。当时在家的几个表舅带人过来把她们抬回家,有人认出了我母亲,众人不用猜就知道饿昏了,忙着煮饭做吃的。大表舅束克友喝令众人:"现在让她们吃饭,就是要她们的命。"他让人煮粥,多加水,多烧柴,将粥锅上的一层米汤舀碗里,小半碗让闺女们喝,中途要停半个晌午,再给她们喝半碗。大表舅反复交代:谁家也不能偷偷给闺女东西吃,要命的事情。

最难的是我母亲,昏迷不醒,气息奄奄。他们托百神庙榨油坊彭三爷找来郎中,郎中也称命悬一线,试着喂点米汤吧,能否还阳,看她造化了。

我母亲昏迷中牙关紧咬,几个表舅试着撬开她的牙齿,都无济于事。还是姚秀英大舅妈用热毛巾反复给我母亲擦洗身上,添些温暖于鬼门关口的人。大表舅咬牙让几个弟弟继续撬,称"撬开就是活路,撬不开就是死门"。终于有了一丝缝隙,舅母们极细心地将米汤一点点,一点点灌入我母亲的嘴缝里……

第三天,我母亲才微微睁开了眼睛。

束家庄这些重情重义、悲悯穷人的穷人，用大爱与米汤给我母亲和姐姐们开启了一扇生之门，扶她们走上了一条新生之路！庐江郭河束家庄，我的大表舅束克友、二表舅束克元、三表舅束克道、四表舅束克仓、五表舅束克松，还有大表舅妈姚秀英，还有我已不知道名字的恩人们，他们已去世许多年，我的母亲今年谷雨时节也去了他们的那一边。

我是王光华的儿子，我写到此处时泪流满面，我们乡村贫苦人家，命贱，生活本来就苦，又遇天灾人祸，活着真难。如果没有他们的仁义与情义，世间又会添几处新坟，何家这一脉就断流于那个穷困岁月尘埃里了。

没有他们，哪里还有我的母亲？没有母亲，又哪里有我？他们，我母亲，我父亲，我大桂姐姐，我小梅妹妹，都如风而逝了。他们的后代也多半离开了束家庄，散落天南地北谋生求食，活着依然不易，但求少些天灾人祸，让原本命贱似草的我们，好好活着，争取越来越好。

江南茶溪一夜暴雨，将葫芦塘都灌满了。今早我写《榨油坊》时，也是急风暴雨。风似苦累一生的岗上圩区人们，活着时受苦受难，死后如风了无影踪。暴雨似我的心雨，纵使岁月长河的档案里查不到你们，可在我心里，我为你们树起丰碑。

二〇二〇年七月六日晨　茶溪何园

桃树、柿子树

东圩埂上挤满了农户,窄的地方户户相连,家与家间伙用一堵山墙。宽处两家背靠背建房,互让一两尺留作屋檐滴水。房前屋后几乎找不出空地来,连栽几棵葱的地方都难寻觅,更别说桃树、李树、柿子树了。

圩心稻田人均不足一亩,寸土寸金,哪个生产队也舍不得分出丝许田地来种五谷杂粮,更甭说栽种果树了。即使是风调雨顺的年份里,稻田打下的粮食交了公粮,剩下的也不够口粮。每到青黄不接的桃花开时节,我母亲从田里干活回来,时常临煮饭时缸里没了米,她便拿只碗让我到邻居家借碗米。有的人家盛满一碗米后,还抓一小把米添在碗头上。遇到这种情况,我就小心翼翼地双手捧着碗,慢慢走回家。还米的时候,母亲每次都要在碗头上加一把米,我又得小心翼翼地双手捧着碗送回去。有时提醒母亲,谁家借米时碗头是平平的,母亲照例往碗头上加一把米,叮嘱我:"人家借米是恩情,要知恩图报。"

然而,东圩埂上竟有两户人家,南头一户人称"独杆"爷爷家在河坎上栽种了五六棵桃树,北头一户老奶奶家在院子里栽种了两棵柿子树。开花结果时,将整条圩埂上伢们的甜蜜梦想愈酿愈浓。

独杆爷爷家后院紧邻着河坎边,那几棵桃树就栽在河坎上。那时,两条相邻的圩埂间是条内河,河水是流动的,清澈的能看见河水里游动的小鱼儿。村妇们在河边石板上淘米洗菜,鱼儿就游过来觅食,眼疾手快的村妇还能用竹篮捞到小鱼呢。独杆爷爷家的桃树自开花时,就闹得一整个春天东圩埂上都有故事。从桃花盛开始,一直要到桃子摘净,故事还没止住。

望梅止渴,可我们伢们渐渐连独杆爷爷家挂在树枝上的桃子也难看见了。他冬天趁河水浅时,挑塘泥加高墙头,墙头一年比一年高,越加越高,直将一园春色全遮在墙头内了。我们有时情急,踩着小伙伴的后背扒墙头往里看桃子时,那个独杆如天兵降临,吓得当人梯的小伙伴哧溜一声跑了,上面的人重重地摔在地下,时常被逮着了,受一顿教育。

桃子青色时,我们尚且能忍得住。可当有人看见树上的桃子红艳艳起来,那墙头边便更多了小伙伴们的身影。独杆爷爷连夜晚都端只凳子守在院墙根下,防止一树桃子被哪个坏小子偷走。他守得住院墙,可防不了临河边的那段水岸线,调皮的孩子趁他打盹的时候,光着身子潜水游上他家院内,猴子一般爬上树,也管不了桃熟还是没熟,饱吃一顿再溜下树来,临走时还不忘弄出点动静,慌得老爷爷气喘吁吁撑过来,只听得河里几声扑通响,老爷爷连孩童的后脑勺也没看见。

我们与独杆爷爷的斗智斗勇光荣历史,随着那五六棵桃树被砍掉终止了。砍掉桃树的时间是在我上初中时,是老人的两个儿子动的手。老人哪里舍得砍掉桃树,儿子们说服老人的理由是,"你是家中独杆,现在儿孙满堂了。东圩埂上很多人家伢们是棵'独苗',一旦伢们翻墙头、上桃树,掉下来跌残了,或是掉水里淹死了,哪一桩事都是祸事。"独杆爷爷没再吭声,桃树也就没保住。

东圩埂如我一般大的孩童在夏天里最能吸引我们的一个故事,就那么结束了,至今想起来多少都有些遗憾。

东圩埂北头院子里栽两棵柿子树的老奶奶是个厉害的角色。她家院里的两棵柿子树据说是她出嫁时,从娘家带来的小树苗。她每到冬春、秋冬交替时节,都要给柿子树松土、施肥。到我们记事时,她的娘家似乎也没有什么人了,树长得有碗口粗。

她家的柿子树即使秋天红透了东圩埂半边天,隔着墙头看着都要流口水,也没人敢翻越墙头去偷摘一个柿子。老奶奶能清楚地记得每一根枝条上的柿子数量，她在外干活回来一眼瞅上去就知道少了没有。若是柿子少了，她能从早上骂到鸡入笼、人上床，寂静的夜空里，还能听到她的咒骂声。

她有两个儿子，大儿子是结巴佬，打了光棍。二儿媳妇娶进门后怀孕时，顺手摘了两个半生不熟的柿子放锅台吊罐温水里泡着，被她发现了，吵了好几天，逼得儿媳妇认错才罢休。也曾有勇敢者趁半夜翻上墙头偷摘柿子，但还未够着树枝，小腿早被老奶奶的锄头敲了下，翻落院墙外面，落荒而逃。

跟看桃树的老爷爷还能斗智斗勇，胜负各半。与这个守着柿子树的老奶奶，使什么招儿也不顶用，只好眼巴巴地看着那高过院墙的柿子树在秋风中一天比一天红起来，直到红透了东圩埂的半边天，过过眼瘾解解馋。

柿子，我还是吃到了，而且年年深秋时节都有，以至于我很小的时候便莫名喜欢起秋天来。

柿子，是这个老奶奶半夜里送给我母亲的。她叮嘱我母亲：柿子太少，户数太多，分不过来，不要对外讲。我们怎么舍得一口气吃一个柿子？揣在口袋里，忍不住的时候摸出来啃一小口，又塞回口袋里。同伴们一起玩时，发现彼此都有这动作，真相大白，我们才心知肚明：我们各家都曾在半夜里收到过老奶奶送来的柿子，也同样被告之过不可对外人道也。

后来，我们东圩埂后生们相继走出了那条圩埂，到外谋生，每到过年时回老家，带的礼物中都少不了有这个老奶奶的一份。她收到礼物时总是笑嘻嘻地说："那时不骂狠一点，你们翻墙头爬树跌坏了胳膊腿脚，现在哪能跑那么远的路去求取功名啊。"

我有很长一段年月里，都习惯从城里买许多柿饼带回老家，一是我母亲喜欢吃，二是我们东圩埂人也喜欢吃，送给谁家谁都很欢喜。有时在外给母亲打电话，问可要带些什么回老家时，她脱口而出："柿饼。"我小时候，是邻居这个老奶奶半夜给各家送柿子，她教我们用草木灰把柿子埋几天，熟得快。老奶奶去世了，东圩埂人喜欢到我家向我母亲讨要柿饼尝尝，大约是我在外面买的柿饼味道好。

我在都市的红尘里沉浮，人到中年时被青春撞了一下腰，独自生活了一段岁月。那是我人生中最孤寂、难熬的时光，我借宿在一个叫靶场路的一户居民家，这家住一楼，有一个小院子，院子里栽有两棵柿子树，树干都高过铁栅栏，树形也非常好看。那时光里，我多是晨出夜归，孤孤单单，遇到双休日不去单位值班，便待在院里看书，这两棵柿子树便成了我的陪伴。我在读书，树影为我摇来清凉；我忘情于书中，树叶的滴答滴答声响，分明是告诉我：雨来了，进屋吧。

那个春天里，虽然寂寞伤感，但有了这两棵柿子树的陪伴倒也消解了许多。我目睹了它们花开、花凋，在挂果子的季节，我每天回来看着那满树的果子，心生欢喜。有时半夜从单位回来，我独自搬把椅子坐在树下，月光从树叶间洒落院里，特别安静。心灵的天空清澈了，灵魂回归体内，我终于可以坐下来与时光对话了，思绪仿佛能穿透很远，坚守当下，努力做事，方能不惧未来。

树叶哗哗声响，仿佛在提醒我：夜深了，风冷了。

至今回首那段特殊的岁月，我于柿子树下累积了许多思考，也日日夜夜创作攒下了两百多万字的作品，出版了长篇小说，于寂寞中挖掘出了一条时光的隧道，遇见了别样的春光，开启了人生新的旅程。

不幸多是自己折腾出来的，幸运也多半是自己拼搏得来的。天地轮转，不舍昼夜，哪能顾得了芸芸众生里一个寻常的生灵轨迹。生命之舟，不靠自己用心划桨，你还指望谁？！

又到柿子熟了的季节，我栖居佛境，读书、写作，或许从前浴火的凤凰仍在浴火，重生还在旅途中。诚如喜欢我新近文章的人叮嘱我那样：坚持哦！我想我能坚持这涅槃的过程，我早已知晓生命的珍贵。况且我能见柿子在一季春风里花开，于一轮秋阳里红熟。转过年，又是一季花开，又见一季柿子熟了。

金秋多美，活在珍贵人间真好。

二〇二〇年九月十日　九华山何园

车 塘

小时候临近春节，我父亲与几位叔伯从生产队仓库里搬出搁置很久的两架水车，抬到圩埂下的当家塘埂上，将水车顶端用绳子系在打入塘泥中的木桩上，车头架塘埂上，挖好导流小水沟。圩埂头上各家轮流出人，歇人不歇水车，开始抽塘里的水，我们那里称之为"车塘"。

我们地处巢湖梢尾圩区的生产队，圩心中间的土地寸土寸金，仅有几条小水沟或纵或横在泥田之间，根本舍不得变良田为水塘。所谓的当家塘，也只是在住家圩埂下面那一段的长条形水塘。逢上雨天，圩埂上各家门前的表层浮尘都随雨水汇集到塘里。当然，圩埂上人家养的鸡、鸭、鹅、猪拉出来的屎尿也会随雨水流进塘里。加上塘边树上的落叶，这当家塘一年下来，塘泥成了庄稼人的宝贝疙瘩。车塘，在我们小孩看来是要逮鱼，各家分回去过春节。而在大人的眼里，是趁春节农闲，抽干塘水，男女老少排成队挑塘泥到秧田，好在春耕前撒稻种时做底肥。

真是应了那句俗话，伢们盼过年，大人盼种田。

那时我还没见过抽水机，两架木水车即使换人也不歇水车，有时晚上还在塘埂上挂起马灯抽水，即使如此，要把当家塘水抽干，少则四五天，多则一个星期。我们小孩一天跑许多趟去看塘埂，那塘水好像还是那么深，更不见鱼儿跳。心急火燎的我们讨好车水的大人，让我们上去车，两转水下来早憋得脸红脖子粗，大人们笑着接过去依旧慢悠悠地车水。

塘水日渐减少，露出浅处泥巴。这时要把一架水车移到塘里，挖个水沟，先把深处水抽上来，上面一架水车把水抽上岸，抽水的速度明显慢下来了。我们恨不得下塘用瓢舀水上来，加快速度。越到后来，我们往塘埂上跑得越勤，有时听小伙伴说亲眼看到一条大鱼跳出水面了，塘埂上便挤满了小孩大人。

有一年车塘，一个起早在塘边转悠的长辈从塘边泥巴里捉了一只老鳖。生产队的人炸锅了，很多人羡慕之余，愤愤不平起来，称那只鳖应是集体所有。捉到鳖的长辈说这只鳖从塘里爬上塘埂，要逃跑了，并带大伙去现场看鳖的脚印。争执不下之际，众人请我父亲定夺。那时我父亲是东圩埂生产队队长，他说："要是只母鳖就放回塘里，要是公鳖就归他所有，让他义务多车一天水。"后鉴定是公鳖，那长辈嘴里哼唱小倒戏，下到塘里车水，时不时催塘埂上那架水车上的人"快点，用点劲"。我问父亲为什么凭老鳖的公母来决定归谁，父亲笑笑，母亲在一旁说，"你财叔妈妈病了，这只鳖给老人补补身子。"刹那间，我觉得父亲很伟大，这事干得漂亮。

车塘最激动人心的时候，是水要干的时候，一塘鱼归到最深的水坑里。印象中都是半夜，塘埂上的人用手电照着，父亲带壮劳力卷起裤子赤脚下水逮鱼，用筐子运上塘埂。大伙儿都上了岸，便挖开塘埂，让稻田里的水回流塘里一部分。塘里的鱼当然没有逮完，留下一些稍小一点的，或是一肚子籽的母鱼作种鱼，这叫连年有鱼，不可赶尽逮绝。我们站在塘埂上久久不肯离去，听水响声，不时惊叫"鱼又跳了"。直到有人喊："都回家睡觉去，天亮分鱼。"我们才恋恋不舍地跟在大人后面，看着他们把那两筐鱼抬进仓库，两把锁锁好门，方各自回家，夜里做梦都在吃鱼。

那时乡下日子太清苦，这两小筐鱼生产队按人头过秤分，稍大点的鱼切开，按户数分成堆，贴上数字，然后各户出一个人抓阄，对号取鱼，这样没有抱怨。我家的那份永远都是别人家选剩下的，有人抓到阄子认为地上那份鱼不好，跟我家换。我父亲总是说，"过年了，大家开心就好。"那时过春节吃鱼是很奢侈的事，往往一碗鱼从大年三十晚上"吃"到正月十五中午，每逢家里来客人时，端碗鱼冻上桌做个样子，预示"连年有鱼"，客人们也心知肚明，绝不会把筷子伸进鱼碗里。过了元宵节,这碗鱼冻才给下筷子。

我离开东圩埂外出谋生几十年,每当临近春节时,总会想起车塘这件事情。也喜欢走到哪儿,都要弄口水缸蓄水养鱼,尽管水缸里的鱼多半被猫偷吃掉了。我曾在我妻子的厂区里挖了一口两亩大的水塘,放养了许多鱼。每逢春天雨水大时水漫塘埂,园区的小水沟里都是鱼,工人们开心地逮鱼。平常让工人随便钓鱼,总想过春节时车干鱼塘,重拾儿时过年车塘的乐趣。可是,总会有坏心的人,夜色里悄悄往塘里下毒药,满塘鱼儿死光光,让人心疼。

我与妻子来到江南山里时,在屋后挖了一个小池养鱼,哪知道附近的野猫整夜猫在小池边。猴子能水中捞月,这猫本事也不小,两条后腿抓牢池边,两只前爪抓鱼,两三斤重的鱼也能拖上岸。今年过冬时,还有只灰色鹭鸟来池边守着,长长的尖嘴叼鱼准确无误,月色下吃了鱼,天亮前飞走时还拉下一大泡白色的屎屁屁。有时我气不过,思忖着如何对付这猫与鹭鸟,妻子劝阻我说:"它们找口吃的不容易,不要为难它们。"

车塘是我们乡村少年甜美的记忆,那份美好怕是只能在记忆里搜寻了。真还做过梦:我泛舟在烟波浩渺的水波里,与鱼为伴,做个快乐的渔夫。

二〇二一年一月三十一日　何园

一叶竹筏

我们老家东圩埂称比自己大两辈的长者为"爹",保大爹属辅字辈,我父亲是德字辈,按"辅德显中"排序,保大爹长我父亲一辈。他从朝鲜战场上回金牛陈挡圩东圩埂时,人们就叫他"保大爹",直到他去世,很多人忘记了他原本的辈分。

保大爹与我叔父何德余、南头郑学富一同从朝鲜战场上回到东圩埂时,郑学富和保大爹都残了一条腿,叔父何德余聋了一双耳朵、残了一条胳膊。宗家们没人笑话何德余,因为炮弹不长眼落在他身边炸了,没办法的事情。可保大爹从朝鲜瘸着一条腿回来,东圩埂人很是惊诧:你一身好功夫咋让美国人捅残了?

保大爹不吭声,只跟我叔说过:"雪地里走了两天两夜,稀饭都弄不到喝,美国人吃的是牛肉罐头,坐的是汽车,我能捅倒他们两个,保一条命容易吗?"我叔拍拍他肩膀,

"他们没上过战场,以为美国人真是纸糊的老虎呢。"保大爹是一个响当当的风流人物,威震一方。他看着我长大,我目送他老死。我再不写写保大爹,他的事情掉入尘埃就找不到了。

巢湖南岸陈挡圩,风调雨顺年,也难填饱肚子。遇到夏季洪水,破圩或是内涝,圩埂上的人就要四散寻活路去了。保大爹虽是个瘸子,但打过仗见过世面,又有一身好武功,每年入秋后,他都要带几架板车,领着十几个庄稼汉前往长江北岸一个叫白茆湖的地方谋活路,最多时有三十多人,承载几十个家庭活着的希望。在那里割野芦苇,编芦席卖,春节前回金牛时,拉回几车芦席,其他人挑着担子,沿途叫卖。他们带回干芦笋、野鸭、咸鱼,顺便给邻居家小孩几节泥巴巴的野藕,当然还有足够圩埂上庄稼汉们讲到次年春光化冰时,还津津有味的芦苇荡里的荤故事。

白茆是长江北岸一处芦苇丛生的湖荡,江水涨时白茫茫看不到边际,芦苇拔节后,绿波汹涌。白茆最风光诱人的当算深秋入冬后,湖荡里鸥鸟、野鸭成群,大雁振翅从芦苇丛中飞起时,芦花飞扬。湖水随着江水退落后,形成一个个滩涂,滩涂间有沟河连接。那个时节,看得到泥的地方有人在割芦苇,编织芦席。望得到水处有人在张网捕鱼,抛钢叉捉鳖。江北很多地方的男人收割完晚稻后,不甘闲在家坐吃山空,便结伴到白茆湖来,帮派林立,以地域为主。九江来的人专用毒药拌稻撒在滩涂地上,逮贪食中毒的鸥鸟、野鸭、大雁。他们与江北人没有来往,毒药从不示人。

最吸引长江南北汉子到白茆湖荡里来的,不只是诱人的物产,更有水乡那些水灵又风情的女人。生长在大江与湖荡、河港间的女人,肌肤水润,性格开朗,心眼也活。每年立冬后,这些女人就钻进芦苇荡里,有的女人从家里背些粗米与盐油来,有的女人头年里攒些钱,买几坛烧酒来藏好,耐着性子等到天最冷降大雪时,工棚里的男人下不了湖,这坛里的烈酒就会跟女人们一样抢手。

当然,也有烈酒被外来的某个汉子喝了,女人也睡了,可汉子在风雪夜里跑了。这样的男人,一般第二年冬季就再也不会现身白茆湖。女人们一人啐一口唾沫,会淹死他的。更何况一湖荡的汉子们对这种男人更是丢了一地蔑视。

白茆湖是个江湖,有十几个帮派,也有流血、争斗,还有为女人打得昏天黑地的。两人打斗时,各帮人抱着手不上前,就连惹发打斗的当事女人也站旁边看热闹。到了快出人命的关头,两边人的目光都投向保大爹。保大爹上前伸出两手像抓小鸡一样,将两个斗得头破血流的汉子提起来,各自放回自己的队伍一边。于是,各自收兵停火,回去帮工棚里的女人烧火做饭。女人们跑出来看打架,早忘记生火做饭这事了。

白茆湖里特立独行的就是九江那帮擅长用毒药的人,他们的小棚也离其他人远一些,每年跟随他们的水乡女人基本上都是固定的一些人。保大爹带去的天井圩一个叫老虎的汉子,偷了九江人的药,想拿回来毒些野鸭,被他们逮住。保大爹只身一人拎着两坛烧酒过去,才领回了老虎。保大爹训他:"人家用半粒豌豆大小的药末就足以毒死一桌人,跟他们较狠连死都不知道怎么死的。"

那个拿出两坛烧酒的女人,临近春节前,跟保大爹一起到了陈挡圩东圩埂,做了他的女人,她带来的"拖油瓶"刚五岁。保大爹自娶了白茆湖的这个女人后,就再没带队伍去过那里。女人很贤惠,把两间草屋收拾得干干净净,保大爹的旧衣服穿在身上,东圩埂细心的女人们说:"那衣裳洗得好,看得见针眼。"这个女人学着栽秧、割稻、掼稻把子,几年下来,圩田的农活样样都拿得起来。

保大爹跟我家小叔何德余、东头郑学富三人是战友,我叔在姚拐电灌站看机稻机,有间屋,他们三个有时聚聚。我那时还小,晚上跟单身的叔子睡觉,他们仨聊天,听多了渐渐理出头绪:跟保大爹来的女人原是长江边船家女儿,丈夫在江上走船运货,夜间触礁,被货箱砸伤掉进江中,连尸首也没找着。女人为躲避船主讨债,在芦苇荡里讨生活,保大爹像把伞罩着她。

聊到深夜,郑学富回家了,保大爹仍不走,我叔也不催他。他嘟囔:"回去也没屌用,鸡巴在朝鲜就冻成缩头乌龟了。"我叔有一次问他:"你讨女人,不是瞎子点灯吗?""她早就知道我不行,图娘儿俩有口饭吃,不受人欺负。"

我六岁那年夏季,洪水暴涨,天捅破了似的。哑巴圩、陈挡圩、天井圩、湖稍圩等八圩连破,一片汪洋见不到边。当地人俗语:"破了哑巴,到陈挡,天井、湖稍白浪浪",一点也不假。

东圩埂长卵蛋的伢们抢在破圩前由何德长叔带到了岗头上,东圩埂上的男人、女人,还有女娃们没撤出来,树上、房顶上、墙头上都是人,连狗也爬上墙头树梢。

人命关天,危在旦夕……

保大爹那个来自长江边船家的女人,我们小时候都喊她保奶奶,她带来的儿子那时也有十七八岁了。她与儿子在洪水的浪涛里,撑一叶竹筏,往来于圩埂和岗头之间,将受困在树上、房顶上、墙头上的人,送达岗头边。救人一命胜造七级浮屠,保大爹一家在破圩时救了多少条人命,没有人统计过,东圩埂人都记在心里。

破圩了,保大爹与我父亲何德顺找生产队老篾匠商量,用他家存下来的毛竹,动手捆扎出一只竹筏,来年补他几担稻子。老篾匠说,"大灾难时先救人吧。"草绳捆扎经水即烂,老篾匠破竹削篾,保大爹带我父亲等人捆扎竹筏。保大爹毕竟经历过生死硝烟,有胆识与见地。他拖着一条残腿在圩埂上招呼人,保奶奶带着儿子德三撑竹筏,沿圩埂救人。

困在圩埂上的人多有不敢上竹筏的，保大爹拼命叫："我老婆儿子都在上面，你们怕什么？"遇到贪财的巴不得把家都搬上竹筏的人，保奶奶坚决不让，"竹筏只救人命，不装东西！"等筏上人差不多时，德三在水里推着竹筏离开圩埂，保奶奶横篙竖插，竹筏便入白浪里，往滔滔圩心驶去。

浪打筏上尽是水，浮浮沉沉生死间。

竹筏上有人大哭，保奶奶左右使竹篙把控竹筏，遇到急浪时，德三跳下水扶稳竹筏。一浪过来，他沉没洪水里；一浪过后，他又从水里冒出头来。筏上人哭声震天响中，竹筏靠了岗头岸边，岸上人扶着他们下竹筏。有人递过来山芋、南瓜，刚下竹筏饿极了的众人把食物都捧到德三面前，让他吃。

德三饿极了，边吃边说："我在水底下听到有人哭，龙王爷不肯收他们吧。"众人破涕为笑。

洪水将圩心变成白浪浪的湖面的那段日子里，保奶奶与德三撑着竹筏来回穿越圩心洪水，成了汪洋中的一叶生命扁舟。东圩埂青壮年男人在圩埂上挨家挨户找没走掉的人，集中在一处竹筏容易靠边的地方，省得再沿圩埂费力寻找。

德三累极了在圩埂上倒头便睡，每次竹筏上人前，保大爹与我父亲等一帮人都把竹筏抬上岸，仔细检查，发现有篾片松动或断裂的，就拿篾片加固捆扎紧。洪水白浪间，捆扎竹筏的篾片一断，就会要了一筏人的性命。

我与堂弟大存、大富待在岗头水边,看到一只竹筏撑临圩埂边时,骤风急起,竹筏打转。德三跳下水扶着竹筏,保奶奶插篙稳住竹筏。竹筏上的哭喊声传到岸边,格外揪心。圩埂上有青壮年跳进洪水中游过去,合力把竹筏拖往岸边。

每一次竹筏撑离圩埂时,都有生离死别之悲壮,筏上筏下,尽闻哭声;每一回筏靠水岸,又是一片欢腾……

那年洪水破圩,东圩埂没淹死一人。保大爹与他的女人和儿子拼尽本领,在汪洋中用这叶孤筏架设了一条生命通道。

保大爹一家人累坏了,母子俩在人上竹筏的间隙接过人们递过来的食物,胡乱吃几口,倒头便睡着了。保大爹每次带我父亲仔细检查竹筏可有松动的地方,发现有篾片松动或断裂的,就拿老篾匠准备好的篾片加固捆扎紧。

东圩埂的树上、房顶上、墙头上,终于看不见人了,连墙头上的狗也运上了岗头高地。保大爹当年在长江边芦苇荡带回来的这个平日里很少说话的女人,居然是一个撑船的好把式。东圩埂人在许多年后,还在说:"保大爹给我们带回来的是救命菩萨。"

保大爹累坏了,病倒了。

他的女人洪水过后,生眼疾,耽误了治疗,终致左眼失明,人也成了病秧子。保大爹拖到第三年春上,早稻秧刚栽下田时,死了……宗亲们发现,保大爹活着的时候没给自己准备寿材。全东圩埂老人已备好的寿材,即使人家愿意拿出来,可保大爹个子大,放下去委屈了。

商量来商量去,我父亲与木匠德长叔领着几个人一起去了金牛林场,找那个当过兵的场长。他一听说保大爹去世了,向区里请示。领导发话:一是挑最好最干的木料,立即送东圩埂;二是在林场山上选一块山地,给保大爹当坟地。领导叮嘱:保大爹保家卫国负过伤,饥饿年月带大家谋活路,破圩时一家人拼命救人,我们不能对不起这样的老兵!

那天上午,林场借了一辆板车,我父亲与木匠等人拉回来六根杉木。德长叔安排四个常给他搭手干活的人,用两架大锯子一层层锯开杉木,两个徒弟刨光木板。众人夜里在保大爹家门口点了盏马灯,男人们搭手帮忙,女人们赶着缝制寿衣。到第二天鸡叫二遍时,棺材制成了。有经验的老人们居然有办法将新寿衣给保大爹穿上。

保大爹"上山"那天,陈挡、湖稍、林城几个圩口的人都赶来送行。妇女们劝保奶奶不能再哭了,保奶奶还是伤心,"死鬼活着没享过福,以后我的孬儿子怎么活啊!"

保奶奶另一只眼睛视力也越来越差,几近失明。生产队人心照不宣,只要保奶奶到田埂上走走,试试摸索农具干活时,马上就有妇女上来说:"我的个奶奶呀,你别跌着了。"赶紧扶她回圩埂头上去。但是,一准给她记个全工,好在年末时有工分分到稻谷。

我在金牛中学高考复读那年，保奶奶去世了。今年春节前，听村里书记何锋林说，他与众人送保奶奶的儿子德三到县医院做手术，翻过年德三就七十岁了，头脑不做主，全靠东圩埂人照顾。以前我每次回家去看他，德三总是笑嘻嘻地说，"大玉又来了。"

人活着不容易，生活更不容易啊！

东圩埂保大爹和他的女人尝遍了人世所有的悲辛，给苦难中的人们那么多生之光亮，活之希望。他们像掠过东圩埂的一缕清风，在历史的书缝里连一丝丝影子都找不到！

二〇二〇年七月七日夜　茶溪何园

第二辑　捕鱼人家

二 爷

疫情形势好转，路障开始拆除。

这么长时间出不了村，东圩埂上的爷们与小媳妇们憋得快疯了，他们像潮水一样涌出村，出门访友，或进城看看自家的孙子孙女。有的又如候鸟一样奔往远方找工做，谋求一年的新生活。除了老弱病残者，似乎转眼间村里人跑得差不多了。

待出门和进城的人透过气，见过想见的人，喝了三两场酒，一些人重回东圩埂上时，有人说北头圩埂上二爷死了，没人知道他去世的确切时间，是一个熟悉他的司机一直打电话联系不上他报了警，才发现的。刚刚松了口气，有人抱怨说，"二爷活着不干好事，死了还恶心人。"

二爷光棍一个，除了邻居们，没有亲友与后人，他的后事还是山里曹家老哥俩来帮助料理的，曹家在家里上网课准备硕士论文答辩的儿子曹贞一非要跟着来，被劝阻了。说是后事，其实也就是去派出所开具死亡证明，找到平日与二爷很熟的镇上殡葬车司机来运走遗体，曹家兄弟带着骨灰回山里，埋进曹家祖坟地。二爷的新坟与曹贞一爷爷的墓并排着，坟头也差不多大小。曹家爷爷坟头上有荒草，二爷的坟是新土，草还没长出来。

曹贞一虽年轻，毕竟读了不少书，人命关天的事，他考虑的比父亲和叔子周到细致。获悉二爷去世消息后，曹贞一打电话给县里有关部门，请示怎么办。事情落实到镇民政办老刘头上，老刘头顶上的毛本来就不多，此时不停地用手挠头。他说："这个老头确实给我们帮过许多忙，特别是疫情期间对全镇殡葬业有贡献。本来要好好操办一下的，可毕竟还在特殊时期，不宜大搞。"对于曹家将二爷骨灰带回山里安葬的要求，老刘表示没有意见。

二爷就这么从圩埂上悄悄消失了，户籍警在二爷名字上盖"死亡"戳子时，斜眼瞄了下出生年月栏"1943年5月"字样，喃喃自语说了句："这老头还能活这么大岁数。"一个人就这样默默地走完了所有的路程，重归尘埃看不见了。

二爷家的老坟是冒过青烟的，有人见识过他也曾身怀绝技。

据老一辈人说，二爷年少时人称二少爷，家里有不少房子，耕牛就养过两头，算是家大业大。到他老子时好赌，不做正经事，跑城里泡赌场，输光了钱财，就卖家当，卖了家当,又开始卖房子。房子一般人家买不起,二少爷老子有办法,整栋房子不好买,就让人家来家选,看中什么料,相中哪根梁,先记账,攒下的账多了便雇人拆了整房子,让来人各取自己选定的物件拿走。拆房子抵债来不及时,他就利用表哥在县里当差的便利,顶替别人家出壮丁,穿上军装出去跑一趟,再找机会溜回家,拿着钱又混迹赌场。既糊了日子,又得了银子。祖上留下来的房子与地,到二少爷记事时,只剩下两间厢房了。

二少爷从小随老子进出赌场,他的血液里有遗传基因,赌术有童子功。村里人寻常玩的各类赌博,全不入他的法眼,更激不起他的兴趣,倒是后生们遇到疑难不决的赌术胜负时,结伴来找二爷评判,二爷的话就是裁决他们胜负的依据。

在周边几条圩埂上,二爷还有样别人无法望其项背的绝技:水上漂。早年家道败落后,他曾挑只小腰盆到沟塘渠水里捕鱼为生,捕到鱼后就近换些米与酒,有人说他划小腰盆过长江到江南芜湖城里卖鱼,再下长江划回江北。他把腰盆系在江边的柳树上,脱光衣服洗净晾晒在树枝上,自己赤裸跳进江水,往上游游去。累了,双手合十漂在江水上睡觉,随波顺流而下。一觉醒来,到他晾衣服的江边树枝上取下衣服,上岸喝酒。第二天再去找腰盆,继续捕鱼。

二爷这身水上绝技,曾在江里捞起过不少人,有活人,也有死人。江上的船家一般不愿帮人打捞江上浮尸，二爷光棍一个倒也不怕邪气，有时还能得到丧家些许好处。他说，无论是死是活，捞上来怎么也是件积德的事情，让他们回家，哪怕是魂也是要回家的。与他生活过一段日子的那个俊俏女人，就是他从江水里捞上来的。

二爷没结过婚，却是有过女人的。圩埂上的人都知道他从外面带回来一个女人，一起生活了五六年。那段日子是他一辈子活得最光鲜的时光，圩埂上的女人们都说，二爷穿的虽是旧衣服，可洗得能看清楚针眼，每次身上衣服都笔挺挺的，倒也有几分斯文。二爷的衣服当然是那个女人洗的，有人看见她用二爷装酒的锡壶装上热水，把锡壶在衣服上反复来回烫，再拿起那衣服晾着。二爷出门穿着笔挺，遇人夸赞时，他便一脸笑容说"女人穷讲究"，别人都能听得出来他是夸耀自己从江水中捞起来的这个女人呢。

我考上大学那年离开圩埂时，二爷家的女人还在。后来，那个女人离开了圩埂头，原因不得而知。二爷情绪低落了很长一段日子，不下水捕鱼了，又下不了田干不了农活，别的营生又没有，日子过得有一顿没一顿的。偶尔哪家办红白事，他凑上去吃一顿饱饭，兴许还有酒喝。

二爷上了年纪了，昔日收拾得干干净净的样子早已不再。他自己也明白，人家办喜事时讨厌他出现。逢人家有白事时，他买挂鞭炮去一放，给亡灵跪下磕三个响头，人家亲属还礼跪下一大片。那一刻,他感觉自己才受人尊敬。于是便自愿留下来,帮着张罗些事,比如有客来了帮点挂短鞭炮迎一下,亲属一听外面鞭炮响,重又戴上孝帽哀号起来。忙是忙点,二爷的香烟是有的抽了。到开饭时间,找个不起眼的角落位子坐下来,酒也是管够的。

二爷渐渐喜欢上人家办白事了,他的活动范围走出圩埂头,遍及全镇了。精通赌术的他自然会算账:几条圩埂上才几百号人,一年死不了几个,等三两个月也未必等到吃肉喝酒的机会,还不饿死呀。全镇有三万多人,一年死人在一百八十到两百之间,差不多隔天走一个。有时赶挤在一块儿死人,二爷就选其中一户殷实人家,带上鞭炮去放,享用的烟与酒自然好一点。每晚临散场前,他帮着收拾碗筷,顺便把桌上的残酒灌进自己的锡壶,桌上的散烟或是抽了半截的香烟也收起来。他坚守一条底线:不拿人家未开过的酒和未拆封的香烟。

龙困浅滩如虾米,龙游深潭方显灵。二爷的日子重又活得鲜亮起来。

二爷大约是过了花甲之年后,学会了蹬三轮车。那是一个原在县城踩三轮车拉客的圩埂上的后生改行了,把旧车送他了。城里的的士兴起时,三轮车不让上路营运了,放家里也是累赘,索性送给二爷做个人情。二爷水性好,身体还算灵活,没用几天就把三轮车蹬得有模有样,上坎下洼,跨沟过桥，顺溜得很。

三轮车像是给二爷插上了一双翅膀，也像是绑上了神行太保的飞行器，他的活动里程直线上升。原先赶上白事挤在一块，他只能择其家庭条件好的上门放鞭炮。现在平时买些鞭炮存放车厢里，竖着耳朵听四方，哪里有短鞭炮不断响起，那便是他要投身的战场了。骑车比走路快多了，多赶了许多场子。忙的时候，一天要串两三户人家，辛劳中自有收获。

二爷年岁渐大，他在思考如何把别人家的白事做得更好，做出效益来。光喝酒、吃肉、抽烟不要钱，可买小鞭炮还是要自己花钱的。有一次在一家忙晕倒了，也可能是人累酒多喝了点，那家人把他送镇上卫生院吊水，临走又塞给他一些钱。二爷重新爬起来后，忽然醒悟到：几十年来一直停留在吃喝低层次上，浪费了大好的人生光阴，再也不能这样活。

下一场白事来了，他改变战术，买了一盘一万响鞭炮，又备了些短鞭炮。在户主家门口万声巨响之后，人家儿孙在哭声中准备磕头，他迟迟不上前，蹲在烟火里间隔点燃一串小鞭炮。户主家哭声又起，还是不见他上前。后面来致哀的人，又不好越过他，只好在村口等候，渐渐排成队。二爷还在烟火里不紧不慢点着小鞭炮。户主急了，上前行礼，奉上香烟与信封。二爷这才长号一声，"我的老哥哥呀，愚弟我来送你最后一程了。"在户主一家嘶哑的哭声中,二爷唱了一段跟逝者密切关联的词,讲述其生平主要事迹。听得户主家人又哭起来了,这回是真的哭了。

久而久之,谁家有了白事时,二爷的万响鞭炮未响起时,人们总觉得高潮还没有到来,只有他的万响鞭炮炸响后,他那原本唱戏的金嗓子一亮,"我的×××呀,愚兄(或弟或侄)我来送你最后一程了。"接着欣赏他一大段的有关逝者的人生告白。还真别说,二爷毕竟是读过书的人,他唱出的这段告白非常契合逝者身份与生平,相当于追悼词。二爷唱罢,户主亲属多半真的伤心哭泣了。周围观众有人鼓掌叫"好,好"。

任何一行钻研久了,必有其心得。好钢要用在刀刃上,就像当年他看不起圩区人的赌术赌技一样,他已无法在那么小的范围内寻找到更好的发展,取得最大化的利益了。二爷不仅走出了圩埂头,还走出了原先的镇,视野投向了半个县,还与火葬场的人熟悉了。千条路,万股道,人生终究最后一条道是通往火葬场的路,谁又能躲得过?

二爷打听到合适的事主,便在通往火葬场的节点上,骑着旧三轮车早早守候着,迎接送行过来的队伍。

二爷最出彩的一次是在路上,以一辆三轮车、万响鞭炮,拦下了九十九辆奥迪车送葬的队伍。那个死者是个老头,是从树上掉下来跌死的。老头嫌树上鸟窝里的鸟吵人,先用竹竿捅掉了不少鸟窝，树梢上的鸟窝太高捅不到，他去邻村借来长梯子靠在树干上，爬梯子上树掏鸟窝。梯子一歪，老头像片叶子从树上飘落下来。老头的儿子在外面发了大财，特别有钱。老头子跌死后，儿子为父亲大办七天，出殡那天用九十九辆黑色奥迪车绕城转了三圈，车队才拐进火葬场路。

二爷单人单车已在路口守候多时了。他头顶白麻布，长跪路中间，万响鞭炮声后，极具穿透力的哀声凄凉，有板有眼唱出了老头的生平往事。车队停下来，老头儿子闻讯上前，见比自己父亲还老的一个老头这么悲伤，静立片刻，听出唱的都是自己已经忘记了的有关父亲的生平往事。他离开家乡几十年了，好多人都不认识了，没想到老父亲这么受人爱戴。不禁悲从中来，哭泣不止，他上前施礼扶起二爷，招呼随从过来，把一个厚厚的信封塞给二爷，还给他两条软中华。

二爷真的哭了，与这位孝子相拥而泣。圩埂上的人后来都在猜想，那个厚厚的大信封里到底有多少钱？有人说，看厚度应该是两万。这时众人才想起来，二爷这些年，应攒下不少钱，也没见他花什么钱，没见他赌，还住那两间老厢房，钱究竟花哪儿去了呢？有人猜想，帮他料理后事的山里曹家人可能落得他的好处，否则非亲非故，谁肯下那么大力气。曹家人平时逢年过节也都提着东西来看望他呢。

二爷也有过一次挺身阻拦送葬队伍放鞭炮的举动。那次，是当地一个领导的母亲去世，送葬队伍浩浩荡荡，有一辆货车装着满满一车鞭炮，车队每过一个路口便响起震耳欲聋的鞭炮声。二爷晚年一直活在鞭炮声里，见此阵势仍然一震，稍不留神火星迸进货车车厢里，那就不是小事了。他猛踩着三轮车抢上前试图阻拦如此放鞭炮，人还未挨近货车，便被拦下，送葬的人随手一推，二爷直跌进了路边的水沟里。他还没有从水沟里爬出来，货车真出事了，装鞭炮的货车上硝烟弥漫，火光冲天，爆炸声震耳欲聋。人们四散逃窜，哭声喊声淹没在鞭炮声中……硝烟散去，车上三个人都被炸死了，受伤者无数。二爷因跌落水沟里，躲过了一劫。

曾有酒鬼趁二爷外出时，进入他的那两间厢房，翻箱倒柜，连墙缝都掏过，什么也没有找到。没有不透风的墙，这件事情后，人们更加怀疑二爷攒的钱肯定有去处，未见他有亲友，钱用哪儿去了呢？

二爷真的老了，近几年他外出的次数明显少了。他安静下来，人们反而不习惯了。今年春节后，一场意外的疫情，让二爷又忙了起来。首先找到他的是与他相熟的那些乡镇开殡葬车的司机，这些人往昔多少都给二爷通风报信过，让他出行有的放矢，多有斩获。疫情当口，人还是照样会老死病死的，可是没有人再肯出来帮忙料理后事了。司机们无可逃避，他们首先想到的就是喊二爷来帮忙。

二爷见多了这样的场面，内心没有那种惧怕，宛若平常一样。不论哪个乡镇这样的司机打他电话，他准应声前往。遇到没有人肯上前给逝者洗面开脸时，二爷认为祖上传下来的老规矩不能破，人来世间一辈子受苦受难，临走时要给收拾得干净一点。他打盆清水，给逝者擦洗，穿好衣服，既当搬运工，又陪着司机护送逝者去火葬场。

司机们一直戴着厚厚的口罩与手套，二爷嫌戴手套碍事，索性不用，照样干活。二爷特殊时期的不避艰险让他在业界声名鹊起。

二爷每次在忙完这些以后，踩着三轮车慢慢走在回家的路上。有时殡葬司机看不过去，事先约好地点，让他把三轮车放那里，完事后送他一程，让老头省点踩三轮车的力气。或许，明天天亮后，二爷又要去别处料理事情。

二爷在圩埂北头的那两间屋，除了曾有酒鬼壮着胆子进去翻找钱财外，平时没人敢进去，都觉得他成天跟丧事搅在一起，身上有晦气，房间里也会有鬼魂。

二爷死了，他到底哪天死的，没有人说得清楚。二爷长眠在山里面曹家祖地上了，与曹家爷辈并列，算是给予了他最后的尊严。今年夏季雨大成灾，有消息传来，暴雨中二爷家那两间老厢房的墙倒了。洪水冲毁了家园，也将二爷残留的点点晦气一并冲走了。洪水退去后，村里将那两间老厢房拆了。

新学期就要开学了,县委宣传部主办的内刊收到一封美国旧金山加州大学一个留学博士生的来信,信中称听学弟曹贞一来信说,圩埂上的二爷不幸离世了,自己联络了曾受二爷资助的那些同学,准备在今年寒假回乡时,结伴去祭拜爷爷。如果没有爷爷这么多年来资助我们读书考学,我们恐怕永远也走不出那山那水。

县委宣传部领导闻讯,赶忙让人联系知情人采访,要大力宣传新时期好人二爷。派了专车到山里面,无论如何要找到曹贞一父子俩,打听一下二爷到底埋哪儿了。

二〇二〇年八月二十八日　九华山何园

光 爷

九旬开外的老母亲新近在老家陈垱圩找了位陪护,打电话让我回家看看,等于面试一下。陪护的人也希望老太太的儿子回来,毕竟岁数太大了,陪伴可以,风险担不起,有些事情要当面讲清楚。

于是,我从江南九华山回老家东圩埂。

陪伴母亲的人是隔壁生产队的,论辈分比我长一辈,也年过古稀,身体很硬朗。她对我说,"上一次见到你,还是二十四年前你父亲去世,你奔丧回家,我们看到你把头都磕出了血。"我未说话,离家几十年,很多人对不上号了。她又说,自己是光爷的女儿,原来住在老大队部里,称我小时候常去大队部玩,最喜欢钻到屋后的园子里。

哦,光爷!我想起来了,眼前这位老人家是光爷的女儿,我们小时称她"福姨"。光爷的女儿嫁给了我的堂叔,就住我家屋后,我们两家伙一条四五尺宽小巷,做两家屋檐滴水共用，有时福姨家也关关鸡鸭。

其实，福姨说法上有误，不是她住了老大队部的屋，而是大队部占用了她父亲光爷的老屋。光爷家顺东圩埂往北头走到三个圩口拐角交叉口即是，距我家不过两百多米。那是陈墩、湖稍、林城三个圩口圩埂上面积最大的一个拐角，流经我家门前的小河到此与林城河交叉，往东经白石天河汇入巢湖。我就读的石闸小学与光爷家老屋间有一排大树，夏天树荫能罩着光爷家的老院子与学校小操场。老大队部是后来三个圩口村民的习惯称呼，三进屋两个院落，屋后到河边是个院子，十几棵古树遮天蔽日，夏季特凉快。周边有许多乡亲们午后或晚上夹张凉席去那处林下纳凉，"故事汇"也吸引了男男女女去凑热闹。记得老屋里的木柱子粗得一个人抱不过来，梁上雕着许多图案。

福姨的父亲，才是老大队部的真正主人，这三进两院就是在他手里盖起来的，后院那些老树在他盖此屋之前就很粗了。福姨的父亲，三个圩口老一辈人称他秃爷，我们小时候大人让喊他"光爷"。他秃头，目光凶悍，个子很高，腰杆笔直，我们小孩都怕他。我父亲当过生产队长，好客仗义，秋收后，乡民闲下来晚上没事，喜欢聚到我家呱蛋，我家煤油灯常要亮到鸡叫头遍，老人们呱的话题自然免不了光爷的种种传奇。

时光变迁，当年煤油灯下呱蛋的老人们差不多都去世了。后来人不知详情，光爷渐渐就没人知道了。

光爷不是我们本地人，他十三四岁的时候，跟娘后面带弟弟讨饭路过陈挡圩，他与娘各背着一个竹编的背篓。天下大雪，走不掉。当时，两个孩子老大头上没长毛，老小脸上有麻子。我爷爷领着几个何家宗亲在河边老树林里，砍下一些树枝搭了间棚子，从好心人家收了几担稻草，娘仨算有了落脚地方。

一个冬天，陈挡、湖稍、姚拐三个圩口的好心人轮着送点吃的穿的过去。我奶奶对这个外来的讨饭女人格外怜悯，见到邻居们就讲，谁出门都会有个难处，何况人家拖拉着两个孩子。家里有一点好吃的，我奶奶就挪着小脚送小棚里去，陪她说说话。我奶奶回来跟我妈妈说，这个女人见过大世面，不像是讨饭的。

有一次我奶奶小声跟她说，自己大儿子何德富当新四军好多年头了，力气大，几个人抬个石磙压他肚皮上，他一鼓气石磙滚多远。听说他在部队上扛着一摇就震得耳聋的铁家伙，老远便能打死人的。那个女人小声说，那个铁家伙叫重机枪，还跟我奶奶描述重机枪的模样，我奶奶听得瞪大了眼睛，问她怎么知道的？她低声说，自己丈夫在常德跟鬼子打仗，队伍里有几十挺重机枪。再追问时，她就闷葫芦不吭声了。

熬到次年春上，稻种出芽还没撒下秧田时，这个女人染病死了。我爷爷和几个本家去三河街上买了两张芦席裹着她抬到北圩埂，挖个坑，照习俗让她的两个儿子先填几锹土。人们见这两个孩子一滴眼泪也没有，不用铲土，用手挖土，四只小手都挖出了血。人虽小，棍气得很。

我爷爷回家跟我奶奶说了此事，奶奶哭了好几天，一再叮嘱爷爷把这两个小家伙留在圩埂上。他们的父亲，跟自己的大儿子一样，也是跟鬼子打过恶仗的人，老天要开眼。我爷爷或许真的想起自己当兵的大儿子，便照奶奶的话去做了，让两个小家伙帮人家捡拾些粪，他们用的粪筐是春天折下的柳条自编的背篓，能装几十斤。春夏给人家割草放牛，讨一碗饭填肚子。两个小兄弟捡粪能跑到十几里外的三河街，每天都满载而归，两筐粪送给谁家，谁家就赏他们一顿饭吃。晚上，他们回到有些阴森的老树林间那个小棚里。

人们常听到河边古树林半夜树叶哗啦啦响，那河里曾淹死过人，都传那里有鬼。我父亲排行老三，他见过长兄何德富半夜起来练武的情景。我小时候问他闹鬼的事，他笑笑告诉过我，哪里有什么鬼，湖南来的两兄弟夜晚睡不着，在河滩树林里练武呢。他亲眼见过老树身上绑有千层纸，就是农村清明节、除夕晚上烧给故人的那种纸，半夜里拳打脚踢时，树身晃动，树叶哗啦啦响。可却没有人看到他们兄弟俩在人面前动过拳脚，只看到过这小哥俩背着几十斤重的粪筐走起路来，一阵风似的快，大气都不出。

小哥俩喜欢往三河街跑，来回直线路程是三十华里。他们在那个鸡鸣三县闻的古老街市上，见识了许多热闹。每年春夏河水上涨时，三河街水码头上就有木筏顺河从上游山里运来粗大木料，雇工们搬上河滩堆积如山，四面八方的木材商从这里再将木材运往各地销售。

小哥俩捡满粪筐后，便喜欢跑到木筏上玩，被人追赶时，能从这张筏纵身腾空跳到另一张筏上，任你怎么样也逮不着。他们爬到木料堆上跳来蹦去，有时看着要滑倒，用屎刮轻点木头，一个跟斗空翻就能化险为夷。那些木筏工与搬运工喜欢这两个小子惊险的动作，一见他们翻跟斗便停下手里活跟着起哄喝彩。

时间久了，木材商不干了，一是耽误雇工们帮老板干活，二是嫌俩小子用屎刮在木材上敲来敲去的，晦气。可是老板也逮不着他们，便跺脚骂他们："你两个小穷鬼，一辈子都买不起木材，天天屎刮敲我木材。你们不来敲，以后你们穷死了，我送两口棺材给你们用。"

河边的众人哄堂大笑。

两兄弟中的弟弟问了句："假如我们买得起木材呢？"

河边的笑声更大了。

老板说："你们买得起？买一半，我送一半，还给你免费送到家。你们要是买不起呢？"

"买不起，我兄弟俩就给你当一辈子长工。"老大接过话。

小兄弟俩与木材商较劲时,半条三河街上的人都聚拢过来看热闹。"空口无凭,立据为证。"双方较上劲了,请当地乡绅过来写出条款,双方签字画押,约定三天后老地方见。

三天后,半条三河街上的人都来到河滩码头。

我爷爷担心两个小家伙吃亏,便邀圩埂上的何家宗亲们扛着扁担,跟小兄弟俩一起去三河街。小兄弟俩依旧背着粪筐,只是往常出门时是空筐,这次出门筐里装的东西有些沉。

三河街码头上早已人山人海,木材商一看他们带来的粪筐,问:"钱呢?"小兄弟俩指指粪筐,众人笑得前仰后合。

小兄弟俩不慌不忙地揭开粪筐上面盖着的稻草,让老板凑近了细瞧。老板嘤嘤了两声,脸色突变。他立起身,定定神,对众多证人拱手相邀:"今天我算开了眼界,敬请诸位陪两位少侠到三河街上最好的得月楼喝酒,一醉方休。"

就跟武林高手过招一样,不用花哨,一出手一亮招,外行还未看明白,双方高下胜负已分。

得月楼上,酒浓时分,木材商双手捧碗酒高举过头,"我从商半生,却有眼无珠,不识二位少侠,多有得罪,这碗酒我先赔罪。"他一仰脖子喝了下去,又斟满一碗酒,双膝着地:"我一家上有老下有小,还望二位少侠留一口饭让我一家老小活下去!"

吃得油光水滑的众人见状，都起身说和，小兄弟俩也爽快，拿出带来的银锭买盖房所需木材，只是要老板挑选上等木料。

众人皆大欢喜。

听我父亲那一辈人说，那年整个秋冬，三河街的木材天天往陈垱圩埂上运送，有时木料太粗，要四抬扛子八个壮汉喊号子抬。三个圩口的村民都争着到小兄弟俩那里干活，妇女们帮着支锅烧饭。还从江南请了许多工匠来在木料上雕龙凤、松鼠、梅花、葡萄、松枝，沿河运来许多石料，整个工程直到第二年冬天才完工。

完工那天宴请乡亲们，光爷弟弟喝多了酒，众人起哄要他演练武功，好让大家开开眼界。小弟情绪激动，推开上前阻拦的大哥，到空地上打拳，拳脚带风，打得兴起，飞身上墙，腾空翻跟斗如燕子落地无声。掌声雷动，他再次飞身上墙时抓崩了砖头，身体失重一头撞到石头柱上，头破血出，众人还没反应过来，有人上前察看说了句："人死了！"

那年，他也就十七八岁，天生神力，好武功，却在新屋落成时，不幸死了。乡亲们传说很多，有说他那晚酒喝得实在太多了，翻跟斗时翻偏了。也有人说，那墙头上的砖头刚砌上去，还不牢靠才出事的。也有人说他兄弟俩露了外财，夭折人寿。

这小哥俩的银子从何而来？我小时候听大人说可能是他

们讨饭的娘从湖南带来的,他们父亲战死在常德,政府给了优厚的抚恤金,怕人算计便举家逃难往外地跑。还有种说法是,小兄弟俩夜夜练武打千层纸,把那棵老树打死了,冬天他们挖树根烧锅,从树根底下挖出一缸银子,所以发财了。

我曾查阅当地史料记载,这里地名叫姚拐,原先住的是姚姓人家,咸丰年间姚姓人家结伴逃难往江南去了,左姓人家来此长住,仍沿用姚拐地名。太平天国时粮草官驻在此地,从周边征收粮草供给三河、桐城、安庆太平军。那缸金银财宝极有可能是驻军埋下的,后来太平军陈玉成、李秀成与清军悍将李续宾在这一带大战,战事突起,适逢大雾,双方混战。仓促之间,生死未卜,这处财宝便丢下了。

我问福婶她父亲光爷当年是不是真的挖到了这缸银子?福婶笑笑,说:"钱财如流水,怎么得来的怎么流出去。哪有你现在这么好。"这倒也是的,当年没有那缸银子,光爷恐怕连媳妇也讨不到的,只是他亲手盖的屋后来反而成了负累,压得他活着时都喘不过气来。

此地的外财,加之外来小哥俩暴富的事情,越传越远,常有神秘的陌生人问道来东圩埂。或为财,或为武。

光爷小哥俩没隐瞒住身手,麻烦也多。我家小河对岸左家父子是铁匠,冬天生煤炉打铁,屋内暖和,圩埂上的闲人都喜欢钻去烤火呱蛋。可有一年整个冬天,左铁匠天天紧闭前后门,父子俩昼夜生火打铁,也不见打出什么锄头镰刀来。许多年后，我父亲告诉过我，来找光爷麻烦的高人多。光爷找来好钢，让左铁匠铸锻了一杆钢枪，枪刃没开，还有一柄三尺八寸长的钢鞭。光爷晚上睡觉钢鞭放枕头下，钢枪靠房门拐。

我们上小学时，去大队部民兵室看到过那杆钢枪，挪个地方，要两个民兵抬，只是那柄钢鞭不见了。光爷可能真的与不少高人交过手，老大队部正屋中间有根柱子，偏离了垫底的石磉，谁也没办法把他移回原位。据说，当年有一高人来与光爷过招，他把外衣脱下没地方放，单手把柱子抬起，将衣服塞进去。跟光爷交过手后，连衣服也没拿就走了。光爷情急之下移柱拿出衣服追上去，人早就跑得不见影了。后来，他几次试着将柱子挪回原位，也没成功。

光爷后来还是被人撵出此院，又到河边搭棚住了。原先的三进两院被大队部、卫生室、民兵营等占用。我上小学时教室不够，四五年级教室就设在这老屋里，好多女生害怕哭着不肯去，我巴不得早日升入高年级，去那大宅屋念书，顺便去树根下寻宝。我们几个小伙伴就多次结伴深夜去那片老树林，找棵树根往下挖，期盼能挖出金条，哪怕挖出一两根金条也发财了！这个梦，成了我们少年时候最浪漫的事。当然，也有不开心的事，我们放学路上还看到光爷戴顶纸糊的高帽子，在圩埂上游街，后面人高喊口号。我跑回家告诉父亲，父亲厉色正告我："别跟人家去瞎哄！"

光爷长相虽凶，可活着的时候见到周边的大人小孩都很客气。我读初一时，我们班一个同学的父亲在公社粮站做会计，有一天中午他匆匆跑来学校，跟我们说，刚才粮站有人打架才好看，一个秃老头把街上十几个小痞子扔到墙角叠成了罗汉堆。

晚上我回家时，生产队的人也在说这事，我看到父亲左眼乌紫。原来，当天父亲带生产队劳力挑稻去石头粮站交公粮，一个绰号大狗子的痞子头抓了几粒稻嚼嚼，说，"这稻好，挑一担到我家给鸡吃。"我父亲说，"集体粮食不好送，匀些给你带走。"他上来就给我父亲一拳头，转身去拿出一对铁流星锤，叫来十几个小痞子。生产队男人们愤怒了，齐刷刷手持扁担要与这伙人拼命。

光爷那天正好上街，听说何队长被打了，过来拦在两队人之间，劝说，"好汉不打村，你们也别欺负种田人。"大狗子抡起流星锤砸过来，光爷伸手接住铁锤，往怀里一带，大狗子往前一栽，光爷顺势用拴锤的铁链把他捆得像只粽子，一脚蹬去滚到墙角。小痞子们抄家伙一齐上，光爷抓住一个往墙角扔一个，十几个人转眼间叠罗汉似的码成一堆，比农民码草垛还快。

经此一事，我更加崇拜光爷，威胁父亲，再不带我拜光爷为师，我就离家出走去拜师学武。父亲思考再三，曾在晚上带我去找过光爷，带给光爷两包香烟和一只咸鸭。光爷住在临河小棚里,他埋头抽烟,静听父亲说话。临走时,他起身摸摸我的头,对我父亲说:"这伢儿是读书料,不要舞刀弄枪耽误了前程。"

我成为陈挡圩有史以来的第一个大学生,毕业后去了野外勘探石油,单位发了劳保棉袄,像电影《铁人王进喜》中的那样,棉袄的棉絮非常好,袄子上竖着绗了一排排整齐的针线,穿在身上非常暖和。我挑件大号的带回家,父亲陪着我给光爷送去。光爷很高兴,跟我父亲说:"我当年没看错吧,大玉就是这条圩埂上升起的文曲星。"

我参加工作的第三年冬天,光爷死了。那时他的女儿早已成圩埂上的何家媳妇了,女婿是我堂叔。何姓宗家将光爷埋在圩埂北头他母亲与弟弟的坟边,母亲在中间,弟弟在右侧,他在左边。流落至此的娘仨得以在另一个世界团聚,从此不要再流浪,也不再分离了。

后来我做记者,回村曾走访过许多老人,知情或不知情的老人们都不愿提这话题。有人劝我,这事儿追下去就两个字:"寒心。"你大伯跟小鬼子打了七年多仗,战死了,你父亲带着你查访当年老战友,讨要到一张"烈士证"和十块路费。光爷父亲跟小鬼子战死了,老婆儿子到处流浪,没什么好讲的,还是人死如灯灭了吧。

好多人,好多事,过去好多年,自然就忘记了。就连福婶也说,说多了也是无益。

我从老家东圩埂重回江南九华山间，茶溪的雨从昨夜一直下到现在，我也写得悲伤满屋。我写的是光爷的故事，光爷不在了，他的父亲更早在一九四三年冬季的常德就掷头颅于城下了。我的大伯何德富也于两年后春季在肥东小鲁庄跟敌人恶战牺牲。他的战友告诉我：何老大天灵盖齐眉毛处被机枪揭了顶，战后我们在他的坟墓前埋了块大石头……

岁月让他们都归了尘土。这样的雨天，我们还有谁能想起他们！

二〇二〇年七月四日　茶溪何园

婶　娘

　　我也走过大半生了，职业生涯中见过、帮过许多苦命的人。回头看看我故乡东圩埂隔壁老婶真是个苦命中的苦命之人，写她要先从我堂叔何德胜说起。

　　我父亲德顺与堂叔德胜、德长是同一个爷爷、奶奶，三人父亲是亲兄弟，他们从各自父亲手里继承一间老屋，我家居中，他们左邻右舍，到我和大富、大存小时候还是各家住一间老屋。我在家排行老六，上面一个哥哥和一个姐姐六七岁时饿死了，两个小妹也是在这间老屋出生的。我记得进门左墙拐还曾砌了一个鸡窝，农家养的鸡鸭晚上是要关在家的，防止被黄鼠狼叼走。屋后搭了一间棚住人，一大家人与鸡鸭挤住这两间土墙草屋内，这样的住所非亲身经历都想象不出来。

　　堂叔德胜是家中独子，小时念过三年私塾，在外没谋上差事，农田的活也不内行，四爷四奶去世后，德胜叔一个人吃饱全家不饿，口袋有钱没钱都泡在赌场，附近没有姑娘愿意嫁给一个赌鬼。

后来还是邻里们说合，将福元岗头上一个个子不高、过天花时头上没剩多少头发的女人介绍给他，这个女子便是我家左邻的老婶子，她嫁过来生下了三个儿子、一个女儿，长子便是大富，与我同岁。农村女人能生这么多儿子，也是件荣光的事情。同辈人戏说"这个秃子给德胜家争了光"。我们老家金牛那一带喊父亲叫"大大"，晚辈喊叔辈取其名字后面一个字叫"×大"，我们从小对好赌的德胜叔不叫"胜大"，而喊他"赌大"，他也不生气。但我们在老婶面前从来不敢说带"秃""光""亮"类字的话，怕惹她生气骂人。

赌大从不管家里的吃喝拉撒，一家人挤在那一间老屋里，冬天全家挤一张床上，家里没有第二张床，也找不到第二床被子，仅有的一床被子也是东一个窟窿西几个洞。我后来做记者时人送外号"苦难记者"，采访过许多城乡特困家庭，每次都触景生情联想到儿时我家隔壁老婶家的惨象。有一年我在报社策划"捐献一件衣被，温暖一个家庭"活动，市民捐赠的衣被装满了两大军用卡车运到老家，分送给风雪严寒中的家乡农民。二○○八年雪灾，影视明星佟大为、唐嫣和解小东等人捐赠十万元给受雪灾的学校与灾民，我特地安排一个名额给老婶，她从明星手里接过钱时眼泪止不住流了下来。

我堂叔赌大不问家里吃喝，哪怕吃了上顿没下顿，他口袋没钱也要跑进农村赌场挤在桌拐边看热闹，这就苦了老婶子。一到冬季她就带儿女们外出讨饭，儿女们各挎只小竹篮，手里各拿一根树棍子，行走雪地时防滑，进村到户遇到狗叫吓吓它们。

我们小时候的冬天仿佛格外冷，一场雪下来积雪很深，好多天都化不掉。早晨起来家家草屋檐下的一排冰溜子挂多长，大人拿棍子敲碎门口的冰溜子。河沟里的冰结得很厚，伢们趁大人不注意，先搬硬泥巴砸冰，确认砸不烂后小伙伴们下河溜冰，跌得身上青一块紫一块，被大人知道后又添几块青紫。

这样寒冷的天气里，我老婶带着儿女顶风冒雪出门讨饭。那时天还没亮，我就听见隔壁堂妹在哭，她不肯从热被窝里出来，继而淹没于迷漫的大雪里。然后，就是我老婶在哭，"一家人不出门讨饭，一块饿死算了。"哭声中还有呼噜声，那呼噜声是在外面看人家打牌半夜才钻回家的赌大发出来的。

我是讨过饭的，不是风雪路上，而是在夏季。当时东圩埂决口洪水淹没快熟了的稻子，东圩埂上的伢们被大人送到岗头上，有时一天也吃不上一顿饭，饿得都没力气哭。我二姐找了只破葫芦瓢给我，让邻村的乔家奶奶带我去讨饭。几十年过去了，讨饭路上的情景仍然时常入我梦中，还曾梦到讨饭路上遇到牵着我堂弟、堂妹讨饭的老婶。她见我碗中空空的，便从篮子里分些讨来的饭给我，她转身消失在漫天的风雪中。梦醒时分，总是感慨万千。

我有个叫盛作年的高中同学也住圩区，高中时遇到当年讨饭路上放狗咬他的那个曾经的少年，他说："伙介，不给口饭也不能放狗咬一个小叫花子啊。"那个姓朱的同学说："一天到晚都是叫花子敲门，给你们我们就没吃的了。"其实，那些年里，老婶尽管讨来的都是剩饭馊菜，偶尔也能讨到南瓜、山芋干、玉米棒，但老婶总是单独包好留着晚上回来送给我吃。

老婶讨饭的季节里，我母亲便叫我满圩埂头向人家借来许多竹筛子，等她们讨饭回家帮老婶把饭分摊在竹筛子里晾着，天气好时搬到外面晒太阳。中途若是下雨下雪，我们便帮着收回家。我母亲还找些碎布缝制了几条布袋子送给老婶，老婶将晒干的饭粒装进布袋挂房梁上，便有了一家人冬春的口粮。

那些年的冬天，赌大碗里的饭总是五颜六色的，一到吃饭的时候就嘟哝不歇。有时，我父亲从我家锅里盛碗饭给赌大，换下他手里那碗饭自己吃，堂兄弟间的情义都装在那只碗里了。

那样的年代，我母亲与老婶还有一位婶娘合伙干了一件大事：三户人家攒了几年的钱，请石匠运来一块石头凿了一个石碓窝，免得每次舂米时求借圩埂南头人家的碓窝。这只石碓窝一直放在我们家屋檐底下，伢们夏天最喜欢窝在里面，凉快。后来这只碓窝失踪了，我多次回老家追问，有人想起来赌大活着的时候曾把它扔进自家门口水塘里了。有一年水塘干了，我专门回老家招呼大富、大存等十几个人，挖塘泥扒出这只碓窝，连拖带拉运回我家院子里，现在成了村史馆里的一件展品。

妯娌间有人穷志不短的时候，也有打得死去活来的时候。秋粮还未晒干，各家先分些湿稻草挑回来，各自晒干烧锅。我家与老婶家的门前都晒了湿稻草，稻草晒干时风吹到一块了，各自划拉稻草时，我母亲与老婶吵了起来，吵着吵着两人打了起来。我母亲那时扎着两条粗黑的长辫子，老婶揪着我母亲的辫子，我母亲抓不到老婶头发，两人在稻草上滚来滚去。我平生无法忘记的一幕情景是：我父亲带着我坐在一边稻草上，赌大带大富坐在另一边稻草上，四个男人谁也不说话，谁也不上前，就那么看着她们打架。后来，东圩埂女人们闻声赶来，费了九牛二虎之力将她们分开，老婶手里攥着一把长头发，脸上有几道血痕。我两个姐姐回家见母亲头发被揪掉许多，很不服气。父亲严厉地对她们说："穷日子难熬，女人心里都有气，吵吵打打出出气也就好了，你们伢们不要帮腔。"

我与大富同岁，比他大月份。那年夏季破圩，我与他、大存同在岗头一户人家的地上睡同一张草席子，形影不离。秋季洪水还未退完，我们回东圩埂，大人们忙着扶正老屋，抢播秋季作物，没人顾得上伢们。我跟着大孩子后面跑学校去了，大富也要上学。老婶哭了好几晚，说："家里拿什么供你上学？你不是读书的命。"大富顶嘴说："我饿死也不再跟你去讨饭。"

有人介绍大富给新渡圩埂王瞎子当"扶手"，牵引王瞎子走村串户算命、说大鼓书，吃喝人家的，一个月给两块钱，到年底一把交给老婶二十四块钱。老婶又哭，东圩埂上女人们劝说她，人世间的苦都要自己尝，伢们的路也要自己去走。他跟着瞎子有吃有喝的，一个鸡蛋才六分钱，大富一个月给你挣两块钱，比养只老母鸡强多了，老母鸡天天费粮食还不一定下蛋，这钱一天可不止收一个鸡蛋。

大富牵着王瞎子远走他乡，我是舍不得这个小伙伴的。我们在邻村跟别的伢们打架，大富总是冲在最前面。好不容易盼到过年他回家，发现他右肩膀比左肩膀低，大人说那是王瞎子习惯用右手搭他右肩膀的原因。正月里，王瞎子又来带大富出远门，我父亲请他到家吃饭，轻描淡写提醒他："伢子骨头太软，请先生以后扶他肩膀时两边轮换着扶扶。"王瞎子走南闯北、人情练达，立马醒悟过来摸索着站起身回敬我父亲酒，连声说："我大意了，我大意了。"

老婶家后来在那间老屋前搭了一间小屋，借用邻居家的一面山墙，我父亲带人泥墙，请人吃饭也在我家，有的人以为是我家盖的。赌大不问事，盖成后他搬进去住。我上中学在家夜夜苦读书，万籁俱寂的乡村夜空里赌大的呼噜声格外清晰，我听习惯了倒像是一种温暖的陪伴。赌大是我们家族有史以来第一个识字的人，我那时是家族里第一个中学生。赌大常跟我说，"这一门里就你能读书，寒门能不能出贵子就看你了。"他还不忘记叮嘱："以后有出息了，不要忘记你老叔子赌大。"我考上大学参加工作后，每次回家都要给赌大带些东西，还送过他一件厚实的石油工人冬天穿的棉袄。他趁无人注意时，总是伸手向我讨要一些钱，我由最初的五块十块，到后来的五十块、一百块甚至几百块，德长叔与我父亲去世后，我对这位可怜的堂叔更是关心，直到他去世前也没间断过每次给他钱的习惯。

其实，老婶儿子大富比我更早有"出息"。我初中毕业时上了"戴帽子"高中后，大富跟人跑到东北小煤窑挖煤去了。时常往家里寄钱，他的两个弟弟和妹妹也去学校读书。老婶开始扬眉吐气起来，她跟我母亲吵架时说："你家一个儿子念书念不出来，以后文不能测字武不能挑糠，不孝顺你就没人养了。我有三个儿子，一个儿子孝顺就行了。"我母亲气得几顿吃不下去饭，直到她们都年老了，我每次回老家必定把老婶叫来，与母亲并排坐上席一起吃饭，她能喝几杯酒。我母亲还将她当年讲的那句话翻出来，老婶听了只是笑，末了说:"你享你儿子福,我享我大侄子的福。"我母亲也是笑笑。苦水中慢慢泡老了的东圩埂上两位母亲笑嘻嘻地继续喝酒,分享我带回去的好吃东西。

大富在东北小煤窑做苦力活那几年,隔三两个月托人写一封信回来,半年寄一回钱。有一次,大半年也不给家写信、寄钱,老婶在家哭啼啼的。那时东北小煤窑事故多,死伤人是常有的事情。给大富写信都是我的事,赌大虽识些字,但写不来信。后来收到大富来信,我先看一遍,原来他挖煤时受伤了,歇了几个月没下窑也没钱。下一天煤窑结一天工钱,他养伤闲着从报纸上认识了一些字,会写自己的名字了。我跟父亲先说了信的内容,父亲说你念给老婶听时只说大富工作忙,现在学认字了,别说受伤的事情。老婶听我念完信后很开心,那封信我没给她,好在赌大从来不过问儿子信件的事情,只关心儿子有没有汇钱来。

老婶一家搬往东圩埂北头时,我父亲当生产队长。北头那三间屋原本是何辅明老两口的住房,按何家族谱辈分"辅德显中",辅明大爷长我两辈。老两口没儿女,他们相继过世后那房子就空着,有时冬天留给路过的讨饭人暂住。有一年冬季,从省城大蜀山南讨饭来的一户人家,妇女带一儿一女,一叙辈分那个与我们岁数相仿的叫花子是"德"字辈,长我们一辈,他会武术。我与大富、大存晚上跑北头圩埂上请他教我们下腰、踢腿、打扫堂腿。

次年开春时，他们要回大蜀山前。我父亲与几个叔伯挨家挨户讨要一些米，送给这户人家。要知道，开春后正是乡下人青黄不接的最困难时节，一把米都特别金贵，东圩埂上家家户户却为同姓一户外地人家以米相赠，怎么说也是珍贵的情义。那天，东圩埂派两个人送她们一家到三河街坐汽车回合肥。那个会武术的宗亲走了后，我与大富很失落，依然常去那空屋里玩。我父亲提前做通了许多户工作，后以生产队社员会议形式，商定将辅明留下的屋基场给老婶一家住，但讲明他家要拆掉占用路面的那间棚子。

老婶家那间与我家伙一堵山墙的老屋自此一直空着，也没再翻盖过新草，日渐破烂起来。我工作好多年了，那间老屋一年歪似一年，山墙裂出了许多缝。我唯恐它倒塌，让父亲请人来加固山墙。听母亲说，有人说合老婶把那间老屋转让给我家，这样加上大存家转来一间屋，我家就有三间屋基地了。可老婶就不松口，赌大也没办法，我母亲也倔强就是不开口。

这期间发生了一件事情：老婶与一个老头吵嘴，那个老头趁人都下地干活去了，到老婶家堂屋扔一根绳子上房梁，蹬掉脚下板凳吊死在房梁上。这老头家人大闹让老婶家出棺材，停棺于她家堂屋办丧事，所有费用由她家出。那时还没有电话，我在外工作不知此事。乡下人一见出了人命便慌了神，任凭人家闹丧，大富那时有一个女儿了。我回来说他们兄弟仨怎么那么尿,任由人家在自己家中停尸闹丧。他们仨一声不吭,唯唯诺诺的,胆子早被吓破了。

此事一闹腾,大富在家待不住了。他到省城打小工,一无技术二没文化,又无手艺,只好到建筑工地上找活干。有楼房封顶盖好,外围的一圈毛竹脚手架要拆。大富从上往下一层层拆脚手架,把毛竹码放堆好,绑捆毛竹的铁丝留着自己卖钱当工钱。有几个人每天傍晚过来抢他的铁丝,不服就打他。这天傍晚,那几个人又来抢铁丝,大富央求他们留一点铁丝给自己吃饭,不吃饭爬脚手架的力气都没了。那几个人不由分说又把他打倒在地,脸上净是血。见他们走了,大富爬起来拿根毛竹追上去横扫一下,竹头捣在一个人的肚子上。那伙人一见人从嘴巴往外冒血,慌忙将他送医院抢救,手术时摘除了脾。

大富被刑事拘留,关进了看守所,等待法院判刑。

我闻讯从深圳乘飞机回来后,向有关部门咨询了此案情况。经手的法官称案情清楚,准备判刑五年。我跟他说,五年牢坐下来家都散掉了,我向他讲述了我老婶讨饭养他们的往事。那位姓钟的法官也是农村出来的,听后为之动容,给我出主意,请求受害者亲属原谅,还要到地方政府开具相关证明,证明大富原本是个守法的青年……我找到对方律师,恰巧律师也姓何,受害人也姓何。何律师说本是同根生,穷得在折腾。他帮我周旋,我也努力帮大富筹集赔偿费用,取得对方原谅，又回老家跑金牛镇政府开证明……

大富最后判三缓四。我去看守所接他出来时，他已在里面关了四个多月了，人瘦了一圈。我带他去当时的翠林大浴场洗澡、理发、吃饭，将他扔在浴场，我跑去商场里里外外、从头到脚买了全新的衣服，还有皮鞋、袜子。回浴场时给他换上新衣服，我让他扔掉旧衣服，一件也不要，包辆的士送他回东圩埂。

那天下午，车到东圩埂时，老婶哭着过来给我磕头，我扶起她："你是婶娘不要给晚辈下跪，大富是你儿子，也是我兄弟。"众人过来端详焕然一新的大富，一身鲜亮。我见他提着裤子，忽然想起来忘买皮带了，便解下自己的皮带给他，我一口水也没喝便跟的士回城了。

老婶经这几番折腾，越发苍老了，背也驼了，原本就稀疏的头发全白了。我后来条件慢慢好了，回家开车带的东西也就多了起来。我给母亲的礼物与食物，差不多都有老婶的份。有时城里亲友有喜事时，我接母亲进城也会带上老婶一起来，赶赶热闹沾沾喜气。

老婶活到七十岁时，病倒了。我得知消息后回去看她，说到送她到合肥找专家给她治病时，她使劲地点点头，嗫嚅着："大侄子，又给你添麻烦了。"我找当过医生的同事马丽春找她过去的同事让老婶住院检查，并交代大富兄弟仨要有孝心孝行，不要留有遗憾。后来，老婶的病情日重一日，大富与弟弟们把她接回东圩埂，我又回去看望她。那时，她已讲不出来话了。我召集大富与他的两个弟弟，郑重地说："你们母亲讨饭养活你们，你们要让母亲善终，不要为钱的事情争吵。"农村兄弟伙为上人后事费用吵嘴打架司空见惯，我不想这样的事情发生在可怜的老婶身后。好在大富三兄弟都还肯听我的话，当场表态说："老大您放心，我们兄弟伙要吵架都对不住您。"

老婶离世已经十几年了，我们从小喊"婶子"，也不知道她叫什么名字。还是那次我在省城安排她住院需要填表格，她的三个儿子差不多都不会写字，只能我写，这才知道老婶名叫"何怀元"。东圩埂周边都是圩区，找不到石头。她的坟前可能也没有石碑，她的名字与身世早已飘零于尘了。就像我只知我奶奶姓束，叫什么名字无从问到。何怀元的孙女们可能以后也不知道奶奶叫什么名字，何怀元又是谁？

来过人世间一趟，吃了数不清的苦，受了数不完的罪，走了的人都再也不会回来了。吃的苦与受的罪比别人要多得多的何怀元——我的婶娘，大概也不会回来了吧。只是依然活着的东圩埂人的心田，有对于曾经的乡梓、故土的记忆，还有时代沧桑巨变中游子对故乡亲人最深情的回望凝眸。

二〇二二年七月十一日　九华山

玉娥姐

石闸小学处在陈垱圩与另两个圩口交叉点上,那一处河湾是几个圩口中少有的一片较开阔的地方。当地有史料记载,此处原先居住着姚姓人家,咸丰年间逃难去了江南。后转为左姓人家居住,在此地一棵死树根底意外挖到一缸金银财宝,便盖了气派的房子。到我上学前,这老屋做了大队部与卫生所,小学紧挨着老屋。

那个年代上小学同班同学相差好几岁,一场洪水吞噬了圩区的庄稼,毁了圩埂上的土墙草房。大人没空管孩子,索性统统把伢们赶进学校,让老师们去管着。

玉娥姐读四年级时,我上一年级。她的两条辫子粗又长,有时,她把那两条粗辫子变出许多细辫子,一跑起来,我们觉得校园里到处都是她的辫子在飞舞,好看极了。玉娥姐是班长,学习成绩特好,能跳舞会唱歌。小学没专职音乐老师,教算术的张老师代教各班音乐,教的新歌都让玉娥姐先学唱,由她带着大家学唱。张老师教各班音乐课时,无一例外都请玉娥姐进教室试唱一遍。张老师问:"可会唱了?"全班学生齐声答:"不会。""那就让玉娥姐再给你们唱一遍。"好多班级里响起了掌声。

那所原本破烂的圩区小学,低年级学生的"课桌",都是各自父亲找树棍与稻草,和上稀泥巴"糊"出来的,相邻两个年级放同一间教室。有的学生上课时跑到外面掏钻入墙缝里的蜜蜂,摘掉屁股吃那点蜜。只要有班级上音乐课,全校学生都能听到玉娥姐的歌声,校园也因此变得生动起来。

玉娥姐原本不是这里人,她是随父母亲"下放"来的。长大后,我们才知道她父亲曾留学日本,被人怀疑是坏人才下放到农村来的。玉娥姐还有一个弟弟跟我同班,她的父母亲在生产队干农活,家里养了几只母鸡。

我们上小学常开展忆苦思甜活动。学生按班级列队走在圩埂上,玉娥姐在最前面喊一句口号,我们跟着举手臂喊。我们就像出门郊游一样,没丝毫悲苦状。老师再三叮嘱:听老奶奶讲万恶的旧社会时,谁都不许笑。

给我们学生讲血泪史的基本上是南圩埂的左奶奶。我们挤在她家茅草屋前空地上,左奶奶一把鼻涕一把泪地控诉地主的恶,盘剥榨干贫农最后一滴汗珠,还打残贫民。每哭诉到此处,一个瘸着一条腿的老头便拄着拐杖出场了,他既黑又矮,小眼睛里的光让伢们害怕。他指着一条断腿说:"这就是恶霸打断的。"

"打倒恶霸地主!"玉娥姐振臂高呼口号,手臂如林,喊声阵阵。男生愤怒,女生有人哭出了声。

同学们离开忆苦思甜现场时,玉娥姐忙着招呼同学们列队,她的辫子被人狠狠地拽了一下,差点跌倒地上。有人看见"罗锅"钻在人群里像只鸭似的往外挤,他的身高只到高年级同学的腰间。大同学找土坷垃砸那个丑八怪,噼里啪啦响。那个断腿老头抢着拐杖追"罗锅"去了,前面的像只鸭子晃荡,后面的似只蚂蚱蹦跳。

有同学认得,那个没桌子高的"罗锅"是断腿老头与左奶奶的儿子。这丑八怪经常在门口拦上学、放学的女学生,好多人不敢一个人从他家门前过。

我跟玉娥姐直接接触,是我上二年级那年冬季,学校从各班级选拔文艺节目,要到金牛扒河工地慰问演出。我们班排练了一个舞蹈,玉娥姐教我们编排动作。我上学、放学路上都在练习步伐,夜里做梦都在练动作,被子蹬出多远。几次试排下来,玉娥姐把我调到最前面当领舞,激动得我几夜没睡好。

小学抽了二十多个学生,起早步行十里路到金牛大河扒河工地上。演出是下午歇工时间,村民们把扁担垫在屁股底下,看我们伢们在河床中间蹦蹦跳跳,村民们很开心。最为出彩的还是玉娥姐,她独舞后,开始独唱,一首接着一首地唱,歌声又响亮又清脆,唱什么歌已记不清了,只记得席地而坐的村民们全站起来往前挤。一首歌唱完了,半条河床都在回响着:"再来一个!"

那一天,玉娥姐使出浑身解数唱歌,让金牛河工地沸腾了,附近的人也扔下担子跑来听,河岸两边都挤满了观看的人。我们学生晚上都被家长领回各生产队住宿的村民家,玉娥姐的父母亲也在扒河工地,自然被她父母领走了。

说到扒河事情时,有一件事情必须要写一下。那就是玉娥姐的父亲在扒河工地上与街上痞子大狗子间发生过一次交手。那个大狗子游手好闲,一身蛮力气,出门腰上系着一根铁索,两端绑着两颗流星铁锤。那两个铁锤能被他舞得呼呼直响,砸向树身能砸出个洞来,从街头到街尾,人们都躲着他。

玉娥姐在扒河工地上的名声很快传遍了街上,事情传到大狗子耳朵里,他带着几个人找到了玉娥姐住的地方,把农家木门敲得震天响。乡亲打开门,大狗子酒气熏天,嚷着下午没听到唱歌,要那个在工地上唱歌的丫头出来唱唱。有人上前劝说,她还是个孩子,下午唱累了。大狗子一巴掌打过去,打得那人满嘴流血。一连上来几个人,都被大狗子打趴下了。

那时几个生产队的人都住在一起,这一吵嚷,几个生产队的人都起来了，一时间乱糟糟的。

生产队杂姓人心不齐，刚又被打倒了几个，玉娥姐父亲是外来户，其他人都不敢上前阻拦了。

我们东圩埂一门全姓何，人心齐。我父亲那时当生产队长，他招呼东圩埂男人全拿上扁担。三十多根扁担在手，大狗子打得兴起，摸出流星锤。我父亲上前说："好汉都不打村，你敢动武，我们几十条扁担也不是吃素的。"大狗子要抡起流星锤时，玉娥姐父亲移步上前拦住，"一切因我小女而起，与众人无关。"我父亲等人将大狗子一伙人围了起来，愤怒的村民们说："打死这狗日的！"人越来越多。大狗子见状，收起流星锤扔下话："你们给老子等着，这是在我地盘上。"

大狗子由此记住我父亲，后来在一次卖公粮时把我父亲一只眼打乌了，多亏那天光爷在现场才制服了大狗子。我后来立志学武，心里是有"报仇"想法的。

扒河工地上那晚险情解除后，恶棍大狗子后来还是截住了玉娥姐的父亲。他们一个个刀棍在手，玉娥姐父亲两脚一前一后立马河埂上，冲上来一个扔一个到河坎底下去，最后用流星锤的铁索将大狗子缠在一棵树上。金牛山南曾是孙立人将军家宅院，南来北往过许多武师，有人看得出来，这个文静的男人要不是手下留情，这七八个三脚猫功夫的痞子，早就断胳膊折腿了。

同学们原来羡慕玉娥姐，从金牛扒河工地回来后开始崇拜她父亲。

玉娥姐临去上初中之前，还被大队借去过几回。大队开两级干部会议，或是忆苦思甜大会时，请她去带大家领呼口号，唱两首歌，振奋一下精神。

临近毕业时，县文工团来人到我们小学面试招人。我们班郑小兵同学以一曲《誓把反动派一扫光》被选进县剧团，吃上商品粮。玉娥姐原本是重点苗子，但没去成。有人说是她父亲的历史问题，也有说她父亲不让她去文工团，让她好好读书。

玉娥姐去上初中了，我们小学校园一下子冷清了许多。特别是她的父亲被公社中学借调去教数学课，她家不久也搬走了，弟弟也转学走了。校园里没了她的歌声与身影，我们时常逃学去摸鱼虾、掏蜜蜂、割猪草、上树扒墙，上学一下子变成了特没劲的事情。大概在我读四年级时的秋天，老师告诉我们，学校要请玉娥姐回母校，给你们讲讲中学是怎样的美丽，学习是人类进步的阶梯。我们太想看看玉娥姐了，对老师讲的那些不感兴趣，只盼着她早一天回母校。

玉娥姐来了，她变得真漂亮。她长高了，个头比我们小学唯一的女老师还高，更苗条。她原本的一脑袋瓜子的细辫子扎成两条长辫子拖在身后，一走路那粗辫子在红底碎花褂子上左右滚动。她那双忽闪忽闪的大眼睛像会说话似的，她看到哪里，被看的同学都会脸红。有大胆的偷偷看一眼她那红底碎花褂子前面，衣扣紧绷绷的，胸前鼓鼓的，立马低了头，只觉得脸烧得更红了。

玉娥姐那天在校园里给我们讲了些什么已没印象了，临末时，不知谁大胆喊了一声："玉娥姐给我们唱一支歌吧，好不好？""好！好！"掌声雷动，又是全校听歌。

我们这群乡村泥巴蛋似的伢在泥巴地上生活，总有种往下坠的感觉，坠进河里抓泥鳅，落到草里割草喂猪，飞到圩心闻稻花香抓鲫鱼，唯独没有体会读书有什么用处。玉娥姐就像一个招引我们前行的天使，她总能让我们抬起头来，往前走，朝远方看。前头有更美好的风景在吸引着我们，远方有许多我们不知道的妙处在等着我们。而这一切必须读书，唯有读书，才是我们乡下娃走向外面世界的通天梯。当时我们看到最近的希望：好好学习，考上中学就能再见玉娥姐了。

我们满怀期待白天上课，夜晚在煤油灯下读书。我们那一批儿郎差不多都将唐代颜真卿的《劝学诗》当成座右铭："三更灯火五更鸡，正是男儿读书时。"只是我们那时尚未考虑"白首方悔"太遥远的事情，我们只想尽快小学毕业，飞进中学去到玉娥姐身边。

我们怎么也料想不到，一个恶鬼却在金色秋天的山路上将玉娥姐拖进了万劫不复的深渊里。

玉娥姐遇到的不是鬼，而是比鬼更可恶的恶魔——丑八怪罗锅。

罗锅躲在学生放学的山路上，一棍子打晕了玉娥姐，拖进他早已物色好的山洞，强暴了她。冰清玉洁的玉娥姐在那两个昼夜里被这个人世恶魔拖入了地狱深坑。直到第三天，才被当地村民发现。罗锅预谋已久，踩好玉娥姐平常放学的时间与行走路线，趁她独自经过那段山路时冷不防钻出来一棍子打晕了她，连扛带拖进了山洞里……

一切都在猝不及防下发生。

玉娥姐被坏人害了。那个坏人就是我们都见过的丑八怪罗锅。那么近，那么真切。我们亲眼见到年长的老师们闻听此事落泪，那个最喜欢玉娥姐的女老师哭了。已长大的同学们气愤难平，悔不能当初在这个恶魔拽玉娥姐小辫子时找块石头砸死他。我们也从大人那里知道，那个断腿老头年轻时强暴人家媳妇，被人打断了一条腿，自作孽生下个罗锅。

那以后很长时间，那个罗锅家的门窗经常被人砸中很多烂泥巴。我们东圩埂小伙伴去南圩埂看电影时，就曾提前找了许多石头，等电影散场时一齐砸他家门窗。我们住圩区，找石头必须要跑很远的路去山里找。有好几次，罗锅家墙根上堆了稻草，有人点火，只是没能烧起来。

许多年以后，我做记者在县里遇到一位退休老警察，他当年经办此案。他略略讲述了那两昼夜玉娥姐遭受的侵害情况，我仍无法控制自己的愤怒。深深扎根在我们幼小心灵里的那份仇恨，几十年的风雨仍然消磨不掉。

玉娥姐还没有从噩梦中醒来的时候，她的母亲悲伤之际上吊自杀了。这个曾在京城读过大学，出身于书香人家的女人，丈夫遭受屈辱时，尚能随他到陌生农村甘愿当个农妇，在泥巴里抠碗饭吃。一心将毕生所学授之于女儿，期待女儿能走出一个好的未来。或许，从女儿的身上看到自己曾经的梦想究竟能飞多高。可女儿横遭这场劫难，熄灭了她所有的念想。一张小纸条上，留下了她给丈夫最后的叮咛："对不起，我没力气陪你走了。"

玉娥姐的父亲怎么也不肯再上讲台了。有好心人同情他的遭遇，将他调到一个偏僻的粮站当保管员，既避人嚼舌头根，也让玉娥姐少见些闲人。玉娥姐躲在家里，弟弟在学校里，父亲终日在仓库里。

岁月在无声中流淌，人生在伤害间蹉跎，一晃竟已三个春秋。

父亲见玉娥姐终日闷在家里，无计可施。他偶尔要外出，试着问玉娥姐能不能代班看下粮食仓库？后来，玉娥姐终于点了点头。走出小屋，渐渐走到阳光底下，经常看见那么多粮食，玉娥姐不再哭泣，努力让自己离悲伤远一点。

父亲匆匆回来后,看到女儿做饭烧菜,把屋里收拾得干干净净的,止不住哭了。这是女儿出事后,他第一次流泪。

玉娥姐这才注意到父亲真的老了,人早就瘦了一圈,肚子时常疼得直不起腰来。她不由得心疼起父亲来,这些暗无天日的时光里,她没有考虑过父亲的感受与痛苦。她蹲在父亲的脚前,像小时候那样趴在他的膝盖上,一任他的手轻轻抚摸着自己的头。父亲低声说:"妈妈走了,我们相依为命,我一定让你和弟过上好日子。"父亲的泪水滴落在她的脖颈上。玉娥姐早年听妈妈说,父亲虽然个头不高,但却是体育场上的运动健将,无论是长短跑、跳高、游泳、掷铁饼、武术,父亲都在大学与市里拿过名次,他还作为大学生代表参加过全运会。那时一家人在省城,妈妈说起这些往事时脸上洋溢着幸福的光。

这以后,玉娥姐时常代父亲去仓库,很快熟悉了粮库进出账目,人也渐渐恢复了往昔的光彩。

我再见到玉娥姐时,是在我考上大学的那一年暑假。她的弟弟跟我小学同过四个学年,后来我们在高中时又成了同学,那年他考取了医学院。我们几个要好的同学趁暑假互相串门,到玉娥姐家时,看到她家住在粮站里面一排小平房里,前面两间屋,屋后各家搭一个厨房,厨房四周是菜地。

玉娥姐当然认得我,夸我是东圩埂考出来的第一个大学生,很高兴的。一丝笑容不经意间回到她青春的脸上,用妩媚来形容是不够的,反正就是那种一见就心生欢喜的漂亮。她在粮仓里经常要倒仓腾粮,一麻袋从五十斤到一百斤,翻到后来都是单手翻,单肩扛运了,练得身材越发匀称,举手投足间格外有力量。

岁月沧桑给人诸多灾难,风雨也给人巨大的自愈能力。只要我们走向阳光,走进生活,就会有光明的未来。

那天中午,玉娥姐的父亲去街上买了一只鸭,炖了半锅汤,里面加了海带与冬瓜,又从地上摘了些菜。我们几个同学喝汤喝出了几身汗,玉娥姐父亲喝了几杯酒,显得特别开心,说:"国家开考,你们赶上好时代。一定要发愤图强,为中华之崛起而读书,学成本事后建设我们这个国家。"他要再斟酒时,玉娥姐不让他多喝,他说:"今天高兴,你就让我多喝两杯吧。"

玉娥姐有些犹豫,说:"爸爸身体现在差多了,也不去医院看病。"她父亲再斟满一杯酒,"怕什么,我家以后就出'国医'了,还怕治不了病?你们是国家的希望,国家的希望在你们的身上。"那天的饭吃得我们热血沸腾,仿佛国家的未来就靠我们几个将上大学的泥巴蛋了。玉娥姐悄悄地跟我们透露了一个好消息:她爸爸就要恢复名誉,回原单位工作了。

玉娥姐一家沉寂已久的生活,终于透出生命的亮色,就像黎明前的曙光一样。

原本以为玉娥姐的生活会一路向前向好，我大一暑假回家时，才知道玉娥姐的父亲患肝癌去世了，给他落实政策的通知是在他下葬半个月后才送到粮站的。玉娥姐试图去他爸爸原单位顶职也没能遂愿，就是粮站这份临时工，也随时会丢掉。她的弟弟见到我们时愁眉苦脸的，他学医是五年，还有四年啊。玉娥姐安慰他，爸爸妈妈不在了，姐姐再难也要供你读大学。

玉娥姐曾是满心欢喜要嫁人的。

她要嫁的对象转业在县城机关工作，其父在城里做个局长。他偶尔看到美若天仙的玉娥姐，痴迷地恋上了。他们接触了一段时光，那个男人家人不知从哪儿打听到了玉娥姐的从前，硬逼着他分手。男人陷在情中不能自拔，他妈便到处传播玉娥姐的往事。原本沉寂偏僻的地方，忽然间热闹起来，小镇上的居民好像忽然醒悟过来似的：怪不得这样破烂落后的地方，会落下这么美丽的凤凰，原来如此啊！

小镇上的居民兴奋了，他们结伴或是找各种借口来粮站看热闹。还有长舌妇夹枪带棒污言秽语地羞辱玉娥姐，一个孤零零的女孩子走到哪里都是鄙夷的冷眼。更让人难以忍受的是那些闻讯而至的无赖男人，他们用下流的眼神对玉娥姐远观近瞧。而那个曾经表白爱玉娥姐的男人，强暴了她，事后还威胁玉娥姐说："你一只破鞋说到哪儿也没人相信的，何况我们俩是谈恋爱。"

| 东圩埂 |

我在读大学期间回老家时,问起玉娥姐的情况,亲友们都摇头叹气。我们几个同学在春节拜年时,合伙干了一件很轰动的事情:将那个伤害玉娥姐的县城机关干部狠揍了一顿。那天,我们几个放寒假回老家的同学相约去县城,玉娥姐的弟弟也来了。他闷闷不乐的,在我们的一再追问下,他才吞吞吐吐讲了姐姐的一些事情,提到了在县城的那个曾追求过姐姐的人,一直在骚扰他姐姐。我们合计在县城找那个家伙,警告他以后不准骚扰玉娥姐。我们辗转找到他时,这个无赖一脸不屑,"还姐来姐去的,她就是一只破鞋,谁穿不一样?"我冲上去一拳打得他鼻子出血,他与我纠缠在一起,同学们一哄而上,把他扳倒在地,拳打脚踢,只听得杀猪般的号叫。

警察来了,把我们带到派出所询问,又仔细察看了我们的学生证。我们那时血气正旺,坐牢又能是多大的事,杀头不过碗大疤,全都拒不认错,一个个昂着头戳在那儿。我还对警察说,"此处不讲理,我们就告到省里,告到中央。一个机关里出了这样的恶棍,干部队伍中的败类。"警察两眼瞅着我,没有吭声。

我们在派出所待了几个小时,最后全都放出来了。好多年以后,我回老家城里,才了解当时有人请示上级如何处置我们几个在校大学生打架的事,正巧我们金牛有个书记升到县里当领导,他跟警察讲新时代的大学生不要惹,没什么大事就放了吧。

那一战，总算出了口恶气。我们议论时还说拳头不够硬，没打残那个狗日的。

我大学临毕业时，玉娥姐还是出事了。

玉娥姐被人发现时是在粮站堆放黄豆的仓库里，与她一起埋在黄豆堆里的还有一个城里的干部。有关此事传闻很多，各种版本都有，极尽肮脏之词。我实在不能容忍这些肮脏之词玷辱了我们心目中的玉娥姐，仅摘要略述一下。

玉娥姐被男友抛弃后，独自在粮站当临时工，还要赚取弟弟的生活费，渐渐地，她在生活上随便了起来。谁家女人要是辱骂她，她就让谁家的男人像丢了魂似的跟着自己转，城里的一些人闻讯也悄悄溜去粮站。她出事那天晚上，那个从城里来的人怕在房间被人发现，便约她到仓库里去。他们赤身睡在黄豆堆上，黄豆松动将他们深陷其中，越折腾陷得越深，无力自拔，只露出头在黄豆堆上。玉娥姐起了求死的心，不吭不叫，静心等死。那男人恐惧不安，不停挣扎，到后来连头也看不见了。他们被人发现从黄豆堆里扒出来时，玉娥姐还有气息，那男人已没了进出的气……

玉娥姐能下床时，便离开了那个地方，没有人知道，也没有人问她去了哪里，是死，还是活，都觉得这个丧门星似的人走得越远越好，死了更好。

我后来还是从玉娥姐弟弟那里知道了玉娥姐的一些事情。她去了温州，挣钱寄到儿时的一个伙伴那儿，由她转寄给弟弟上学用，说是父亲单位给子女发的生活补助费。弟弟考取京城一所医科大学读完硕士，留在京城一家大医院后，这笔"生活费"也就断了。

另一个更残酷的说法是，玉娥姐去外地当了坐台小姐，不然仅凭打工的钱，哪里能供得起在京城读研的弟弟。我们无法追问，也不能问，这或许是姐弟间永远也无法言说的痛点。于玉娥姐那边，弟弟若是安好，便是晴天。父母亲都去世了，弟弟不靠姐姐，又能到哪里寻找生命的支撑呢？

有一个准确的消息是：玉娥姐进尼姑庵那年，她弟弟硕士毕业。他弟弟曾专程找到过那座尼姑庵，见过姐姐。前两年，还有人说在那座尼姑庵看到过玉娥姐，回来告诉我，玉娥姐只是胖了些，还是那样美。

二〇二〇年九月十六日　九华山

素 贞

东圩埂上第一家亮电灯的是我家,那是我从石闸小学毕业要去石头公社上初一,晚上请小学老师们来家里吃饭。东圩埂男劳力忙碌了一整天,将已拉到打谷场上的电线,埋电线杆子拉线接通到圩埂头上,再把电线接到我家。天黑时分,我家堂屋那盏15瓦的电灯泡亮了,一条圩埂上的男女老少都跑来看电灯火,像过节似的。

那天晚上,圩埂北头德牛叔家传来了婴儿的啼哭声。一会儿就有人跑来说:"小秃子以后有酒喝了,生个丫头。"这丫头,长大上学时取名叫何素贞。

德牛叔小时过天花落下了秃头,这在贫穷的乡下娶亲就成了个大难题。加之他说话结巴,一着急"就、就、就……",就了半天,脸憋得通红也憋不出后面要说的话。那时,家里男孩子有残疾,往往以家里女孩子跟对方人家"换亲",两家都能讨个媳妇。小秃子光棍一个人,活到三十岁，丈母娘家门朝哪边开还不知道呢。

这年冬季，我家隔壁堂婶何怀元外出讨饭几天没回来，天降大雪时，她背着半袋冷饭粒冒着鹅毛大雪回东圩埂了，她还带回来了一个女人。她们是路上认识的，结伴走村串户，晚上一起钻人家草堆窝有个伴照应。天下大雪了，好心的堂婶将这个女人带回了东圩埂。

堂婶家与我家、德长叔家三家当时各分得祖上留下的一间屋，三大家人各自挤住在一间屋里，每家两张搭起来的床上破被子露出的不是人头就是脚趾，无处安顿这个外乡来的女人。那天晚上，东圩埂很多人家都已熄灯了，男人们到我家议论此事。他们借着我晚上学习的煤油灯，讨论怎么安顿这个外乡女人。茫茫雪夜里，谁也不忍心让她一个人走。

忽然，有人说，"秃子德牛一个人住一间屋，到他那挤一挤可照？"

众人叫来我堂婶问那个讨饭女人的情况。女人老家在舒城晓天山里，父母亲修龙河口水库时死了。她左手生下来就像个小鼓槌，没有手指头，右手朝里弯曲，干不了农活。众人哦了一声，唏嘘起来，还真没注意她是残疾人呢。

有人去找来德牛叔，他听完后蹲在墙根，一声没吭，也不像往常那样"就……"。东圩埂老长辈何辅来大爷发话了："小秃子，你不说话就说明没意见，晚上让她陪你暖脚，你不能欺负人家可怜人。"德牛憋出了一句话："你……们……

做主。"

那晚上，德牛叔双手插在光筒棉袄袖子里，走在前面，那个女人挎着篮子深一脚浅一脚跟在后面，两人消失在茫茫雪夜里……

次日天刚蒙蒙亮，我堂婶去推开德牛家的门，他的大门没有门闩，夜里在里面用一条板凳抵着。见德牛坐在桌子边，那个女人睡在床上，见有人进来便爬起来，她的衣裳没脱，下床招呼堂婶坐。

堂婶开玩笑地说："秃子没欺负你吧？"

女人脸红了："哪能呢？他在那儿坐了一整夜。"

堂婶心疼起这个傻秃子来。于是跑回家，拿了两个鸡蛋，踩着积雪到菜地里铲了两棵黄心菜，从我家借了一小把挂面，帮着秃子家烧起了锅灶。水开后把挂面下进锅里，还煎了两个荷包蛋放在两碗面条上面，招呼他们快吃了。

大雪封门，草屋檐下的冰溜子比头天晚上又长出了许多，闲在家里的东圩埂人最大的话题就是德牛与这个雪夜来的女人。下午光景，东圩埂的长辈们出面聚到德牛屋里去了。他们让德牛先出去一下，德牛退出门外后，他们问了这个女人家的情况，确实和堂婶说的一样。

最后辅来大爷说："你也看到了，德牛是个可怜人，老实人。你要是不嫌弃的话，你们就在一块过日子，他有的是力气种田,饿不着你。"

女人咬着嘴唇,半晌才说:"你们做主,我个残废人,有个地方躲躲雨雪就照。"

问到德牛,德牛又把昨晚的话重复一遍:"你……们……做主。"

屋里的长辈们兴奋起来,没想到这天降大雪,倒赐了这么一个女人到东圩埂,德牛总算有个家了。雪后太阳出来那天,整个东圩埂男女都在忙碌着一件事情:给德牛成亲。

各家女人们拿出备下的咸货,每家出份子钱去买了一刀猪肉回来,青菜、萝卜提着篮子下圩心从各家菜地上摘,整个东圩埂都弥漫着一股喜庆气氛。

照往常惯例,早餐煮了稀饭,做了几筛子米粑,放点菜籽油在锅里煎,一会儿就飘出袭人的香味来。女人匆忙吃了早饭,孩子们来讨个米粑,她们便开始给男人们忙午饭,这算是正餐。两张八仙桌子上挤了快三十个男人,女人和孩子们围着桌子看男人们猜拳行令,棋逢对手时,来来往往十几个回合决不出胜负来,看得人们伸长了脖子。

屋内溢出的热情与热气将德牛家屋檐下的冰溜子都蒸腾得比别人家的短了许多。

德牛叔成家一年后,他的女儿出生,那天正巧是我上初一前请小学老师们到家里吃晚饭的时辰。德牛叔高兴得很,有人说:"东圩埂考走一个秀才,又添了一个读书接班人。"

这女娃小名叫"小珍子"。我考上大学那年中秋晚上，家里请东圩埂各家户主到我家喝酒。小珍子就要上小学了，她跑来找我："大玉哥哥，你把珍字多写几个，我要选一个最漂亮的字做我的名字。"我一口气给她写了珍、真、针、臻、贞、箴、祯等字，她要我一个个解释意思，听得很认真。我问她可想好了，她说："我拿回家再好好想一想，这名字可是一辈子的事情。"她收起那张纸，贴着我的耳朵说："哥哥你去大学回来时，跟我讲大学长成什么模样，我给你煎米粑吃，我长大了也要考大学。"看着她小大人的样子，我觉得又好笑，又心疼。

我大学第一个寒假回东圩埂时，她像跟屁虫似的跟着我，听我跟乡亲们讲述大学里的各种见闻，眼睛睁得大大的。她还把自己的作业本拿给我看，本上写着名字"何素贞"。她告诉我学校叫"珍"字的女生有好多，别的字又太难写了。妈妈请了个算命先生来家选字，说这个"贞"字好，寒门出贵子，虽为女儿身，以后是养家发财人。我开玩笑地说，"选个'针'字会做针线活也好啊！"她眨巴着眼睛说，"贞节烈女比只会拿针线做活的女人要强。"她说出这话时，轮到我瞪大眼睛了，这小脑袋瓜里装的是什么东西呀，小小年龄。

有一天早上我在家睡懒觉，素贞用碗装着几个米粑送到我家，喜滋滋地说："大玉哥哥，这是我做的米粑，你吃吃看。"正饿着肚子的我拿起来就吃,果然好味道,粑粑馅是腌豆角,不咸不淡。我们家乡做的这种米粑多用中稻米泡清水里一天一夜,用石磨碾碎,水烧开后将米粉下到开水里,使劲捵,捵得越狠,米粑越有嚼劲。然后捏成团把咸菜或是肉馅放中间,米粑煎至两面焦黄,里面的馅也熟了。米粑好吃禁饿,但是做起来太麻烦,还费馅、费油,一般人家偶尔才做一回。

素贞才上小学,这米粑做得已经很地道入味了。东圩埂人说,这丫头看见哪家做米粑时,她都洗干净手凑上前去帮忙,小手既巧又快。那时候,她的弟弟也出生了,她放学总是以最快的速度跑回家带弟弟,帮妈妈干家务活,还在锅台旁垫几块土坯子,站上去做饭烧菜,父亲从田里干活回家就能吃上现成的饭菜。

穷人的孩子何止是早当家,小素贞成了家里家外一把好手。

有一段时间,德牛叔一入冬后就去金牛山给林场松土除杂草、栽新苗,每天早出晚归,中午林场管一顿饭。平时不开工钱,一周挑两担荒草回家烧锅。德牛叔有时从人家借辆板车拉荒草,总是想多捆扎码放些荒草,一个人拉拽不动,小素贞每次都去帮忙推板车。父女俩将荒草拉回来后,分捆成许多捆。那时,农家将稻草留着盖房子,烧锅草不够的就来他家用鸡蛋、咸豆角等东西换茅草,或是给点钱拿走几捆茅草。德牛叔在林场干久了,咬咬牙用卖荒草的钱买了几根料子,又买了两个旧车轮子,请人制作了一副板车,平时帮附近代销店去街上拉货。

这是东圩埂第一辆板车,小素贞在家时,遇到有人来借板车时,总是叮嘱人家注意别拉太重的东西,压坏了板车。人家还板车时,给几个山芋或别的食物,她也千恩万谢。

小素贞上初一那年快寒假时,德牛叔在金牛山上砍伐林木时,被倒下的树干砸伤了腰,被人送回家后一直躺在床上。家里家外一下子倒了顶梁柱,生活全乱了套。小素贞只能辍学在家照料父亲,给一家人做饭。那时她的弟弟刚上小学四年级,成绩在班上排第一名。

小素贞一下子变成了小大人,常言道"坐吃山空",何况贫寒人家原本没有山可靠。小素贞家一下子失去了生活来源,连油盐都买不起。那时,我已参加工作多年了,听来帮我照料孩子的妹妹说起小素贞家的事情,心里很是难过,便托人带了点钱给素贞。

这年春节我回家过年,听母亲说起小素贞真能干,三岔河在建桥,她天天起早推着板车去工地煎米粑卖,快到中午时再回家忙里忙外。我一下子对这个小妹妹肃然起敬,起身去她家探望。

小素贞正在家做米粑,一家人看到我忙热情地让我坐。她母亲千恩万谢地说,"你托人带来的钱救了急,不然一家人怎么搞呀。"德牛叔现在能下床了,帮着做些轻活,他说:"小素贞用你带来的钱买了菜籽油,这丫头就喜欢做米粑粑,谁忍心让她外出挣钱养家啊,实在没法子。"

小素贞领着我看她出摊的家什:一个煤球炉,一口平底铁锅,一只装着碗筷的篮子,还有一个用芭茅与棕榈编织出来的热焐子,可以将煮好的一铝锅热粥放进去保温。还有一个装煤球的小筐子,一摞碗。就这几样东西,要拉着去三岔河,这几里路也不是简单的事。我说明天早上我跟你一起去三岔河工地体验一下生活,她很高兴。

三岔河,我儿时最好的一个小伙伴左从玉就淹死在那里。我想趁这机会再去那河边看看。

第二天早上,我赶到小素贞家时,她母亲说:"她早走了,也没好去喊你,工地上人吃早饭都早。"我走到三岔河架桥工地,小素贞已经在收拾碗筷了,平底锅上还有几个米粑粑。她见我来了,很高兴,拿起一个米粑粑给我吃。"这几个是留给吴叔叔的,不然早卖光了。"我推说在家吃过了,没接她的米粑粑,她急了:"不要紧的,吴叔叔少吃两个没关系的。他是这里的工程师,特别好的一个人。"她跟我说,早晨带来了六十个米粑粑,一锅稀饭也卖得差不多了。实在是忙不过来,不然可以再多煎一些米粑粑的。煎早冷掉了,煎迟了他们要上桥干活等不及。

三岔河是从金牛上面一个叫马槽河流下来,到这里与白石天河与林城河交汇,也是几个圩口上石头镇的必经之地。我小学同学左从玉就是在这里汛期时为救一个落水的公社干部淹死的。想到当年我和他、王玉年仨同学,他们两个年纪轻轻就都不幸身亡,不禁悲从中来。

小素贞眼尖,看我难过的样子,忙过来安慰我,"哥哥,我早就习惯了,并不觉得累,反而感觉很开心。"

正说话间,那个吴叔叔来了,他接过小素贞递过去的米粑粑,就着茶杯里的茶吃了起来。听小素贞介绍我时,他忙放下米粑粑把手在衣服上揩了下,伸过来握住我的手,"听你堂妹说起过你许多次,久仰久仰。"接着,他自我介绍比我晚三年毕业,在大学学的是水利工程,现在负责这座桥梁的施工。他不住地夸小素贞,称一个工地的大人们都夸你这个堂妹能干。临别时他还一再说:"你这个堂妹以后能干大事情。"

后来一段时间,我做记者,忙碌起来,回家次数少了,陆续听说小素贞在三岔河桥通了以后,又到别的工地摆小摊子炕米粑粑挣钱养家,供弟弟读书。而后到镇上摆早点摊子,由两张小桌子,到一间屋,再到小酒店。她遇到了一个高中毕业后在家种西瓜的小伙子,经常到店里帮助她,两人顺理成章地恋爱成家了。夫妻俩经营着街上一家小酒店,店外摆着水果摊子,除了她婆家种的葡萄、西瓜外,还进些外地的水果来卖。上街下乡的人们习惯到她的水果摊上买些水果。

这个苦难中熬过来的小丫头的生命像花儿一样绽放出人生的芳香。

后来我听说他们夫妻俩盘下了一处面积较大的酒店，取名叫"蘑菇大酒店"，成了那时全街上最上档次的酒店。恰在此时，那个当年在三岔河桥梁工地上的负责人吴叔叔从县水利局局长的位子上转调到区里当区委书记了，素贞的酒店成了区里的接待点。素贞的事业进入了快车道，他们夫妇既勤奋又能吃苦，事业越来越顺畅，可我倒是多了一份担心。素贞一个农家女子，经营酒店要面对各色人等，周旋其间，哪路神仙都是她得罪不起的主儿。

那时，我已在报社跑社会新闻，还被推上了首席记者的火炉子上，风头与名声正盛。有一次，我回家乡县城采访，专门去了素贞的蘑菇大酒店。她听说我来了，从楼上像阵旋风一样飞奔下来，拉着我的手直蹦直跳的，"啊呀，哪阵春风把大玉哥哥刮来了？"

我看了看她，头发烫成了波浪形，一身白色的套装配一双白色尖头高跟皮鞋，越发干练，英气逼人。我笑笑，"灰姑娘变成白天鹅了。"

她笑弯了腰，"大哥就会取笑小妹妹，您一直是我的偶像呢。"她留我吃饭，说中午有河里的野生鲫鱼，还有稻田里的黄鳝。

这天中午，我见没人时，提醒她在外要注意保护自己。她笑笑说，"大玉哥哥，我十三四岁就独自出外谋生，世态冷暖我心里是清楚的，谁好谁歹我心里有一本清账。哥哥您放心，妹妹在外知恩图报，不犯傻。"

我们随后又说了些话，她说这些年虽然勤劳苦做，但是家底还是太薄了，酒店要发展壮大，缺钱是道坎儿。吴书记这些年来一直关心支持自己，他听说酒店发展有困难时，介绍了一些原来准备到镇上投资又没找到合适项目的商人来洽谈，自己已和其中的一些商人谈妥了合作事宜，签署了借款协议。现在正在县城里物色地方开蘑菇大酒店，以后慢慢移师进城。

素贞说这些时，显得很轻松自信。她还告诉我，弟弟考上了大学，现在在准备考研究生，要是考上了搁古代就是进士了，不枉我父母的恩情和我的一片苦心。

看着素贞这样清醒乐观，我也放心了许多。外界那些有关她与吴书记间的传闻，我相信只是传闻而已。况且，我曾见过那个吴书记，他在当地的口碑与政绩都不错。

我原本担心的事情还是在几年后的春季发生了。

那时，那个区委吴书记已到县里当领导了。据说事发当晚，一家公司的开业庆典在蘑菇大酒店散场时，停在酒店外的一辆外地牌照的车子启动时稍碰到一个从酒店出来喝得东倒西歪的职员，于是众人借酒劲扳断倒车镜，辱骂开车人。车上的人下来，争执中双方动了手，一时传言外地客商打死本地人了，围观的人越来越多，情绪激动，混乱中附近商家店面也受了损失。

打架事件跟素贞没有多少瓜葛，只是那个车主正好是她的合作商。事发后，上面追责下来，查出系调任县里任职的吴领导引进的客商，继而牵出些别的事情来。有人举报，事发当晚吴领导就和素贞在一起。一把莫名其妙的大火烧上了素贞，将她卷入了深渊。

素贞的父亲曾用我母亲的固定电话给我打过电话，情急之下更结巴得说不成一句完整的话，在电话那端一个劲儿地哭。素贞的丈夫到省城找过我，说素贞时常被传训，要求她交代问题，"素贞是你从小看着长大的，她家庭贫寒读书不多，小小年纪就出来谋生。遇到这些事，现在她成天恍恍惚惚的，经常以泪洗面，我实在是心疼至极！"素贞丈夫说这些话时，泪流满面。

我为此事找过有关人士，他们劝告我说，雪崩时没有哪片雪花是无辜的，溅起的灰尘总要呛着一些人，灰头土脸间怎么分辨得清楚？只有时光长河最终让清者自清。古代贞女祠有副对联："一径松风四时花雨，半亭冷月五夜寒霜。"人世间的事情总有一言难尽的时候，有时只能假以时日吧。

我没有把这些话转告给素贞家人。

素贞死了。

她死的那天，山上的映山红花儿正红。以往她陪父亲进山割荒草时，总是喜欢采摘些映山红回家插在她从外面捡回来的酒瓶里，浇上水要鲜艳好一阵子。后来，她的酒店门口，栽了两排从山上挖来的映山红。一把火烧上身后的日子里，还抽空回圩埂上在父母亲老屋前面新栽上了一些映山红，还丢下话：不管以后出什么事情，你们都不要铲掉这些映山红，看到这些映山红就像看到你们的女儿一样。

那天临别家乡时，父母亲各自扶着一边门框在淌眼泪。素贞走了很远的路，回身再看一眼父母亲时，给了他们一个灿烂的笑脸。

素贞的笑脸此后再也没有人见到过。连续不停的波折，她哭干了泪水，打起精神做了几件事情：一是将在城里的酒店的详细账目交给了丈夫，镇上的大酒店交给了跟她一起创业的好姐妹。她召集他们碰头，再三申明：弟弟读书的费用你们必须保证，他能念到什么程度，你们就要支持到什么时候。世上最难的事情莫过于读书，我们家出他这么一个研究生是可怜的父母亲一生最大的骄傲。至于他毕业出来工作，成家立业，你们能帮衬就帮衬一把，不帮我也不怪你们。丈夫与好姐妹隐约有种不祥之感，劝她想开点，好好振作起来。

素贞挥挥手让他们走开,"我想静一会儿。"后来在抽屉里找到她的遗书,落款日期就是那天谈话的日子。

这样的日子还是来了。一天,素贞在家吃午饭时,接到一个电话,放下电话后,她转身进了厨房,煎了两个荷包蛋端到丈夫面前,丈夫看了她一眼,奇怪地问:"这午饭都快吃完了,还煎什么荷包蛋?"素贞说:"我妈到何家第一顿早饭就吃了邻居煎的两个荷包蛋,让她挂在嘴边大半辈子了。"素贞收拾完便出了门。

大约过了半小时,有人打电话给素贞丈夫,说何素贞服毒送到医院了……素贞没有醒过来,一句话也没有说就离开了这个人世。

家人将素贞的骨灰带回生她养她的老家,父母亲舍不得把她葬在离家远的山间陵园,便在圩埂头埋了,坟边栽了一片映山红。红尘里灰飞烟灭之后,她游荡在空中的灵魂不知道是否随着亲人的脚步回归东圩埂了。

又是一个金色秋天,河畔边的芦花飘,白鹭飞,秋草还未黄,素贞已有十多个春秋没有再见到这样美丽的金秋了。天苍苍,野茫茫,叩问苍天,琴声为何仍在忧伤?她在那边可还忧伤?故乡有人告诉我,她弟弟清明回来曾想为姐姐刻一块石碑,父母亲不让,说别搞那些东西,会吓着素贞的。

二〇二〇年十一月六日　九华山何园

杀猪匠

在我年少时,家门口只有在巢湖西南岸陈垱、湖稍、林城三个相连的圩口交汇处的姚拐代销店门口有一处卖猪肉的摊点。几个圩口人家谁家称个斤把肉招待来人,割一小块猪肝给老人或病人氽汤,全都得到这儿来找卖肉的"九两大爷"。

自从天上仙女一般美丽的玉娥姐搬家走了,石闸小学校园见不到她的身影后,我们这群泥巴蛋最为惦记的已不是上学,而是姚拐那个卖肉的摊子。

"穷不丢书、富不丢猪",是孙立人将军故里金牛那一带的习俗。猪是"二当家","大当家"当然是牛了。那时生产队顶多养两头水牛,小牛要养两年才能套上笼头下地犁田。一头牛犁个七八年田,就老了。二当家猪,也不是一般人家能养得起的,一张大嘴一天三餐少不了。农家养猪还有另一层意思,零存整取。平时攒糠喂猪,到年底卖猪得一把整钱。

养猪是农家一年最重要的收入,可并不是家家都能养得起猪。很多人家青黄不接时连人都搞不到吃的,又拿什么喂猪呢?猪也易病夭折,我们小时非年节时闻到哪家有香喷喷的猪肉香时,都馋得要命,全然不知小猪病死就断了农户家一年的梦想。

养猪难,养大难,卖猪也不容易啊。

卖猪时,我们那三个圩口的农户家首先想到的是那个猪肉摊左大麻子。一般头天早上去他摊上咬牙买一斤半肉,杀一只鸡,再打上半斤酒,请他到家里喝酒吃肉。第二天起早赶着猪跟他去街上食品站,由他出面介绍给收购员,立即过磅算钱,关系特铁的直接由他牵着猪进站里,说是自己代收来的。这么做,一是猪的级别能往上浮一级,二是立即过磅。一般没关系的养猪户,让你在站外等到中午或下午再过磅,那头天夜里喂给猪吃的半锅粥早被拉光了,少好几斤重,还得压你一个级差价。

左大麻子干的是有油水的事,一张嘴在三个圩口的养猪农家轮着吃,还要看他高兴不高兴。

大麻子姓左,论辈分比我大姐夫"申"字辈晚一辈。他小时过天花脸上留下了很明显的麻子,几个圩口人都喊他"小麻子",长大后改喊"大麻子"。等他执掌三个圩口唯一一把屠刀卖肉时,求他买肉或是卖猪时,喊他"左大爹",

背地里都呼他"黄大麻子"。

小麻子没进过学校,从小好吃懒做,游手好闲。他要是听到谁喊他小麻子,保不准哪天夜里那家鸡笼里的生蛋鸡就丢了,他成了几个圩口人人痛恨的"黄大仙",所以大家唤他"黄大麻子"。西圩埂陈货郎和邻居们曾逮到过他,打得不轻,因此结下梁子,他坐稳卖肉摊主位置后,弄得这几户人家养的猪到食品站卖不掉,回家又杀不得,后来只好改养鸭子。

小麻子长成大麻子时,有个不好的习惯就是喜欢偷看人家媳妇梳头、洗澡。也被人家男人逮到打过,下手比偷鸡时重多了,大麻子一躺好几天起不了床,又结下了不少冤家。到他当了屠夫后,借与食品站的关系,让这些人家养得了猪,卖不掉肉。

大麻子小时候吃过太多的亏,不知从哪儿弄了把杀猪刀,夜里跑到树林暗处练刀功,那几条圩埂上多数人家树身上都有刀痕。练刀功仇还没报,好运降临了,改变命运的机会得益于他的姐夫。

他们家人的缺点都长到大麻子身上了,优点全给了他姐姐,他姐姐长得特别像电影《卖花姑娘》中的女主角。他姐姐被大队长看上了,应该叫先好上了。大队长是有老婆的人,回家闹离婚,老婆夜里在圩心中间的一口荒塘里淹死了,直到漂上来后人们才发现。

有人私下里说，那个大队长心狠手毒。用脚指头想想，一个女人家半夜三更自己跑到圩心跳塘寻死，还未摸到塘边，可能早吓个半死。她的死，与恋上"卖花姑娘"的丈夫脱不了干系。也有人说大队长原本是要提拔当公社副书记的，走了桃花运，官运触了霉头。他沉寂了一段日子，儿子出生后，日子又光鲜起来了。

当公社要在这三个圩口设一个卖肉摊子时，这个卖肉的肥缺自然就落到了大队长小舅子"黄大麻子"身上。大队长姐夫对小舅子还真不错，先将本大队干部请来家里喝了几次酒，平复一下别人想安插自家亲友的怨气。然后带着小舅子到街上请食品站领导喝酒，逢年过节带他上门看望领导。

幸福来得太快了，大麻子咸鱼翻身。他做梦也没有想到，原本为报仇苦练的刀功，居然在卖肉时派上了大用场。在全区食品站举办的几次卖肉技术比武中，他都以一刀准稳坐头把交椅。

那些年一斤肉七毛三分钱，连皮带肉和骨头一起卖。乡下人只有家里来重要客人时，才去称斤把肉。我偶尔奉命早上去姚拐买肉，临行前母亲都一再交代，"见到左大爹时嘴巴要甜一点，多喊几声左大爹，让他多砍点肥肉，少点精肉骨头。"

那时候，排队称肉的人早已将大麻子喊成左大爹了。左大爹每天早晨从街上挑半爿猪肉到姚拐，肉担上挂着一捆浸泡了一夜的稻草。他一刀下去连皮带骨头，拽出一小把湿淋淋的稻草，绕几道成草绳，用刀尖把肉皮戳个洞，草绳伸进去打个活结，这才过秤。一早上半爿猪肉卖光了，他那捆稻草也称光了。我们私下里都称他"九两大爷"，更有人说没有九两，买一斤肉只给八两，草绳有二两重。

大麻子一把屠刀大杀四方，像一柄权力魔杖一样，掌控着三个圩口的杀猪业。

猪养大了要送食品站去卖，这一关要抱大麻子的佛脚。先上他的肉摊子买二斤肉，晚上请他到家喝酒。喝酒日期由他定，他到哪家吃晚饭了，这户人家就同时煮半锅粥，夜里不停地喂猪吃，第二天起早赶着猪跟着他去街上。他出面跟食品站收购员打招呼，先看猪级别，然后猪过磅。结完钱后，等大麻子那边拿到半爿猪，奉上五个米饺子给大麻子当早点，他一路走一路吃着，那半爿猪由卖猪人给他挑着回姚拐。

还有谁家杀猪，这事儿非大麻子不可。你请别人动刀，那以后麻烦就大了。有一句俗语，"猪是草包，羊是好汉，牛的泪水打转转"，说的是宰杀它们时的情景。猪挨刀子前的号叫，差不多几个圩口人都能听到，是草包一个。羊挨刀子前硬气不低头，牛老了被杀时眼睁睁看着人，泪流不止。我小时亲眼见过，大人们不忍心看牛流眼泪，用一块黑布遮住牛的双眼，那黑布后来都湿透了。

大麻子杀猪讲究"一刀清",他非常瞧不起食品站那些人,还要补第二刀、第三刀,在他看来多杀一刀,猪就多受一份罪,杀猪匠在造孽。有时遇到难杀的大猪时,站里请他操刀,其他人给他打下手,那时他很荣光。

杀猪前一天晚上,他叮嘱这家人不要喂食,给猪清肠。第二天等他早上卖完肉后,这家人跟着他去挑一只烫猪的木盆子,一套铁器。大麻子让这家人烧锅开水,备下一个接猪血的盆子,三条长板凳,一架木梯子,拆下一扇门板做分切案子。大麻子让帮忙的人合力把猪抬上木凳,抓牢脚和尾巴,他揪住猪嘴把猪头摁在自己大腿上,用力向怀中掰,露出猪脖子。另一只手拿起尖刀,刀刃朝外捅进猪心窝,顺势将刀翻转一下拔出来,殷红的血随刀喷涌而出。放净血后,在猪脚上割开一个小口,插入梃杖捣弄,将猪的皮肉分离,然后鼓足气力往猪皮里吹气,整头猪渐渐鼓得圆溜溜的。扎紧吹气口后,把开水浇到猪身上,用刮刨刮净猪毛,操挂钩钩住后腿,众人齐力把猪倒挂上木梯。大麻子操刀开膛破肚、分油、清理内脏,从猪尾巴处开始分脊、切肉……

不到半个时辰,一头活蹦乱跳的猪就变成案台上冒着热气的肉了。大麻子吃了杀猪饭,喝了人家的酒,这家人再挑着木桶与刀具送他家去。他摇摇晃晃拎着一刀猪肉,又不知去敲哪个他相中的女人家的门了。

大麻子杀猪的时候,猪头不对着人家堂屋门口。杀年猪时"杀七不杀八",逢八不见血光,过了腊月二十八杀猪刀就擦净挂上墙了。他每帮人家杀完猪后,还要烧一些沾有猪血的纸钱,消弭杀生罪孽。

他掌管三个圩口的杀猪业,西圩埂陈货郎等几户人家养的猪难卖了。当年结下的仇,大麻子现在过得油光水滑的,不去报仇已算他们幸运的了。求他帮卖猪,想都别想。陈货郎他们赶猪去街上,食品站说这几天猪收得太多了,下回再送来。要不就说这猪看上去像瘟猪,等兽医来瞧瞧。兽医总不来,猪与人等到下午,真的瘟了。几个来回一跑,再赶时猪也不肯上路了。

也有的人家猪养大了,家里有新媳妇或是大闺女在家,不愿求大麻子上门惹出事,宁肯跑远路去别的食品站卖。有人私下里说,瞧那麻子盯着漂亮媳妇看的色眯眯的眼神,他在杀猪,人家男人杀他的心都有了。后来传外面有人偷猪,出台了新规定:凡去食品站卖猪,一律要有大队部证明,以保证这猪是你家养的,而不是偷来的。食品站看证明收购,没证明一律不收购。

这一招将不想见大麻子的人,逼得也要看那张麻子脸办事了。

大麻子杀猪刀在手,陈货郎和邻居们不再养猪,改为养鸭,鸭屎给鱼吃,鸭塘里还栽了藕。每到鸭子要卖时,大队长牵着儿子,带着民兵去现场察看,瞧那些鸭子是不是将圩埂根基啄松了。他的儿子见到荷花也要，莲蓬也要，每次一手拿荷花一手拿莲蓬，还吵着要吃藕。当然，他老子手上也没空着，两只鸭子嘎嘎叫着呢。

大麻子的肉摊就在我们石闸小学门外代销店门口，一般半爿猪连同他的那捆湿稻草一个早上就卖光了。偶尔我们早上上学时，他还没卖完肉。学生在教室早读，趁老师不在课堂上，一起喊："小麻子，大麻子，光生丫头没儿子；老麻子，坏麻子，老了以后没伢子。"一间教室里喊了，一排教室跟着喊了，比平时喊口号都带劲。

为此事，大队长带人专门到学校开会训话，老师也在各班打招呼：人家猪肉当饭吃，你们咸菜里油花都不冒，一个个瞎喊个啥？省点力气多读书。

众人惹不起的大麻子，终于遇到了狠人，而且被打掉了一颗门牙，趴地下求饶，连他姐夫也救不了他。

打他的人就是东圩埂我的堂叔何德武，他在云南边防当兵，官至连长。每两年回家探一次亲，天天早上让侄儿们去买肉，也是一斤钱八两肉、二两草绳。

德武叔的丈母娘是我的七姑奶奶，招亲到东圩埂上住家。德武叔在丈母娘与父亲家轮流吃饭，他到哪边吃饭，这一斤肉就放谁家，不偏不倚，免得两家说话。起初他不知道一斤钱是八两肉、二两草绳的事情，还是他耿直的父亲说出了这个秘密，连带说了几个圩口人家卖猪难、杀猪难的事情。行伍出身的德武叔拍案而起,"朗朗乾坤,一个屠夫就欺负得三个圩口没人敢吭声?"

次日,德武叔早饭也没吃就去姚拐找正在卖肉的大麻子。

大麻子正沉浸在一片"左大爹爹"的呼喊声里,忽听到有人喊他"麻子",脸色突变,高举的杀猪刀在空中划了半个圆,转过横肉扎堆的胖脸斜看着这个个头不高的陌生人。

"都是乡里乡亲的,熟人熟地,省吃俭用,买点肉给伢们打打牙祭,你还这么狠心把稻草当肉卖给人家,良心让狗给吃了?"德武叔当众厉声斥问麻子。

麻子不认识他,第一次被人这么训斥,脸上青一阵紫一阵。他从半空中收回杀猪刀,挺着肚子说:"老子多少年都这样卖肉,没人吭气,今早从哪儿蹦出一个臭虫来。"他左手抓起肉案上的铁棍,右手杀猪刀扬起。排队买肉的人吓得四散逃开,肉摊边只有德武叔与麻子两人对峙着。

"混账,把刀放下!"德武叔厉声斥责,两腿前后叉开,两手抬起护住头与肋下。

"你他妈的也不去打听打听老子是谁,钻出来充英雄啊。"大麻子话出手到,左手铁棍击出,右手杀猪刀凌空砍下。

德武叔闪身靠前,伸手格挡迎面扫来的铁棍,低身左肩膀靠上麻子身体,一个反手绕缠住麻子右手臂,胯部一扭,麻子被摔倒在地，铁棍跌落出去。德武叔踩住他拿刀的右手，膝盖顶住其胸部，夺过杀猪刀，朝他脸部抡拳，只听得噼啪几声闷响，大麻子早就脸部开花，血流一地。

闻讯赶来的乡亲们上前劝阻，德武叔被人拉开后，麻子费力翻个身趴地下喘气。德武叔气仍未消："你连我都敢动刀欺负，我母亲七十多岁死了好多年了，你也敢骂？你这害群之马非除了不可。"

麻子趴在地上，喘息未定。他姐夫闻讯赶来，有人小声告诉德武叔。德武叔说："在哪儿？我今天一块给收拾了。"那个大队长见状上前踢了小舅子一脚，"还不给首长赔不是！"麻子趴在地上连声说："大爷饶命，大爷饶命。"

鲁提辖拳打镇关西只是书里写的，我们那三个圩口的老小有幸亲眼看见了野战军连长拳打屠夫大麻子，终于扬眉吐气了一回。

再后来，大麻子年过四十以后，不知道得了什么怪病，馋得要死，却闻不得肉汤的味道，发起病痛咬稻草，像猪嚼青草一样。邻里人说，他杀猪太多，称肉抠门坑人，临死前自己吃稻草。现在看来他可能是痛风病。

有意思的是，拳打大麻子的德武叔后来转业到白湖农场当干部，大麻子的外甥因事入狱就在他那个监区服刑。德武叔说那个屁孩子没力气干活，后来将他调到沙发厂做事，学了手做沙发的技术，出狱后靠做沙发谋生。

生如远舟,向死而生。

我们活着,尽可能给别人多些空间,给共生地球上的动物多些善待。何必我们活着,非要举起屠刀残害其他动物呢?少些贪欲,多份清心,多看几个金秋,多晒几缕暖阳,多好!

二〇二〇年九月十九日　九华山何园

| 东圩埂 |

屠 刀

炎炎夏日,我与妻子到厦门与昔日中学同学张晓华、孔令华夫妇,还有范自才、张明霞夫妇相聚。他们是我们中学同学中少有的几对同学夫妇,后代都定居厦门,约我们夫妻来此玩玩。张先文闻讯专程从泉州开车来厦门陪了我们三天,他原本是我们班最有可能成为名作家的人,大学毕业后分到乡下中学教高中语文,后只身南下到泉州执教,如今已跻身福建名师行列了。

那天晚上,我们本已吃过饭了,张先文非要拉着我找一家露天海鲜排档,摸出瓶剑南春,要我陪他再喝点酒,说心里堵得慌,有事要跟我说。他叮嘱我记录下这幕人伦惨剧,好让滚滚红尘中的人们,铭记反思。

他说的是自己表弟的事情,姑妈家的儿子。我如实记录,如有雷同,纯属偶然。

表弟在乡下是个杀猪匠,杀猪匠提着杀猪刀闯荡大都市，成了一个有故事的人。有故事的人成了富翁，富翁至死也不会相信，前妻所生懦弱的儿子竟用自己的那把杀猪刀，送老子去阎罗王那儿报到，还搭上了小儿子亲妈的性命。

表弟从小视张先文为榜样，两家相距四五里路，那点路对乡下儿郎来说，小菜一碟，抬腿就到了。表弟上初中的那段时间，晚上就住在表哥家。逢星期天也不肯回家，非要跟在表哥后面混。这小子倒没有跟表哥学读书的样子，反而喜欢习武，爱玩刀，一心梦想长大后当侠客。乡村没有出名的武师，他功夫没多深，倒是折腾出了一把好力气，一副好身板，三两个人是对付得过的。

先文考上大学那年，表弟初中毕业没考上高中。一家人拿表哥先文与他对比，骂得他抬不起头来。把他惹毛了，他于绝望中吼叫："表哥考得上大学，我不上大学也一定混出人样来，让你们瞧瞧！"

表弟离开校园，跑街上跟一个会些拳脚功夫的杀猪匠后面学杀猪，顺便练功夫。书可以不念，武侠梦要继续做。

先文读大学时，表弟一直在杀猪。先文分到高中教书开始拿工资了，表弟还没混出个样子来。有一天，表弟在家乡消失了，没有人知道他去了哪里，他用的那把明晃晃的杀猪刀也找不到了。

姑妈找到先文帮忙找人，他为此托过许多朋友打听表弟的去向与下落，都无功而返。

一晃又是四年光阴。

某天,先文姑妈收到从海城汇来的一笔钱,还有一封信,正是失踪的儿子写来的。信中叮嘱妈妈把家里收拾下,今年春节回来结婚。

姑妈不知真假,找到先文看信。信不长,字很漂亮,从字迹上看肯定不是表弟写的。先文照信封上的地址回了封信,并告之家人的牵挂与思念,望在外平安就好,挣到挣不到钱都不重要。青春是个起风的路口,年轻人没有什么不可以的,有的是时间去实现梦想。

表弟没再回信,春节前果然回乡了。同他一起来的还有一个漂亮的女孩,见人没说话先笑,一开口听得出来四川口音。

村邻们没人相信她是个大学生,怀疑表弟在外骗了人家四川女孩。

表哥永龙来操办婚礼前,与他们聊过,他相信这女孩子确实是读过书的,有见识,识大体,还有几份崇拜表弟,称他是大男人,有胆有识。

婚礼很风光,表弟很得意。村里人听了永龙的讲述,相信这娃娶的媳妇是个大学生,就在他打拼的那个海城读的大学。村里人喝得脸红红的,夸杀猪匠有出息。

杀猪匠进城干过不少事,倒也能挣钱糊口。但那种从年初能看到年尾是啥模样的事情,是入不了他的眼的,也实现不了他离乡时立下的誓言。

他由一个老乡介绍担保，帮人倒腾二手房，腿勤、嘴甜、心肠热，买主与卖主都喜欢这个有喜庆气息的帅小伙子。他买了海城的各类地图，一得到空闲就趴地图上瞅。同伴们笑他，"你能从纸上瞅个媳妇回来算你有本事。"还真别说，玩笑有时也会变成现实。

有一天，他应约到一家房主家时，见一女孩哭得伤心。女孩在这个城市读大学，老家四川的，父亲病危她要回去，来向老乡道别。先文表弟几年没有回家了，这女孩一哭，竟惹动了他的思乡之情。他回去后彻夜难眠，盘算到天亮时，把攒的三万块钱全取出来，跑去交给了房主，请她转交给那个四川女孩回家救急。

女房主惊愕了，先文表弟轻松地笑了。

一年后，川妹子找到先文表弟租住的棚户，他正光着上身在晾晒仅有的一件白衬衣。一来二去，川妹子喜欢上了先文表弟，认准他，答应过年随他回安徽乡下。

天上的馅饼真的掉进嘴里了，杀猪匠又发誓了，他要让她过上好日子，比城里人更好的好日子。

不久，他自己拉了两个同事搞二手房买卖，人气越来越旺，房子越倒腾生意越好。有人邀他涉足房地产业，他没有本钱，先做些拆旧房子的事，将可再次使用的材料堆积起来，凭着自己倒腾房子的功底，居然将别人眼中的废品倒腾进了旧货市场。

那座古城里旧房子里故事多，陈货也多，有的旧木箱里，或是夹墙里，时常会发现些旧字画。川妹子是读书人，她叮嘱老公将这些旧货收藏起来，攒多了，她请行家过目，居然有些是宝贝。她开始捡这些旧字画去倒腾，开始还跟老公讲些字画奇迹，但老公看不上这些破破烂烂的东西，他一门心思想怎么攒够了本钱，跟人合伙干大事。

他们有了自己的房子、公司，川妹子原本就白皙粉嫩的，穿戴一讲究，气质就出来了，行走办事受人瞩目。杀猪匠读书少，对越来越漂亮的老婆开始不放心起来。有时喝多了酒莫名生闷气时，便拿出挂在墙上的杀猪刀挥舞几下，跟老婆说，"你要变了心，我就一刀两洞捅了你。宁可你死在我手上，也不让别的男人得到你。"

老婆先当他说笑，也没在意。挥舞杀猪刀的次数多了，两人吵得也就多了，那刀的寒光瘆人。

杀猪匠与川妹子的儿子六岁那年，川妹子失踪了，遍寻大半年音讯全无。杀猪匠没有心思带儿子，便把儿子送回老家乡下，让自己的妈妈照顾。

奶奶与六岁的孙子同吃同住，相依为命，开始了长达十二年的共同生活。孙子到哪儿上学，奶奶就跟着到哪儿，照顾他的生活。孙子越来越帅，奶奶越来越老。孙子考上南京一所高校读金融专业离别时，奶奶哭了，孙子也哭了。

奶奶复归一个人在乡下的生活，生活里少了许多乐趣。

杀猪匠的事业做大了，在这期间他遇到一对母子，坚强的单亲妈妈带着五六岁的儿子，一边在他的公司工作，一边独自把儿子照顾得很好。接触久了，杀猪匠心生爱意，便直言一起过日子吧。女人想了些日子，答应了他。

公司里有人私下议论，这个女人虽然能干，但没有老板前妻漂亮。流言传到杀猪匠耳朵里，他在会上说："五讲四美三热爱宣传了这么多年，你们都没有听进去，心灵美丽才是最重要的。"公司的人很诧异，这大约是他们听到老板说得最有哲理的一句话，也从中洞悉老板是真的喜欢上了这个女人。世上哪有无缘无故的爱，爱上一个人自有爱的道理，何况老板是个受过情伤的男人，他应该更清楚自己到底要的是什么样的女人。老板虽然脾气暴躁，但心地很善，能骂人骂到狗血喷头，也能慷慨解囊热情助人，渐渐地，员工们发现他这次娶的这个女人真是难得的好。

有两件事可见这个女人的良善：

杀猪匠的妈妈在乡下生病了，她独自去乡下照顾，日日炖鸡汤、鱼汤为老人补充营养。老人解不下大便，她用手一点点抠，夜里与老人同床而眠。

女人对杀猪匠前妻的儿子也关怀备至，孩子身上的四季衣服与鞋子，都是她买好了寄来，有时专程来送些食物营养品。前妻儿子大学毕业时，家里买了栋别墅，女人坚持把房产放在大儿子名下，说当后妈的不能亏待这个儿子。

杀猪匠与大儿子在海城重聚后，家中往日的宁静渐渐被打破了。

他第一次骂儿子，是儿子考入一家银行，他骂儿子我这么大的家产，你狗日的非要去外面赔笑脸，向人家讨饭，跟你妈一样贱！第二次大骂儿子，是儿子带女朋友回来，他一听说女孩是单亲家庭，母亲只是个小职员，又大骂，照例扯上"跟你妈一样贱！"，硬逼着儿子跟对象分手。

他责骂儿子厉害，栽培儿子也舍得下本钱。儿子不上班在家炒股，他先后给了儿子上千万元资金，任由其操作，不问输赢。只是儿子每次见到他，都颤颤巍巍，目不敢正视。其实儿子私下里与女朋友继续在恋爱，还与亲生母亲取得了联系，恋人相处，母子碰头，都担心那把明晃晃的杀猪刀。

这天晚上，大儿子回家见父亲不在，便拉弟弟去唱歌。这对没有任何血缘关系的小哥俩关系极好，他们唱歌中途，哥哥说出去接一个电话，等他再回歌厅时，弟弟说，"哥哥，这个电话好长呀！"

哥哥不是出去接电话，而是回了趟家。

杀猪匠惨死在家里，被刀捅死的，身上七八处伤。他老婆死在卧室门口，也是被捅死的。邻居们看见他家的火光报了警，警察赶到时夫妇俩被烧得面目全非……

杀猪匠的大儿子当夜就交代了，说他心里怕极了父亲，做梦都梦到他拿着杀猪刀在砍自己的头,还有妈妈和女朋友的脖子。自己之前曾有三次把老鼠药放进父亲饭碗,见他端起碗,又不忍心,故意碰翻他的碗,每次都挨骂。当天晚上他回家拿东西时,喝醉的父亲又在骂人,骂自己的妈妈。见父亲又从墙上拽下杀猪刀,他便上前抢夺,争执中父亲跌倒在地,于是他抢过杀猪刀对他一阵乱捅。这时继母从卧室出来,自己冲动之下也捅了她,然后放火离去。

张先文说,姑妈得知儿子、媳妇惨死的真相时,一滴泪没掉,让人去买回十包盐。她准备去找孙子,亲手用儿子的杀猪刀把孙子剐了,再把这盐塞进刀口。现在她也追着儿子、媳妇去了,孙子还在拘押中,是死是活已无人关心。

二〇二〇年八月二十四日　九华山何园

| 东圩埂 |

捕鱼人家

东圩埂离湖不是太远,距长江倒是不近。

我家门前的小河往北两百余米,在姚拐拐个弯向东,流到三岔河汇入白石天河,就直通巢湖了。裕溪闸口是连通巢湖与长江的通道,寻常的年份,湖水高于江水时,开闸往江中泄洪,减轻数以千计的内圩压力。江水暴涨形成倒灌时,只有关闭闸口,任由河水湖水涨了,很多圩被洪水挤破了,便成了一片汪洋。

东圩埂上的人,见过巢湖的不在少数,但是跨过长江的人却少之又少。我还是考上大学后,乘坐轮船到江南求学,才第一次见过万里长江。

何德财是个例外,他本是东圩埂后生,自幼随来东圩埂上的捕鱼人跑了,日后成了八百里江面中段水上岸边众人皆知的"浪里白条",还有着一身好武艺。

东圩埂上的年轻人都不记得何德财这个人了,老一代圩圩埂上的人还依稀记得一九五四年陈垱圩破了，直到第二年仲春圩心还是白茫茫的水。这时候，从江北枞阳陈瑶湖过来几个捕鱼人，他们划着一条很小的船，在白茫茫的圩心张网捕鱼。那时水尚寒冷，圩埂上的人饥饿难忍，猜想他们拿碗吃鱼，虽然馋得要命，却下不去圩心。何德财那时十一二岁，机灵调皮。他见那伙捕鱼人夜晚会将船靠在人烟稀少的北圩埂边，下船搭帐篷睡觉，吃过早饭划船去圩心中间。他天天天不亮就在那儿附近转悠，人家给他鱼冻吃，他从家里抓过米给他们。

这一来二往，以物易物。何德财成了捕鱼人与圩埂头上人间的桥梁。更吸引他的是那几个捕鱼人天天早上在圩埂上练武，他也照葫芦画瓢跟着比画，人家还真纠正他的动作。

那伙捕鱼人像水鬼翻塘，一个圩心待几天便翻往另一个圩心。何德财照例跟着他们后面跑，白天在家睡觉，夜晚就撑到他们露宿的圩埂上。

开春后，圩心水落下去，露出一些坝埂，圩埂上的人能下圩心时，那些捕鱼人便走了。东圩埂上的人好多天后才发现——何德财不见了。破圩人都吃不上饭，少一个人也不是大事，偶尔想起他时，也说他前世可能是猫投胎，闻着捕鱼人身上的腥味去了。

何德财确实是跟那伙捕鱼人回了陈瑶湖东乡，那一带素来有习武风气,出过一些很有名的武师。那里的人平时种田、捕鱼为生,闲时练武。何德财跟着其中一个人后面习武,学的是一种小拳种——船拳,讲究"力有寸劲,拳打船头"。意思就是发力距离很短,打拳仅限于船头那么块小地方。功夫练到家时,人站在吃饭的桌上打拳,蹿来跳去,闪展腾挪,桌子始终纹丝不动。还能蜷缩着身子在桌肚底下打拳,桌子的四条腿都碰不到。

何德财喜欢武术,身板子灵便又能吃苦,十三四岁时就能放倒两三个壮汉。他习的是船拳,也格外喜欢水,门口的沟塘湖游了不过瘾,就跑到长江里击水。他有一个习惯,跳进江里前先把衣服脱下来洗干净,挂到水边树枝上晒着,而后在江水中裸泳,逆水上游奋臂击水,游得浑身无力时便躺在水面上睡觉,任由江水将他冲回下水的位置。忽地从水中翻身游上岸,抓起挂在树枝上已晒干的衣裳套上身回去。

何德财往来江面游泳时,认识了一户船家的漂亮女儿。这姑娘家住在长江里一个沙洲上。江水至此,沙洲将江水一分为二,靠近江北那面江面宽阔是主航道,离江南这边江面较窄,有木船往来江南岸与沙洲间。

何德财喜欢的船主姑娘家便住在孤岛般的江心洲上,这里是大江中下游交汇点,江面上往来船只经过此江心洲时,船家都喜欢泊在窄江湾里歇歇脚,上岸补充购买些生活日用品,顺便去江心洲古街上逛逛。这里至今依然能看得见古老青石板路面两旁断垣残壁间透露出来的古朴雅致，连古代邮差驿站、巨石凿就的蓄水池都还在。特别是临近靠南岸江边的古码头渡口边两层木质"青楼"依旧保存完好，足见当时的风流盛况。

那船家见何德财人生得端正，眼睛里没有邪气，水性又好，还有一身好功夫，独生女儿嫁给他，以后至少不会饿着、被人欺负，便默许了这门亲事。但是有一个条件：他必须落户到江心洲上。江北人称男人到岳丈家落户叫"倒插门"，会被人耻笑的。何德财身陷美人梦里，老家父母也不在人世，只有一个哥哥也管不着他，便爽快地答应了。

他先是跟在岳父后面跑船运，往来于长江上下。下游最远跑到上海，上游曾去过宜昌，见识了许多场景。因为他有一身好功夫，在江上与沿江码头上好出头打抱不平，惹出过不少事情，也血战过许多次。好在他为人仗义、凡事认个理字，渐渐有了些名声。

何德财快到三十岁时才有了儿子，取名"守福"，后面再也没生出个一男半女。儿子读书前，一个路过的算命先生给他儿子算了一命，称宜地不宜水。他跑了半辈子船，深知滔滔江水中行船的风险，还有江湖上环生的各类险象。江心洲不少居民搬上了南岸上新建的"老街"生活，"孤岛"上只有一些年老者不肯搬离，更是冷清起来。

岳父过世后，他也跟着到江南岸建了房子，让妻子儿子搬去住，就近上学读书。他在江心洲沙土上开垦出一块菜地，种的菜吃不完时便起早采摘下来坐轮渡到南岸卖给城里来的商贩，赚几个酒钱，买些大米。地里还种植些山芋、南瓜、土豆，过日子无须花什么钱。

他自小喜欢水的习性即使到了年老时依然没变，江心洲的人看见他除了种菜，常带上几把细丝渔网划着两头尖、肚子大的腰盆消失在江面上。与其说他在江上独自张网捕鱼，倒不如说他依恋这份自小就熟悉的生活方式，加之确实能捕到别人捕不到的鲚鱼等稀罕鱼种，也是一乐。

家里天天不断荤腥，把女人与儿子养得水灵灵、嫩生生的。有老伙计来喝酒，酒浓时分开玩笑问他咋把女人养得这么漂亮，旁边有人替他回答："他这个'浪里白条'过去精子银子洒给半条江面上的女人，现在他只浇灌自家菜地，还有鱼虾补充营养，女人能不越活越年轻吗？"众人皆笑。

何德财江上捕鱼的功夫非凡，寻常渔夫捕些大路货鱼虾，他能反季节捕获一些难得一见的鱼。他最轰动的事情人们仍然记得，他冬季在江岸上捡拾牛粪晒干，还去榨油厂帮人家干活，不要工钱，只要些菜籽油渣。在江水枯水前他选择汉江一处河湾里撒下他攒了一个冬春的牛粪与菜籽饼，待江水枯到一定地界时，发动众人挑土堵住河湾豁口，他带着男人们拉网捕鱼，均分给各家各户。

那座江心洲汉江两边人家腌制出来的各类鱼晒出来，便成了一道独特的风景,整整一个冬季里都飘着鱼香味,能吃到第二年青黄相接时。当地有个作家曾撰文称何德财似是个菩萨,饥肠辘辘的年代救了许多人的性命。

生活在江心洲上的老渔民都知道,每年春季会有刀鱼溯江而上,在上游下籽繁殖过后便顺江水而下,捕捞刀鱼的时间也仅有三周左右。这种江刀鱼骨软,清蒸或是裹面油炸,嚼得骨头渣都不会剩下一星儿半点。沿江大城市高档酒楼视若珍品,却是一鱼难求。何德财能用一种深长的细丝网,在冬季里捕获到江刀,给自己儿子吃。这些刀鱼没有在春季顺江水而下,误入大江之外的汊河,或是钻进了江湾河滩芦荡里,迷了归途,误了归期。

何德财这种冬季捕江刀的本事传进了一些人的耳朵里,有人找上门来了。

那年寒冬里,大雪纷飞,雪比往年要大,积雪也厚多了。何德财正在家里烧柴烤火,围着炭炉温着烈酒,忽然来了几个神情严肃的人,带他们来的镇长一脸媚笑指着何德财跟来人介绍,"这就是'浪里白条'何师傅。"转头跟何德财说,"上头领导冒雪来看望您了。"跑过江湖行过万里船,何德财也算是见过世面,他招呼来人围着火炉坐下烤火,喊老伴给他们倒热茶。

众人烤了一会儿火,脸上的表情开始松动了,其中一个人打开话匣子:"何师傅,有一件事情来请您出手帮忙。"老何没吭声,眼睛盯着来人。"您老是我们这一带最有名的捕鱼高人了,这附近没人能赛得过您老的。所以,我们考虑再三,只有请您帮忙。"一顶顶高帽子送过来,老何还是没吭声。

"我们急需鲌鱼,烦劳您捕捞鲌鱼,价钱没问题。"来人终于说出了此行的目的,这时有人搬进来两箱白酒放到屋内,笑着说:"这是领导特意送给您喝的,您下江捕鱼时暖和暖和身子。"

老何开口了,"那等雪后天晴了,我看情况下江给你们捕些,不敢打包票。"

"不是天晴,是现在就要下江捕,有急用。"来人赶紧说。

"急用?什么鱼不都是吃的吗,还能有什么急用?"老何有些丈二和尚摸不着头脑。

"非常急。这两天必须要捕到鲌鱼,随时捕到随时派专车送往省城急用。"

老何不说话了,现场谈话陷入僵局,来人也不急着离开,依旧都坐在火炉边不动。镇长跟其中一人小声嘀咕着,一会儿这人站起来说:"听说您儿子喜欢厨艺,只要您愿意,我们专门安排一个招工指标,公费安排您儿子学厨艺,学成后到大酒店当厨师,端公家饭碗。"

那年头招工进城拿工资，是小镇上年轻人最向往的事情。炉上水壶水开了滋到炉子上，水雾腾腾，老何老伴忘记了去拿水壶。

弓拉到这种程度，箭在弦上也不得不发了。老何心知肚明，要儿子有工作，就必须现在下江捕鲥鱼。他起身说，"长江我可以下，但是能不能捕到鲥鱼真不敢保证。"众人全都激动起来，有人站起身当场许诺："何师傅，只要您下江捕鲥鱼，无论捕到捕不到，我们这就安排您儿子招工事宜，特事特办。"

长江上一片白茫茫，罕见的大雪飘落江中，江面上不见往来的船只帆影。

往常何德财都是从江心洲边划着腰盆下江，渐划渐远消失在人们视线里。现在大雪纷飞，他要去的江湾还远，便让众人抬着腰盆坐轮渡到南岸，把腰盆抬到卡车上，他坐在卡车上带路，后面几辆轿车跟着。老何努力在风雪中辨认路径，终于在一处江堤边说："停。"

众人顶着风雪合力从车上抬着腰盆来到江边，递给老何一件厚实的雨衣，老何嫌太重了，披上自己的塑料雨衣挡雪。老何揣着一瓶烧酒和两袋花生米，上了腰盆用两片木板划往江湾。时间一分一秒过去了，一个小时又一个小时过去了，老何的小腰盆早没入江雪里看不见了。等候的人急了，让几辆车车灯照着江面，一齐冲江上喊话。

江面上一片白茫茫，什么也看不见，什么声音也没有。

天色渐渐暗下来，众人在岸上拼命喊叫着，江面上依旧没有一点儿回音。江岸上有人烧起一堆篝火取暖，向火堆一面炙人，背对寒风那面似刀割着皮肉。有人不满地嘀咕着："鲥鱼不也就是种鱼吗？非吃不可吗？不吃鲥鱼能死吗？"在场官职最大的人咕哝着："上面来了客人，听说江鲥好吃。自家领导下了命令，必须让客人品尝到鲥鱼。"

众人一口口喝着烈酒，骂到后来，无力再去骂了。

江水之畔除了雪花飘荡，寒风凛冽彻骨，没有一丝丝声响，白茫茫的大地陷入瘆人的沉默中。

那个风雪夜里何德财是什么时候上岸的，到现在已经没有人准确记得。当时在场的人只记得专车将他捕获的八条鲥鱼送到省城时天还没亮，大厨赶在早餐前烹饪好了鲥鱼，热乎乎香喷喷地端上客人的餐桌。

老何回家后便一病不起，一个冬天都躺在床上。直到次年春上才勉强下了床，到屋外晒晒太阳，经常咳嗽不止。他儿子何守福从厨师培训班学习结业，上班还不到两个月，老何就不行了，咽气前他口不能言，颤颤巍巍把老伴的一只手放在儿子手掌上，眼睛睁得很大，喉咙里发出响声。老伴哭得死去活来，说老头子有心事放不下，咽不了这最后一口气。守福醒悟过来，跪在老何床前痛哭，说："您老放心走吧，我一定照顾好老娘！"何德财喉咙里的响声戛然而止，闭上了眼睛。

何德财死后，老伴没把他的骨灰送回江北老家东圩埂祖坟，一是老家的哥哥早死在老何之前，几个侄子也外出打工；二是她知道老何一生喜欢水，便将骨灰埋在他开垦的菜地边上。这里正好可以看到左右两边的主江与汊江，听得见江水涛声。下葬那天原本是晴天，忽然下起了雨。儿子何守福心里有些打鼓，迟疑不决。他娘果断地说："你老子活着的时候闯荡过大风大浪，平生最喜欢水，趁着雨水把他埋了。"

孤岛状的江心洲上添了座新坟，一个当地曾有着传奇色彩的小人物烟消云散了，这个小人物的儿子去了城里的宾馆当了厨师。有人看见何守福离别江心洲前去那坟前长跪不起，口中念念有词。

一切如常，一切照旧。日月如梭，江水滔滔，逝者如斯夫。

孤独、日渐苍老的渔家女人期盼中的儿子娶亲成家、抱孙子，相继如愿而来。直到孙子考上了大学，自己也病入膏肓，却总不见儿子回家，只有媳妇带着孙子回来几趟，后来见病得实在不能动弹了，媳妇便从城里请假回江心洲住下来侍奉她。

这个女人的泪水流干了，老伴走后这么多年，从来不拖儿子后腿，生怕给他们添麻烦。儿子平时还算孝顺，可现在自己掐着指头数着日头活的最后时候,这儿怎么就不肯回来呢?她精神稍好点时便跟媳妇讲,"儿是娘身上掉下来的肉,想再看儿子一眼咋就这么难呢?"媳妇跟着抹眼泪,欲言又止。

其实,她是知道丈夫不能来看娘缘由的,只是自己还不能说。自己丈夫从帮厨、厨师,升到厨师长,全凭他刻苦努力,掌握了八大菜系之一的徽菜中的全部要领,参加厨艺大赛,获得过金奖,获奖的就是那道——红烧臭鳜鱼。丈夫跟她说过,菜味最讲究食材的新鲜、烧法中原始手法,让味道在食材最纯的生态根基上散发出来才是最好的,任何外形与添加的花样,都会落败于原味食材、原始手法。

丈夫现在不能来看望病危中的母亲就因这"红烧臭鳜鱼"。

何守福此前接到任务,这一段时间内别的事都不要做,专门练习红烧臭鳜鱼这道菜。他当时一脸茫然,烧了这么多年菜,经手烹饪的臭鳜鱼少说也能养满几个池塘了,还要练习啥?宾馆领导严肃地说:"有重要的客人要来,臭鳜鱼是主打菜。"并再三交代,在贵客来之前,何守福不能请假,不准会客,更不准外出。

何守福认真起来,称要烹饪出最好的臭鳜鱼,首先要保证食材新鲜。鳜鱼离水不能超过一个小时,全部要活的、野生的,而且不是臭水沟或是水质不好的塘里的。领导也认真记录下来,点头保证供应最新鲜的野生鳜鱼,数量足够多。

守福强调，鳜鱼野生不野生由我说了算，个头大小也要精挑细选。

何守福媳妇在婆婆病重时，去宾馆找过丈夫几次，守福都未能请下假。婆婆死前没能等到儿子回来，去世后媳妇在娘家人和乡亲们的帮助下，把婆婆的后事办得还算风光。洲上那块老两口种了半辈子的菜地边又添了座新坟，这对先后走完一生风雨的老夫妻终于相伴长眠，同听江水涛声了。

何守福是在娘下葬三天后才赶回家的，他的左手缠裹着白绷带，外面还能看见渗出来的血迹。他在母亲坟前长跪不起，无声泪流，右手深深地插进了坟土里。原本窝了一肚子火的媳妇见丈夫这么悲痛，心早软了，拖劝他起来回家。路上问他手怎么了？丈夫摇头叹气，不言不语。

媳妇问他什么事情都像问到木头上去了，没有回音。她去找丈夫的同事打听，才大概理出头绪：守福挂念母亲病危，几次请假不成，思母心切的他便切下左手一根手指，宾馆领导虽大发雷霆，但也只好让他休假看病。未几，守福高烧不退，却不肯去医院，硬在家里扛着。媳妇让娘家人强行送丈夫去医院，这时手已经感染了，马上住院治疗。

没过多久，单位通知何守福先停职停薪，等待处理。守福夫妇家里没有多少积蓄，还要供儿子上大学。屋漏偏逢连阴雨，一件意想不到的事发生了：守福的媳妇疯了，而且是"武疯子"。一般在春天花开时候"武疯子"发作得多一些，很少在冬季见过"武疯子"发疯，何况这个从来就没有疯子症状，甚至在人前都没大声说过话的弱弱的女人。

那天中午，守福的媳妇从医院回江心洲老屋取衣物，回程过了轮渡到江南岸的街上路过一处鱼排档时，她突然情绪暴躁，从路边商店里摸来两把菜刀胡乱挥舞狂叫，时而敲击电线杆，发出异常刺耳的叫喊声。有人找来木棍、鱼叉，又不忍心伤害这个女人，便任由她挥舞菜刀奔向街市口卖鱼的排档，卖鱼的胖女人慌忙躲进了人群里。众人见守福媳妇的头发被寒风吹散了，疯砍装鳜鱼的鱼缸，水泼了一地，鳜鱼散落在地上活蹦乱跳。她半蹲在地上抡两把菜刀砍满地的鳜鱼，一地血腥。

一条街上的人都拥来围观。后来，几个穿制服的汉子赶来合力才摁住她，带上车走了。

何家媳妇这一闹，让整条街的人都震惊了。当他们从惊恐中缓过神来，便议论开了：那么温顺的一个女人，从未跟谁红过脸，咋一下子疯成这样子呢？太吓人了，她挥刀不砍人，也不砍别的鱼，为什么专门剁了那十几条鳜鱼。

事后有人来调查鱼档胖女人损失时，胖女人圆滚滚的手一挥说："没有她公公带我家上辈人捕鱼度过荒年，我们家早绝代了。她一家人可怜，拿几条鳜鱼出出气，没啥可调查的，我没什么损失。"

一切恢复如常，生活依然继续。卖鱼的胖女人和两个热心居民将江心洲汉江两岸的老邻居们捐助的钱款送到医院给何守福,正巧碰到他过去的一个徒弟在照顾他。徒弟告诉大家:重要客人没有来,师傅的事情宾馆会从轻处理的。

众人凝重的表情上泛出些许的光。

二〇二一年十二月一日　九华山何园

第三辑　三块"玉"

高 考

高考考场上,语文卷做得比往常顺手,连不会的拼音也写上了答案,只剩文言文翻译与作文了。忽然考场空无一人,老师把卷子都收走了。天哪,我最拿手的作文一个字还没写呢。完了,大学考不上了……

这是我挤过高考独木桥几十年来,数不尽的有关高考梦境中最好的一个,以往关于高考的梦都是一卷试题,满纸陌生……

高考,给我们心理上烙下了挥之不去的阴影,却也让我们农家子弟凭此跳出农门,走出草田埂,走向外面世界。

我的爷爷何辅财辈兄弟四个,只有三间草屋。我的三爷是条光棍,外出搭棚住,让三个兄弟家各有一间草屋。我爷爷也生了四子,合住一间草屋。大儿子何德富参加新四军,打了八年仗死了。小儿子何德余十六岁赴朝鲜参战,第二年,我爷爷何辅财死时,我父亲与他二哥跑了几天也没借到一块木板，拆了自家门板收殓了爷爷。

我上初一时，父亲带我去南头圩埂上迁爷爷的坟，乡下人收集先人遗骨称"捡金"。我在现场，早已不见旧门板，唯有少许"金骨"。我奶奶死时，连门板也没了，父亲用稻草编了张草席，卷了奶奶埋在能晒到太阳的北头圩埂，那里有她的孙女、我的姐姐的旧坟。这些事我在《榨油坊》《破圩》里都有过描述，不再絮语，只说一件关于"莲藕"的事情。

我们东圩埂生产队全都姓何，辅德显中，辈分不乱。我父亲当生产队长时，我渐渐粗通文墨，便屡屡建议他在塘里栽些荷花，春夏看花，秋冬挖藕，多好啊。父亲每次都摇头，母亲也不赞成。我在母亲八十三岁那年，推倒老屋，给她翻盖徽派四合院。我专门在院里挖了一方水池，沤些老塘泥，要栽荷花。我回城后，母亲让人把池水抽干，挑走泥巴，在干池里养鸡、养鸭。

我们母子俩反复争夺这方水池，各图所用。有一次我回家真生气了，让姐姐们把鸡鸭逮上来，放泥灌水种荷花。母亲哭了，"你们说盖房子给我住，自己图个好名声，又不让我做主。"我赶紧让人把鸡鸭请回池里，从此不再提种荷养藕的事。

后来我听二姐兰花说起一件事：在那饥饿岁月里，未等青黄不接，家里就没米了。父亲在严冬的寒夜里去野塘破冰下水踩藕，采割鸡头米（芡实），回家时两条腿都血淋淋的。

母亲总是烧一锅开水,慢慢擦洗父亲那一道道伤口,用针挑出刺,再将捣碎的草药敷到伤口上。我终于知道父亲生前为什么总是对栽荷种藕摇头,母亲都走到奔九的山岗上了,我一提栽荷种藕,她还是伤心地哭。我母亲一定心疼极了我父亲,为儿女一张张嘴,她要在漫长冬夜,独自面对那两条血淋淋的泥腿,还要把冰人一样的丈夫暖和还阳。几十个寒暑过去了,长年累积于母亲心里的伤痛都结了厚厚的老茧,我却冒失地去揭这岁月的创伤!

有一首歌《父亲》唱父亲是儿登天的梯,可如我父亲一样的农民,于天地间到哪儿找个缝隙,好让儿子踩自己登天?我对读书远没有我父亲有信心,他总是期盼我能多读书,将来好有个出路。我初中毕业前,班主任左老师当着我父亲的面说我成绩"下中等",差不多最末,上高中根本无望。赶上金牛区在各公社办"戴帽子高中",我才升入高中。从金牛中学派来的张裕武、徐新义两位高中老师,会教会鼓励,还带着我们从初一课程补习。那时候,刚恢复高考,我们这些丁汝昌、孙立人故里的少年儿郎,被张裕武、徐新义两位恩师驱赶得由羊变成了狼,拼了命读书做题目。

高考像一面鲜红的战旗在召唤着我们攻坚克难。暑假的每个夜里,我父亲用一只水桶装半桶水,让我把腿放进桶里,上面用大手巾裹着,不让蚊子叮咬我,他一声不吭拿着芭蕉扇在我旁边给我扇风。乡下双抢能累死人,他白天在田里累,夜里给我摇扇,时常困得扇子掉地下。我心疼他,便合上书:你不睡,我不读。逼着他去睡觉,我才翻开课本,每每读书到鸡叫二遍。

这场景今生不会忘记。父亲去世二十多年后,我跟一位老画家讲述了这场景,他很用心地画了幅画。我还要写篇文章题上画面,作为我家的"传家宝"传下去。

尽管我们很努力,可底子太差,那一批上百个高考生,仅顾祥林、宫能祥等三人考上大学,顾祥林现在是上海同济大学副校长,宫能祥成为著名的教育家。

那一年,我记得作文题目是《由达·芬奇画蛋想到的……》,我们有的同学写:"这个姓达的农村老太太很勤劳,在家养了几只鸡,靠鸡生蛋换钱供儿子上学读书……"他不知道达·芬奇是谁,但他却写出了我母亲的事。我母亲不姓达,她叫王光华,每周靠"鸡屁股银行"给我攒三两块钱。后来,我多次去欧洲,差不多每次在意大利都要去参观达·芬奇故居。

挤下高考独木桥的我们各找门路复读,蜂拥到桥头,以搏出人头地。我父亲卖掉了一头不足百斤的猪,四处托人求人,让我得进金牛高中复读。这座占用孙立人将军家府的高中,老师果然厉害,我如海绵掉进水里,拼命汲取知识,每晚自习熄灯后,仍点煤油灯学到天之将亮。三更灯火五更鸡,正是男儿读书时。

备战高考期间，我们同学间还发生了不少趣事。挑一两件说说吧。

盛作年上下学都要从我家门口走，我们经常一道。他不苟言笑，同学们送他"老板"的外号。"老板"不敢得罪一个叫李勇的同学，李勇家住粮站，他有许多单据纸，供应盛老板做草稿纸。我们花钱买煤油，还要买白纸打草稿。盛老板为了草稿纸可以委屈点。

后来，跨过高考独木桥的盛作年当过两家大公司的总裁，果真是老板了。就他这样子，同学们毕业三十周年回金牛中学时，他和我一样，在台下当观众，负责鼓掌，还上不了主席台。

主席台上的也好，台下的也罢，走出金牛山远行天下者，基本上都是当年跨过高考独木桥的人。我还有一个姓钱的同学，数理化没有他不会做的题目，文采也好。但是他写字是一个字扯着另一个字，一行字缠成一路，根本辨认不出单个字。张裕武老师多次语重心长地说，"你以后高考会栽在写字上，阅卷老师认不得你的字啊。"他连考了七年，每次都差几分，人都考萎掉了。他将一生的宝都押在高考上，实在令人痛心。

跨过高考独木桥扬帆远行的同学，在仍拼命挤独木桥的同学眼里是那么美！范自才考到合肥上学，给复读中的我寄来一张小照片：他在跑步，身后是"合肥稻香楼"的牌子。

天天在大领导出没的地方跑步,那是怎样的幸福啊!我们当年一位比电影明星还要漂亮三分的女生,爱慕着一个考上大学的男生。几十年之后,她事业极成功,却依然感叹说:"当年家境太穷,未能复读,不然考上大学了,就可以做他近旁的一棵比肩的树了。"

与这位女同学相比,宫为雨这个当年挤到桥下的同学早就释然了。他的儿子在香港大学读完博士后,受导师指派,回内地领衔负责一个实验室,给他当助理的都是博士生。小镇上的人经常听到宫为雨和老婆在家唱歌,浪花里飞出欢乐的歌。

高考还在继续,我们已穿越红尘许多里程,终觉人生需要的并不是很多,简单的生活,丰富的精神世界与内心的清净,或许就是最好的生活。好好活着,简单活着,明白活着,比什么都好。

二〇二〇年七月七日夜

三块"玉"

我与王玉年、左从玉成为石闸小学一年级同学的时候,岁数都不够入学年龄。那年夏季圩破了,洪水吞噬了圩区的庄稼,也毁了圩埂上的家园。灾后事太多,大人们忙于生计与灾后重建,没空管我们这些小屁孩,又怕到处满塘满坝的水淹死伢们,于是一竿子都赶到学校去"关关水"。

我们仨名字中都带个"玉"字,左从玉水性最好,同学们都叫他"水猴子",一口气闷在水底很久不冒头,后来他为救从渡船上落水的公社干部在三岔河淹死了,那年我在读高二。王玉年是被枪毙的,临刑前瘸着一条腿跪在妈妈面前说,"妈妈别哭,要哭的是我,还没给您尽孝。"那是我读大学第二年的事。

我也死过,幸运苟活了下来。余生路上,时常想起这两个儿时的小伙伴。

巢湖南岸陈垱、湖稍、林城三个圩口呈"品"字形连成一片，有个交汇点——姚拐。我家在陈垱东圩埂上，王玉年家在林城南埂上，只有左从玉家在湖稍南圩埂上，也是三条河流交汇处，我们都叫三岔河。我家离石闸小学不到两百米，王玉年、左从玉成为我一年级同学时，我们在课间休息时常跑到我家水缸舀水喝，翻找能吃的东西填肚子。可能因为这个原因，加之我比他们俩月份大，我们互称呼为：大玉子，二玉子，小玉子。王玉年嫌二玉子有些女人气，让我们喊他二年子。后来，石闸小学的人都叫他二年子。

我们那一批入学的学生最多，学校没有课桌板凳，学生要从家里带来木棍或竹子，搭个桌子模样，再用泥巴糊涂成"桌子"。左从玉从家扛来一条长板凳，我们三个合坐一条板凳。

语文课左杰老师让左从玉坐在走道边位子上，老师上课正对着的位子，算是"首席学生"，我靠窗子边坐。没坐多久，从玉一定要跟我换位子，说是上课好打瞌睡，给老师盯得受不了。另外，左老师上课总是咳嗽，唾沫经常飞到前面学生脸上。

左老师后来每次到门拐上咳嗽前，便让我站起来带着大家朗诵课文。我对语文感兴趣，这可能是最初的启蒙。

那年挤进小学的学生太多，教室挤不下，学校在第二学期便将四、五年级调到大队部上课，也就是左家兄弟盖的三进两院落最后一排房子里上课。房高树大，有些阴森森的，女生们胆小不敢进屋。她们下课上厕所时，每次都由玉娥姐领着，玉娥姐总是等到最后一个女生从厕所出来，她才进厕所，那些女生早跑回教室了。

玉娥姐那时候上四年级，是我们学校最漂亮的女孩子，电影上那些漂亮的女特务没有一个长得比她好看。她的两条辫子粗又长，有时那两条粗辫子分扎出许多条细辫子，她一跑起来，我们觉得校园里到处都是辫子在飞舞，好看极了。玉娥姐的歌声，让原本沉寂、破烂的小学变得活色生香起来。我们在石闸小学阶段最重要的记忆都与玉娥姐有关。甚至我们好多屁孩子愿意到学校来读书，也多是冲着玉娥姐去的。

有关玉娥姐更多的事情，我有篇《玉娥姐》做过详细描述，她父亲曾留学日本，从大城市"下放"到农村来接受改造。这里仅写玉娥姐与我们仨人有关的事情。

那时候学校经常组织学生去老农民家忆苦思甜，来回路上都是玉娥姐走在最前面，不时喊着口号，手臂如林，喊声阵阵。有一次忆苦思甜结束时，玉娥姐的辫子被人狠狠地拽了，她身子往后仰差点跌倒地上。原来是钻进学生中间那个又矮又丑的罗锅干的，他的身高只到玉娥姐的腰间。一些同学从地上捡土坷垃砸向那个丑八怪，他蹦蹦跳跳跑了，一脸的坏笑。

看到玉娥姐伤心哭泣的样子，我们仨决定要替她报仇。

| 东圩埂 |

我们是圩区,指望那些一砸就碎的土坷垃是解不了恨的,我们合计寻找最解恨的"子弹"。

有一个星期天,我们仨结伴去石头山上捡了许多小石头,背回来准备狠狠去砸那个罗锅,他不仅在忆苦思甜会上揪玉娥姐的辫子,还经常在家门口追赶上下学的女生。

我和王玉年、左从玉三人去石头山上捡小石头,回来就是要报仇的,砸那个胆敢欺负玉娥姐的丑八怪。一颗颗小石头攒在一起越走越重,我们却舍不得丢下一粒报仇的"子弹"。过了三岔河,实在走不动了,便到左从玉家去。这渡船便是他们生产队的,接送来往过河的人。每家轮流撑一天船,上船的人给三分钱过河钱,谁家收了归谁。从玉从小就在河边生活,上学时已能游过那河面了。他还有项本领,让我们俩佩服得不得了,他吸一口气沉入水底,我们换了两口气,他还没有冒头。

那天中午,我们在他家吃饭,他的床头前贴着一张宣传画,上面是一个海军战士站在军舰上,蓝白相间的海魂衫特别漂亮,帽子上系的带子被海风吹起来,神气极了。从玉说,他的理想是将来当海军,开着军舰保卫国家大海。我们俩又佩服他一次。

我们悄悄将从山上捡回来的小石头藏好,下午放学后,塞进书包里一口气跑过一条圩埂,到了罗锅家门口。那时候大人还没收工回来,学生放学还要走一会儿路,平时这罗锅掐准学生放学时间，多半拦在家门口揪女生辫子，吓得女生不敢经过他家门口。我们拿出平时捉迷藏的本事，分头躲藏隐蔽好，不一会儿果然见罗锅像只野鸭子一歪一歪走出家门，搬只板凳拦在门口。我们同时从三个方向一齐向罗锅砸石子，瞄准他的脑袋砸。他疼得一蹦老高，杀猪般地号叫。

我们打完最后一颗"子弹"，方才撤出战斗，分头往各自的家里跑。

这事儿学校还是知道了，校长让我们找来各自的家长，说了句意味深长的话："你们这三块玉，什么时候变成了石头啊！"

有一天课间休息时，玉娥姐让弟弟把我们叫到院墙外面的油菜地，给我们一人塞了一个熟鸡蛋，她笑得特别好看，也说了句至今我仍记得的话："你们仨不是石头，都是姐姐心头的宝玉。"我们仨兴奋欢快了好一阵子。

王玉年、左从玉和我仨人在石闸小学还有一件事情，可以说持续了整个小学阶段——挖宝。梦想从未变过，激情一年高过一年。

姚拐没有一个人姓姚，但这里曾住着姚姓人家，后来左姓人家来此，据说为太平军掌管粮草的官也住过这里。陈玉成与李秀成大胜湘军李续宾后，这里夜遭火灾，人跑得都没了踪影。左家光棍兄弟在废墟枯树下挖出银锭宝物后，这里成了我们三个圩口甚至更远的地方，人们梦想发财的地域。

我们仨从小听到有关藏宝的传说太多,挖宝梦想一天比一天强烈。

恰巧我们刚入学时,玉娥姐他们搬到那老宅里上课,我们一下课便找借口跑过去,既想看看玉娥姐,也趁机钻河滩边寻宝。挖宝没有铁锹是不行的,铁锹大多时候掌握在父亲的手里,偶尔从家里偷带出来,又不能带进教室,只能悄悄藏在河滩边,趁课间时扒出来,找可疑地方挖几锹,刚挖一个小坑,上课预备铃敲响了,我们又要将土填回去。周而复始,无穷尽也。

我们学校的课铃是一节钢轨吊在走廊上,一把铁锤掌握在教导主任手里,上课铃是一声紧接着一声的"铛铛铛铛……",下课则是"铛——铛——铛——铛……",上课前预备铃声"铛铛——铛铛……",好让在外玩耍的学生有时间跑回教室。我们仨跑进教室时,老师才将门关上,开始讲课。

抱有同样发财梦想的何止是我们仨,还有许多同学。大家彼此心照不宣,悄悄地各挖各的,谁填的坑,都有特殊的记号,井水不犯河水。可能更多的学生只是把那处河滩当成一个好玩的地方,课余结伴钻进去消磨时光。长期挖掘,河滩上的土一直是松软的,雨季一冲多流进河里了,滩涂仿佛变小了,只是我们挖宝的劲头不减反增。

学校终于知道了,课余时间常有老师在那里守候逮挖宝的学生。老师每逮到学生时,都揪着耳朵教训:"小捣麻麻的(庐江土话,意即你这个屁孩子),不好好读书,净想歪心思。别宝没挖到,掉河里淹死了。"

老师的话一语成谶,小河滩上真的出了事。

那天刚下过一场雪,中午上课前,几个同学去河滩挖坑玩,忽然有人踩滑到河边,一跤跌进河里。河滩上的同学急傻了眼,伸手去拉,又有两个同学滑进河里……

我们仨正好赶到,左从玉直冲进河里揪住一个同学的棉袄往岸上拖,我们七手八脚帮他把人拖到岸上,他回身又去水里揪住另一个同学拖上岸。这时我们发现最先跌落河里的同学渐渐往水下沉了,左从玉奋力向他游过去,但没有摸到那个沉下去的同学……

等到大人闻讯赶来,众人从河底摸出那个同学时,他已经没有气了。卫生室赤脚医生赶来救了好久,摇了摇头。我父亲和何辅定大爷赶来一头老牛,把那个同学放牛背上担着,牵着老牛打转转走路,走了有一堂课时间,控出了不少水,却没能救回那个同学的命。我们都很伤心难过。

从那以后,大队组织人将那段河滩外围的墙头加高了,派民兵轮流看守过一段时间,绝不允许学生再涉足那里。左从玉为救人在冰水里泡的时间长,棉袄湿透了,没有及时换衣服,当时人们都忙着抢救那个落水的同学,没有人注意到他。他回家后就开始咳嗽,后来一直咳嗽。初中毕业当兵体检时查出是肺部有问题,他当海军的梦想泡汤了。

王玉年读五年级最后一个学期时,差点被退学回家。起因是我们仨在那个恶魔罗锅家墙根下堆柴火,放火烧他家。我们之所以放火是因为罗锅在放学路上,打晕了玉娥姐,把她拖进山洞里,糟蹋了她。玉娥姐美好的人生被他毁了。

我们听闻此事后,气愤难平,我们仨后悔当初没从石头山上捡块大石头砸死这个恶魔。那以后,这个恶魔家的门窗经常被人砸烂。王玉年、左从玉和我合计,一定要为玉娥姐报这个仇,想来想去,他被警察抓走了,砸不到他,只有放火烧了这个恶魔的家。

我们仨开始捡拾柴火,悄悄堆积起来,还花两分钱买盒潜山火柴。柴火凑到差不多时,我们要开始行动前的那个星期天中午,王玉年端来一只破葫芦瓢,里面装着酒,我们仨躲到东圩埂生产队牛棚里,你一口,我一口,他一口地喝了,酒辣得要死。二年子的父亲是个酒鬼,常叫他去代销店打散装酒,跟代销店老头算是熟客了。他告诉我们,代销店的老头坏得很,经常往酒缸里兑水。那时代销店有竹筒做成的酒提,二两与半斤各一个,把酒提往酒缸里一按,装满酒后提起来倒进插在瓶口的铁制漏斗,一滴不漏全装进瓶里了。二年子父亲天天要喝酒,家里小孩吃饭没菜不问,自己没酒就吵。他们家养家糊口全靠他妈妈干活,闲时还要编织箩筐、竹篮卖几个钱贴补家用。

我们问二年子酒从哪儿弄来的，他笑笑说，趁代销店老头上厕所时，跑进去从酒缸里舀的。后来，我们才知道他不止一次这么干，省下父亲让他打酒的钱，自己买了不少小人书，甚至还有了《水浒传》《草原烽火》《林海雪原》。

那是我们第一次喝白酒，竟醉倒在牛棚里，直到晚上看牛棚的何铺定大爷来牛棚睡觉，才发现三个小脸通红的伢们睡得像死猪一样。

喝酒误事，我们只好等下一个星期天，结伴装作捡柴火的样子，背着柴火跑到罗锅家屋后，把柴火堆在墙根边上，又去他家草垛上抱了稻草堆上。当我们掏出火柴时，手有些发抖，我跟左从玉连擦几支火柴都没点着。王玉年拿过火柴盒说："有仇不报枉为人，这把火我来放。"他用一支火柴就点燃了稻草，继而烧着柴火，火苗一蹿老高，我们拔腿就跑。

火后来被大人们扑灭了，有戴着白色大盖帽的警察来调查此事，把我们仨关在校长室问话。我们蹲在墙角，王玉年说火是他点的，要抓就抓他，跟我们没关系。就这点事儿，还能让老子吃子弹吗？我那时已看过《水浒传》了，也自小受当兵打仗的大伯与叔父影响，英雄主义是有的，也昂着头不肯认账。

当天夜里，家长们把我们各自领回家。王玉年的父亲那时查出得了食道癌，他妈妈来领走了他。后来，我们听说当天正好有个公社蹲点干部在，他了解情况后与警察说了情，称是三个屁孩子躲在那屋后烧黄豆吃，引发了小火，所幸那家人都不在家，也没有烧掉房屋。警察让家长们按了手印后，就把我们放了。左从玉听完后，睁大了眼睛，他大约是那时起就对公社干部产生了好感。

　　放火事件不久后，二年子的父亲就病死了。他妈妈还是咬牙让他去石头读初中，他在一班，和谷业安、梅秋生他们一个班，我和左从玉在二班，语文课是莫建华老师。历史课是每周一下午最后两节课，两个班并在一个教室上。历史课李用广老师上课从不带课本，捏一支粉笔，历史故事讲得活灵活现，听得我们全都伸长了脖子。每到下课时，我们一起喊"老师再讲一会吧"。

　　二年子放学回家就跟在妈妈后面学剖竹子，编扎些篾器卖了贴补家用。我们听二年子讲，做篾匠就要从剖竹片开始，一根竹子最多能剖出七层篾。初二那年寒假，他编扎了一个鸟笼子送给我，正好我堂弟何显富在雪地上逮了两只斑鸠，放进笼子，那一季寒冬里，有两只斑鸠天天吵着叫着，热热闹闹的。我妈妈还曾在寒假请王玉年到我家做过几天篾匠活，他给我家编了竹篮、竹筛，还有女人放针线的那种小箩筐，当时稻箩他还不会编。他讲这属于篾匠活中的大器，主要是转角收口难，现在自己力气还不够。我妈姓王，与他同宗长他一辈，他叫我妈"姑姥"。

他用边角料，编了两只鱼篓子，给我一只，另一只送给了左从玉，他说我们俩都喜欢摸鱼捉虾，这东西少不了。我和左从玉秋冬之交用蚊香、烧酒拌大米，夜里撒到野塘里，天未亮就跑去捞漂在水面上的鱼，在圩心中间碰面时，我们背的鱼篓子都是王玉年编扎的。

王玉年的弟弟有时也跟着他学剖竹子，给人家干活不要工钱，管吃饭就成，帮家里省下两张嘴。我们东圩埂有个老篾匠，他看到这兄弟俩编出来的篾器后，常挂在嘴边一句话："这两个小王八蛋还没出师，就抢老子的饭碗。"王玉年曾跟他争吵过，他说了一句话我还记得："你家开饭店，还不准别人家烟囱冒烟呢。"以后的假期，他就带着小弟不在家门口干篾匠活，跑得远远的，免得那个老篾匠啰唆。

左从玉出事时是夏季，那年春夏雨水多，三条河面的水位超过以往年份，每一场雨后，河面都看得见涨水，水流很急，常出现漩涡。有一天午后，轮到他家撑渡船，说是撑船，准确地说是拽绳子，一根绳子两头拴在河两岸，过河时拽绳子就行了。那天是星期天，左从玉在船上，众人上船时有两个满身酒气的男人坐在船舷边上，他一再提醒，现在是涨水期，险情大，蹲在船中间舱里，不要掉水里了。他们瞪他一眼，"你撑你的船，废什么话。老子又不是没见过风浪。"

左从玉只好由着他们。

船到河心时，水流太急阻力大，绳子崩断了，船在河中心打转。坐在船舷上的两个人往后一仰掉进河里,左从玉眼疾手快,伸手抓住一个人的衣领,拖上船。他忙招呼大家快蹲在船舱中间不要动,大喊船尾的人抓住绳子往回拽。有人指着那个被水冲走的人大喊,"主任冲走了,快救呀!"左从玉衣服都没来得及脱,从船上跳入河中,奋臂击水去追。他抓住了那个人,那个人也死命揪着他,两个人在漩涡中像打架似的几番沉浮。众人拽船尾绳子,船离岸越来越近,左从玉几次试图拖着落水的人靠近船边,都没成功。船靠岸了,人们只看到落水者被人在水底托着往岸边漂动,离岸边近了,有人在船边伸竹篙子够到他,连拽带拖靠了岸。而此时,救人的左从玉不见了。

左从玉的遗体是两天后在石头一处河湾的柳树林间发现的。他妈妈请家门口的裁缝仿照海魂衫的样子做了件衣服,给儿子套上。他下葬那天,被救的人没有来,此后也没有人再提这件事,他从人间悄无声息地消失了。

我与王玉年闻讯后,结伴去他的新坟上烧了纸钱。王玉年摸出半瓶酒,他喝一口,让我也喝一口,再对新土上倒一口。他还掏出一包九分钱的老丰收牌香烟,点燃后插在坟上,他自己也抽了一支,我没抽。我们俩在那堆新土堆前坐了很久。

一九八一年夏天我考上了大学,王玉年闻讯跑到我家来,送我一个笔记本和一支钢笔,他开心得不得了。那时他早已不念书了，带着弟弟到处给人家编扎篾器。当晚在我家吃饭，我父亲特地给他打来烧酒，他越喝越兴奋，说："当年石闸小学的三块玉，不对，还有玉娥姐，四块玉，从玉死了，玉娥姐惨了，哪天要是我也没了，就剩下你这一块宝玉了。我们就是到阴曹地府也要把功力传给你，你要好好活着，一定要有出息。"我妈妈劝他少喝点。我父亲说，"让他们表兄弟叙叙，说出来心里好过点。"

那天晚上，王玉年说将来最大的愿望就是与弟弟在街上开一个篾器店，自己只管编扎，挂在店里卖。

我在大学二年级秋季时，获悉一个惊人的消息：王玉年被枪毙了，他的弟弟也入狱坐牢。

我放假回老家时，找人打听详情。他们说，他兄弟俩晚上在莫家墩扒窗子钻进路边一家代销店行窃，被警察逮到，此案正赶上"严打"期间。

王玉年是被押回金牛山执行的。陈垱、湖稍、林城三个圩口的乡亲们都去了现场，他妈妈被人搀去看了儿子最后一眼。王玉年瘸了一条腿，他看见熟人都打招呼，宛如平常。看到妈妈在哭时，他拖着一条腿跪倒在妈妈面前，大声喊："妈妈，您别哭。要哭的是我，我还没给您尽孝。"他连磕了三个头，就此别了妈妈，也与这个艳阳高照的人世间别了。

我每次读到"十年生死两茫茫，不思量，自难忘。千里孤坟，无处话凄凉"，脑海里都会浮现出他们俩的样子。我们仨今生早已没了相逢的机会，现在我也是"尘满面，鬓如霜"，离别都市独居山野间，偶尔梦里忽还乡，醒来时泪湿枕巾。

二〇二〇年十一月二日　九华山

我们仨

我在江南山间过日子，早上起来熬糙米杂粮粥时，习惯抓一把花生一起熬。熬烂了的花生起香，入口即化。而九华山里的小粒红皮花生，似乎更好吃一些。

我小时候生长在江北圩区。圩心农田寸土寸金。圩埂上住人家，没有闲地种瓜点豆。这些藤上结的、地里长的，在我们小孩子饥饿的眼神里仿佛是天上仙果，大约是神仙们会餐时才能吃上的贡品。

我和大富、大存堂弟三家的爷爷是仨亲兄弟，传到我们父辈手里各家继承了一间屋，三间屋并连着。祖父、爷爷、父辈三代东圩埂男人，到我们记事时，仍未能改变自己的住家，土墙草房各一间。我家在中，大富家在左，大存家在右。大富与我同年生，原本大存一个哥哥与我们同岁，夭折了，大存小我俩三岁。

口粮不够吃，我父亲秋收忙完了，就伙同一些人步行到皖南山里帮人家打短工，过年时背回来一些山芋干让一家人度过青黄不接的日子。大存父亲有木匠手艺，秋冬季进舒茶山里帮人家打家具，过年挣些口粮回来。大富从小就给瞎子当"扶手"，游走四方，算命、说书，省下口粮，一个月挣两块钱给家里。他妈妈每到冬季带着女儿讨饭，讨回来的南瓜、山芋、各色米饭。从我们家借筛子晒讨来的饭，晒干后装布袋里，算是一家人过冬的口粮。

我们三家的日子就这么在苦难中熬着，虽然食不果腹，但我还是能吃到花生和板栗的。花生是我讨饭的老婶子给得多一些，板栗则是大存父亲从山里干完木匠活带回来的。我母亲则将父亲过年带回来的山芋粉分给他们家，烧半锅开水，用凉水把山芋粉和匀了倒进锅里搅拌，放点糖精进去，那是天上才有的美味啊。

大富妈在外偶尔讨到一小把花生回来，都要留着分给我吃。我听她跟我母亲说，她看到人家门口晒着花生，这么金贵的东西也不好开口讨要，便帮人家干活，临走时讨要一把花生回来给大侄子们尝尝。那时一粒花生进嘴，不是咀嚼碎了，差不多是含着慢慢化掉的。最奢侈的事情是大富妈在岗上的娘家侄子秋季来看她时，有时带上一小袋花生，她都要分一点给我和大存。

大富妈活到七十岁时患了癌症，大富与大存陪她到合肥找我。我联系了专家，安排住院。病危时候，他们接她回家,我专门回老家召集大富和他的两个弟弟"开会",叮嘱他们:"你们伨不能吵架,你们是吃她讨来的百家饭长大的,无论如何要让讨饭的娘走得安心。有困难,我在你们后面。"农村兄弟伙多,往往在父母病重、去世期间为钱、房子吵得不可开交,好在他们伨都流着泪答应了我。各家男人稳住了,女人们也就不敢吵了。

大存父亲是东圩埂唯一的木匠,至今我都不知道他是跟谁学了这门手艺,我们小时都喊他"长大"。我们那里称父亲叫"大大",德长叔后面一个字是"长",自然是我们的"长大"了。长大长年在舒茶山里做木匠,只有农忙时才回来帮着忙些日子。他算是我们东圩埂见多识广的人了,每年春节回来不仅给我们带回山里板栗、花生,更有山那边的诸多见闻,让年少的我产生了要走出东圩埂,到山那边看看外面的世界的想法。

我因为喜欢德长叔,曾跟在他后面学着用锯、刨、凿,唯独斧头他不让我摸。他说,别的家伙顶多弄破了手,伢们力气没长出来,斧头拿不稳会砍掉手的。我高考落榜后想跟他学木匠,那个夏天他在家忙双抢,每天晚上搬一张凉床陪我坐在圩埂上纳凉,跟我聊到半夜。他说,一条圩埂上的伢们,我看来看去只有你是个读书的料,一笼鸡将来就你会叫。他鼓励我复读考大学,争取做个"公家人"。

我父亲卖掉一头小猪,换来红糖、香烟,烈日下赤脚四处找有认识学校老师或领导的亲友去讲情,好让我到学校复读。整个夏天,我目睹父亲的劳累与无奈,发誓下死决心背水一战。记得当时家里的泥巴墙上挂满了我手绘的各省、各国地图,上面写得密密麻麻的,标注着各地的历史、地理常识,吃饭时都端着碗站在那面墙前默记。一年复读下来,我挤过了"独木桥",成为东圩埂有史以来的第一个大学生。

我参加工作才一年,德长叔病重,我父亲和大富父亲陪他到合肥看病,诊断为肝癌。我闻讯从外地赶往合肥,将攒了一年的二百块钱给了德长叔。他攥着钱趴在桌上大哭,"伢啦,你给我这么多钱,我的病肯定很重了……"

弹指间,昔日东圩埂的少年郎,如今都已头发花白了,大存做了爷爷,大富当上了外公。我与大富、大存三家的家长都已过世了。我从都市流落到江南山里后,他们俩带着孩子到江南来看过我一次。一向视我为骄傲的两兄弟见我在清冷的山里与小狗们为伴,心里都很难过。他们临走时叮嘱我:"家哥,既然这样了,就什么都不要多想了,保重身体才是最重要的事情。"

那年冬至后,我回老家安放母亲骨灰。头天晚上喊大富、大存兄弟俩喝酒,我爱人拿出五粮液,他俩倒酒时小心翼翼唯恐洒掉一滴,说一辈子也没喝过这么好的酒啊。酒酣耳热之际,大富说,"这人在世上就像割韭菜一样,一茬一茬割。东圩埂上一茬老辈人走光了,下一茬就轮到我们了。"

大存仰脖喝下一杯酒，说："我大大只活了四十二岁，我已活了五十六岁，天天都是赚的。"他俩说这话时都是笑着的，我却品出了无尽的辛酸。

江南下雨了，云雾缭绕。

我在江南山里也还好，有诗。风雨中没有故人来，一堆杂书，几条小狗与我相伴这山间日月。独坐窗前，看着这滴滴答答飘下来的江南秋雨，便想念儿时的家乡，还有那些一块玩泥巴长大的同姓同宗兄弟们。又到花生、板栗上市季节，前些天我收拾一袋板栗，让人带出山寄给大富、大存他们，他们收到给我来信说很开心。等雨停了，我再寄些山里的花生给他们。或许他们现在都不缺这些，我寄给他们也不是让他们解馋，而是排解我这思乡情。

二〇二一年十月十六日晨　何园

| 东圩埂 |

老 井

身着白色制服、红领章的公安人员进校园里有三天了。学校食堂山墙头有人站岗,不准师生靠近。不停地有同学被喊进那排小瓦木檐的房里,再一个个失魂落魄地走出来。

从屋里出来的同学都有些莫名惊恐,走起路来像风中柳枝一样晃荡。校园被一种愈来愈浓的紧张氛围笼罩着,像一桶火药,时刻紧张,人人自危。

到底发生了什么事情?

深夜,校园那口老井传出的凄凉声音,划破了苍穹。有人喊:"老梅跳井了……"

老梅是山南麓这所中学的校工,什么杂活苦力活都干。坐落于山南半山腰的这所校园,教室与宿舍都有着晚清民居建筑风格,是当地一位抗日将军家的老宅院。最初有一百多间青砖墙小瓦房,几进院落,廊舍相连,雕梁画栋。明渠暗沟相环绕,四水归堂。庭院内广植柏树、玉兰、石榴。后来改为公家粮库，尔后改作学校，是全区唯一的高级中学。

老梅刚进校园时，一些老教师喊他"小结巴"。学生们多喊他"梅师傅"，偶尔有学生喊他一声"梅老师"，他会猛一抬头，眼睛放出一种异样的光来，满心欢喜地看着喊他的人，怯怯地问："您需要井水吗？"这个清瘦寡言的校工常在学生晚自习后，才用一把竹扫帚清扫路面。他扫地的声音很轻，轻到几乎听不见响动，早晨学生们起来看路面却挺干净的。老梅白天到食堂帮师傅打杂，干的也多是体力活。

老梅在学校除了一把扫帚，手上还掌握着一把特殊的钥匙。校园南苑、北苑之间往南去的一片园子里有口老井，那片地方原是将军家厨房，老井很深，井水冬暖夏凉，冬季井口冒出雾气，夏季人把头伸进井口凉丝丝的。井水饮之甘甜，一直是食堂做饭用水，老师们也喜欢打井水烧开泡茶喝。学生们也喜欢去那口老井摇动辘轳打水上来喝，曾传出有女生为恋爱一事要跳井。学校为安全起见，便做了个铁盖子，用锁头锁住井口。

锁井的钥匙只有老梅与总务处余主任各有一把。老梅除了给食堂做饭挑水外，每天上午与下午课间休息，都要从老井里打两木桶水，沿着各个教室前走一圈。早有同学拿着饭缸守在那里，从他的木桶里舀半缸井水放桌子上，渴了喝。

老梅偶尔也成为老师教学时提到的人。语文老师在教欧阳修的《卖油翁》时，就拿老梅挑水的样子来比喻卖油翁的样子。还有那口老井，吴校长做报告时常拿这口老井打比方：吃水不忘记挖井人。让人传到上面领导耳朵里去，又被引申到立场问题上，这老井谁挖的？好像吴校长还挨了批评，从此做报告绝口不提老井。

老梅能到区中学做校工，得益于吴校长，有人说他们是亲戚。吴校长见他可怜，便让他来谋口饭吃。吴校长家的四季用水全是老梅打好送到家，顺带着住在校园里的其他老师家吃用水也由他包下了，省下了老师们摇辘轳打井水的时间。这个结巴佬还是懂得"吃水不忘挖井人"意思的。

我们一九八〇年前后入中学读高中时，老梅那时大概是而立之年的人了，比老师年轻，比学生年长，大家早已习惯喊他老梅。老梅叫什么名字，没有谁去问过，学校也没有人提起过。现在问了许多人，更没有人知晓其名，还叫他老梅吧。

当时区下所辖的七八个公社所属的初中毕业生，优秀者方才能升入老梅所在的这所中学。这所高中里有百分之四到五的人考入各类高校，跳出"农门"。毫不夸张地说：在过去的半个世纪里，那一带走出草田埂、奔往世界各地的有为儿郎与女子，都是从这所校园里走出去的。

这所中学是有历史积淀的。背靠的山丘是三国争霸天下时的古战场，确切的史料记载东汉末曹操率八十三万人马下江南攻打东吴时，大本营驻扎在今庐江县柯坦镇城池埂，其眷属所在的后营就驻扎在我们校园所在这座山中。我们读高中时，街上盖房子时经常挖掘出城池遗址的门框、青石、古砖、旗杆石。我们那时晚自习前，同学们结伴冲上金牛山顶，环绕山顶四周有一条古战壕，我们沿着跑一圈，跳上一座古军事台眺望远方。

一群当地最优秀的男女生天天在古战场、将军府上读书，同学们身上都浸染熏陶了两种气质：一种是英雄主义，以雄武豪迈为特征；另一种是浪漫主义，以诗文与温情为特征。当年，黎明之前晚自习后，校园的僻静处，还有那口水塘边，有很多学生练武，他们多受家学或武师亲授，有着扎实的武术功底。他们那时虽小，却极有武德，从不在人前显能逞强。夜色下练武，后来投笔从戎的同学中，有徐经年中将、孙传章少将，宛明星、崔跃武、倪建飞、王盛荣、钱让树、宫能飞大校等一批将校武官。

当年那些习武的同学，对老梅的印象都不错。他们习惯练武的那几块地方，原先都是泥巴地，一逢下雨烂泥巴跟着鞋跑，好多天也干不了，练武弄得一身泥，学生都只有一双鞋，弄湿了就得穿湿鞋子上课。不练武吧，就像俗话说的那样，一日练一日功，一日不练十日松。老梅不知从哪儿找来那么多碎砖，自己动手把那些地方铺上砖头，方便学生练武。每到假期，他都要将那几块早被学生踩得坑洼不平的地上的砖头撬开，重新夯实地面，再铺平砖头。

老梅还在外找人用铁管打了好几副吊环,用绳子系在水塘边的老树丫上,给习武者练习力气用。曾有个叫赵梅生的同学晚上去玩单杠,掉地上摔得不轻。校长知道此事后,找过老梅。老梅中午去河里用箩箕挑来沙子,在单杠下挖个坑,填上沙子防止大家摔伤。

一年深秋夜里,学校里发生了一件事情:有人夜间偷窥北苑女生宿舍,女生们晒的内衣时常丢失,更为恶劣的是歹人半夜钻进了女生宿舍……此事引起全校女生的极大恐慌和不安,激起男生们极大的愤慨,主动找校长请战抓歹人。学校住校生多,男生住在"南苑",女生宿舍称"北苑"。北苑是男生的禁区,却一直是男生梦中神往的地方,岂能容得歹人亵渎?男生无不义愤填膺,一个叫李舒庐的男生,他的妹妹就住在北苑,父亲李贤富是学校老教师,父子俩都愤怒不已。

一个周六夜里,终于逮着了那个歹人。

那段时间学校特意安排教师整夜值班,那天是李贤富老师值班,夜里巡查时,几位年轻老师说,"李老师,你岁数长点,你去宿舍挨个查查。"李老师沿女生宿舍依次用手电筒照,其他三位同事在女生宿舍门外守候。高度近视的李老师忽然发现手电筒照到的一个地方有反光,伸手一摸床肚底下是个光头,他立马大喊:"抓小偷!"那家伙钻出床底撒腿就跑,李老师上前揪着他的胳臂,其他三位老师听到呼叫，与闻讯赶来的学生围堵捉拿。谁知此人功夫了得，挣脱众人围堵，翻身跃上墙头，跳落下去。他刚落地，却被人一扫帚打翻在地，扫帚重如泰山石死死压住他。李家父子与师生们追过来七手八脚上前抓住他，众人把他弄到总务处的两间房前。周六夜里在校没回家的师生闻讯赶来都要打这个坏人，有一个女生用粪瓢扣到他头上。徐校长等人来了，派人押着那家伙送到派出所。派出所民警去他家搜出了许多女生内衣。

后来，有人说那个挥动扫帚撂倒歹人的人，就是老梅。学校奖励李贤富老师和老梅各二十元，当晚其他值班的老师各十元。那时候，学校食堂一碟米粉肉只要一毛五分钱。

此后，同学们对老梅都高看了一眼。有人猜测，不露是高人，老梅可能就是传说中深藏不露的武林高人。再细瞅他平时扫地的动作，似暗藏着极高的内家功夫。许多年后，也有同学回忆说，老梅那时年轻力壮，天天扫地，那柄扫帚已被他练得炉火纯青，一扫帚下去自然力度不凡，一般人哪能招架得住？

校园内除了学生间崇尚英雄、喜欢习武的风俗外，另有一种景象，就是校园内的文学气氛极为浓厚热烈，各班的黑板报、墙报办得丰富多彩，尤其是用白纸抄写出来贴在食堂山墙上的墙报，都是从各班教室后面的黑板报上精选出来的优秀诗文，由毛笔字写得漂亮的同学用白光年纸抄写出来，错落有致地贴到食堂山墙上。每一期新墙报张贴出来后，观者如潮，有朗诵的，有拿着本子抄写美文与新诗的。这面山墙正对着学校师生们挖了两个假期的一方池塘，山墙的倒影映入池中。同学们洗饭缸于池，屡有饭粒掉入池中，鱼儿一听瓷缸声响，都游出水面，煞是好看。我们去食堂打饭、下池塘洗饭缸举头即可见山墙上文学芳草园。

食堂山墙墙报，成了我们学生时代最高级别的文学芳草园，都以文章或诗歌抄上墙为荣。

那时节名字常出现在此面墙报上的同学，理所当然成了校园里最抢眼的文曲星，如陈玉炳、吴新春、王能生、韦明、张跃东等同学，他们的名字总是与美文和诗分不开。他们结伴行走在校园里，总有一种不食人间烟火的高贵神情。那个饥饿如影相随的穷苦时代，校园里活跃着一群热爱文学的同学，那是怎样的一道青春独特风景，给我们以温暖与光亮，放飞许多儿女的梦想。

青春原本就是个起风的路口。浸染在这样的校园里，许多年以后回想起来也是莫大的幸福！

这面山墙是校园亮丽的文学芳草园地，将抄录诗歌与美文的大小不一的白光年纸，贴上这面高高的山墙，再组合布局得恰到好处，更是难上加难。

这件事情，只有老梅干得漂亮。每期新墙报都是他在桌子上一张张刷上糨糊，再爬梯子贴上山墙。几十张大小宽窄不一的白纸，经他的巧手粘贴完，看上去布局既美观大方又恰到好处。墙报一般两边都有一副对联，字大纸长，像个边框将所有的诗文全框进园地，而上下两边用一张带颜色的纸条相连对联，整个文学芳草地就圆满了。

每期出版墙报时，吴校长、徐校长、政教处主任何本阶老师都要亲临现场，严把政治关。诗文内容他们事先都过目了，还要到现场细看，生怕出纰漏。

我们乡下孩子眼里原本只有稻、草之分，进了金牛中学后居然四季花开。这四季的花儿都是老梅侍弄出来的，他请经常抄写墙报的同学在小木板上写上字。同在一九八〇年考上合肥工业大学的韦明和安徽师范大学中文系的陈玉炳都曾担任过大学校园诗社负责人，他们至今还记得当年金牛中学那些拐角草地、花坛旁小木板上写着"让花儿静静开放""给小草慢慢长大"。他们说在金牛中学这些不起眼的拐角处，隐藏着春天的故事，那小木板上的话，或许就是最早的校园诗句。

同学们偶尔也惊讶，老梅，见人说话结巴，应该不识字，他从哪儿想出来这样美的话，还细心制作些小木板提醒过往行人勿要践踏花草，让它们慢慢长大、悄然绽放。

校长最担心墙报出纰漏，还是出大纰漏了。那是一九七五年冬天，最寒冷的季节。警察在山墙两边拉了警戒线，墙报用特大的塑料皮蒙住了，昼夜有人看守在那里。那时穿白色制服、戴白色大盖帽的公安人员驻扎校园里格外耀眼，他们喊同学轮流去那排小瓦木檐的房间里问话。没人知道里面发生了什么，出来的同学也闭口不言。

后来当了警察的钱少权在几十年后回忆事发情景，那天他与几个同学翻墙头跑到山上"干角"去了，"干角"就是各自将一枚硬币放一块土基上，用铜钱攒硬币，谁攒下硬币归谁。回来后他们分头被警察带到屋内问了几次。那时的男生宿舍是两排大通铺，床连着床，同学们头脚挨着。半夜有人做梦惊叫"不是我干的"。

到底是个什么样的事嘛，纰漏有多大？有人卷起铺盖要回家去，被门口岗哨拦回。事情没查个水落石出，谁也不许走，谁都有嫌疑。

到了第四天深夜，校园那口老井底下传出了凄凉的呼救声，声音如利剑划破了苍穹……

公安人员迅速赶到老井旁，从井底捞上来的人竟然是老梅。老梅？老梅不识字呀，怎么会是这起"反革命事件"的制造者呢？老梅招供了，他认识字，这事儿就是他干的。老梅被押上公安局的车，警戒线撤除了。

很多年以后，我们才知晓那期墙报上，两旁的对联是："反击右倾翻案风，集中火力狠批邓"。墙报贴出来后，有人在夜里将"批邓"的"批"字用泥巴糊掉了，在泥巴上写了一个"保"字，"批邓"变成了"保邓"。

后来在石头中学担任过校长的夏注流清楚地记得,老梅出来后,学校曾在一次全校师生大会上,安排老梅上台讲几句话,算是"平反",那是一九七九年的春天。原本就结巴的老梅在台上站起身,结巴了半天也没人听明白他说的是什么,倒是听清了他讲"小草——慢慢——长大"。校长接过话说:"梅老师希望同学们安心读书,学有所成,考上大学干大事业。"

我在了解当年老梅跳井的这起事件过程中,很多昔日的中学学生、如今各有成就者,都猜事情可能不是老梅干的。老梅之所以深夜跳井,是见校园的气氛太压抑了,学生们无心念书。这个老实巴交的人上演了这出跳井的戏,并承认改批字为保字的事情是自己干的,化解了结此事,让校园重归宁静,让琅琅书声重回校园。

老梅懂"吃水不忘挖井人"的道理,他能想出"让小草慢慢长大""让花儿静静开放",他内心也明白:校园是片圣洁的地方,让孩子们读书明理才是正事。有些事情只是成人玩的游戏,莫要过早地伤害孩子们,他们还要慢慢长大。

二〇二〇年十月十六日　九华山何园

| 东圩埂 |

谈注渠老师

太阳还没有从九华峰上升起来,园子里草尖上露珠晶莹剔透。我在江南晨曦中捧一本诗朗读,薛荣年同学给我发来微信,说七月二日上午回母校庐江县金牛中学,以谈注渠老师之名设立的"谈注渠助学助教奖励基金"首次发放给师生,我们回去给年轻校友们鼓鼓劲。

日暮乡关何处是?烟波江上使人愁。

弹指间我们离别母校也有三四十个春秋了,很多同学的父母亲也永别了那方热土,昔日的家乡成了故乡,学子也成了游子。世事如潮人如水,无论流到哪里,每一滴水都惦记着最初的源头。我们这些金牛山下草田埂上走出去的金中学子跋涉过最初的自卑泥潭,修炼到如今内心最大的倔强,就在于明知回不去故乡,也要一次又一次踏上回乡的路。

毕竟,曾经熟悉的那个地方,不仅是我们走向世界的起点,也是我们今生心之所念的青春梦想工厂。而母校如谈注渠老师一般的恩师们春风化雨般的教育更是让我们每每忆及都激动不已。故乡不能忘，师恩亦如刻石，岁月愈久，在我们心灵上的痕迹越发清晰。

我们的母校金牛中学是当时金牛全区最高学府，坐落于抗日名将孙立人将军山南故里院落内，粉墙黛瓦，老树参天。虽说世间道路万千条，可二十世纪七八十年代农家儿女要走出黄土地外出谋碗饭吃，奢望在外建功立业，实在是难于上青天！金牛中学无疑成了那一方父老乡亲寄予厚望的梦想之地，更是那一方年轻儿女走出家乡、走向世界的起点。有着英雄气息的校园里云集了一批博学睿智的老师，他们传道授业，架设家乡后生通天的梯。谈注渠老师就是他们中的一员，他们化作一座座比肩金牛山的高山，让我们站在他们的肩膀上眺望外面的世界，跃出农门，建功立业报效国家。

谈注渠先生，二十世纪五六十年代在丁汝昌故里石头小学当老师，后当小学校长。谈老师勤于学习，不断丰富自身学问，手执教鞭从小学教到初中。七十年代末，石头中学办了一届"戴帽子高中"。他教高中地理课，与张裕武、徐新义等老师带出了石头中学空前绝后的一届高考班，当年就有十几位同学考取了大中专学校，现任同济大学副校长的顾祥林就是那一届的学生。

八十年代初谈老师退休后被金牛中学返聘为高考毕业班地理老师兼班主任，那时地理是门与语文、数学同为一百分的主课，谈先生从历年的高考试卷中悟出门道，将中国与世界地理条分缕析地提炼出来，讲到哪个省、哪个国家，他顺手在黑板上绘出相对应的地图，照图标出相应的重点地名与特征。我们很多同学跟他学了这一手绘制地图的本事。我就曾将各省地图放大绘制出来贴满家里的泥巴墙，吃饭端着碗瞄瞄地图，睡前看一眼加深印象。我父亲请生产队识文断字的人来家看过我绘制的地图墙，有人告诉我，"别人夸你地图画得好，你父亲笑了。"

谈老师独特的教授地理的办法使得金牛中学高考地理成绩越来越好，他也稳坐在毕业班班主任的"火山口"上。那时一个高中毕业班三间教室挤满了九十多个学生，差不多一半都是复读生，新老生混杂一堂，学习进度与习惯各有差异，先进与后进同学各怀心思，有的同学觉得考学无望便捣蛋。最能把心操碎的就是班主任了，既要提升学生成绩，又要及时排除各类隐患，将全班学生的精气神凝聚到备战高考上来。

谈老师早早晚晚不在教室就在教室外面，晚自习不是他的课，最冷最热的晚上他也在教室外面转。教室是亮的，外面是黑的，学生在里面看不见外面，谈老师却能清楚地看见每个同学的学习状态。我们那时大宿舍里晚上没电灯，有同学躲在宿舍闲扯、睡觉。谈老师摸进去一声咳嗽，他们闻声就赶紧跑回教室学习。谈老师对教育事业无限热爱，他反复说：农家儿女要跳农门只有走读书这条路，书山有路勤为径，学海无涯苦作舟，唯有刻苦勤奋攻读。他尊重每一个学生，无论成绩好坏，无论家庭条件如何，把学生都当作自己的孩子，保护每一个学生的自尊心。陌生人看他对学生很凶很严厉，可学生却能真切感受到他爱生如子的真情，春风化雨，大家自觉伏案苦战。

现在京城工作的金牛中学张先云同学回忆谈注渠先生时曾写下过一段话：

> 我一九八二年高考未中，补习了一年仍未考取。悲观的父亲不想再让我补习，母亲嘀咕着想让我继续复读。我硬着头皮去学校找谈注渠老师，他老人家和我谈了很久，他分析说我没明显偏科，成绩总体稳定，去年进步明显，再补习一年希望很大，一板一板来，明年也应该能轮到我。我家拿不出复读的十几块钱，老人家表示：你先来上课，其他再说。
>
> 我又回炉重铸，一天晚自习时，谈老师气喘吁吁跑进教室对我说："查费，你先跑，免得拾拢（庐江土话，意即麻烦）。"原来是学校对补习生是否交了补习费突袭检查，我跑出教室，躲过了当时的尴尬。过了几天，谈老师告诉我：他与学校说了，我

的补习费从他薪水里扣。在恩师的关爱下，我一九八四年高考成功，开启了全新的人生。

恩师谈注渠，就是我心中的菩萨！

这样的场景在那些年谈注渠老师的班上常常出现。曾担任过上市公司董事长的李永东同学回忆，自己当年交不起几块钱学费，便回家下地干活了。谈老师几天没见到人，便一路打听找到他家，从田里把他拽上来，带回课堂上，谈老师代他交了学费。几十年后，李永东仍感慨："谈老师给我交的这笔学费，一生都偿还不了，一直激励着我奋发图强。"薛荣年同学说，我们昔日老同学相聚在一起复盘前半生人生之路时，都觉得"高考"是对人生的最大改变，而谈老师就是这个"最大改变"中的关键之人。议及当年谈老师"查费，你先跑"的情景时，有人仍然会热泪盈眶，无论当时跑的是自己，还是同一教室的其他同学。

谈老师这份深恩大爱，一直滋养着在外打拼的学子们，风雨人生路上总有一份温暖相伴而行。

二十年前教师节那天，我和盛作年、唐燕朝几位金牛中学同学午饭时正聊着谈老师的往事时，接到李永东同学电话，他说："中午和伍克胜几个同学一起吃饭，我们想谈老师了，下午马上回家乡看望恩师，你们可去？"那天，我们十八位同学先后抵达谈老师家。谈老师外出散步去了，他儿子找他回来。先抵达的同学忙迎上前去，谈老师每握住一个学生的手，立即就叫出其名字，无一差误。说实话，那时我们离别母校也有二十年了，很多同学乍一见彼此都认不出来，任凭学生在人海里沉浮许多年，谈老师却一眼就能认出你叫出你的名字。这对学生来说是莫大的幸福，一些同学当时眼泪就下来了。

我与盛作年稍晚才到，见同学们沉浸于幸福之中，便凑上前问："谈老师你可认识我了？"他哈哈一笑："小捣麻麻的，你不是何显玉还能变了？"盛作年往后躲，谈老师一把抓过来，"盛作年往哪儿躲？你在校时我没少骂你。"盛作年热泪盈眶，"谈老师经常骂我，才有了我的今天。"

天色渐晚，谈先生见我们要回省城，"发火"说："小东西一个个有出息了，都到家了哪有不吃饭饿着肚子就走的？"我们笑着簇拥着谈先生去镇上一家饭馆，先生见一桌坐不下便让儿子开两桌。学生们一致表决：先生过去站着给我们讲课，今晚您坐着，我们围成一桌站着敬恩师酒。酒席间谈先生的儿子向他报告：你的学生们包的红包比你一年退休金还要多。谈先生站起来朗声说："你们这些小东西，谁教你们来还我学费的？"众人唯唯诺诺，顾左右而言他。先生施教于弟子们的恩情又哪里能还得清呢？一个在大学当教授的同学感慨："我从小学读到博士，所遇老师不少，唯有谈老师称得上'教育家'——教书育人！"这大概道出了谈先生几十年后依然受到学生爱戴敬重的原因。

世上青山不老，人间容颜易老。当我们同学中很多人家乡已成故乡时，故乡留存给我们的珍贵记忆中关于谈先生的印记越发深刻起来。

谈注渠先生离世已有十多年了，去年时值金牛中学建校八十周年，大家聚在一起忆起学生时代自然会想起在课堂上老师耳提面命的情景。薛荣年、李永东、谢平、夏柱兵等学友振臂一呼，发起设立"谈注渠助学助教奖励基金"，应者之众波及全国各地，也得到海外金牛校友的热烈响应，其中也有人虽不是谈老师的学生，但仰其师德人品也加盟其列，大家慷慨解囊筹措了首笔基金，用来奖励金牛中学品学兼优的学子和辛勤教书育人的杰出老师。

七月二日上午授奖时，夏柱兵先生作为校友代表致辞提出殷殷期望："漫漫人生路，高考只是人生比较重要的一步，绝不是全部人生。回头看看，那些人生非常精彩、取得较大成就的，一定是那些自强不息、不认命、不服输、不松劲，一直在奋斗始终在努力的同学，所谓久久为功善作善成。"我们当然相信现在金中老师们的努力，诚如高三王邦琼老师说："做老师很平凡、很辛苦，也挺累。但在金牛这方沃土里，我们感受到了教书育人的快乐。功成不必在我，功成必定有我。我们一定不忘教育初心，将谈注渠精神在金中传承下去，扮演好太阳底下最光辉的角色。"

那天散场后，我见吴海洋校长又添了不少白发，人也苍老了许多，他说："这么多学长对母校的殷殷情义，不只是学生，我也从中感受到肩负的使命与重担，唯有团结全体教职员工苦战奋斗，不负使命、不负金牛人的重托。"令人欣喜的是，金牛中学的教学质量正在稳步上升。

金牛山依旧屹立在那儿，我们缅怀谈注渠先生，也希望当下的金中老师们如谈先生那一代老师一样视学生如自己的孩子，教书育人，把挚爱学生的传统传承下去，让金牛山下飞出更多的金凤凰、走出更多如孺子牛般造福一方的有志男儿。

被岁月风霜淬过火的我们怀念着青春时金中校园的一幕情景：晚自习后电灯熄了，同学们点亮了一盏盏煤油灯，继续苦读到凌晨鸡叫头遍、鸡叫二遍，直至东方露出鱼肚白……盏盏煤油灯与天上的星星相辉映，更有"谈老师们"用知识明灯照亮金牛山下农家孩子的灿烂前程，由此走出金牛，走向全球。

薪火相传，泽被后人，愿这闪闪星星照亮一代又一代金牛儿女的前程。谈先生是那个时代的一盏明灯，一座高山，他的名字配得上"光辉与不朽"！

二〇二二年七月三日　九华山

| 东圩埂 |

老 韦

已是上午十点多了，韦明与他爱人端坐在我山间屋后葫芦塘畔还没有动身的样子。我爱人说，"你们不走，我就去忙午饭了。"韦明依旧微闭着眼睛沉默不语，他爱人轻声说："我们再坐十分钟。"

他们头天下午来江南何园时，我刚从荷池里扒些莲藕种苗，裤腿挽过膝盖给一些荷花缸补苗。忽听蔷薇墙外有人喊我的乳名"大玉子"，我听出来是老韦的声音。我在江南栖居五六个春秋了，他只有一次路过，吃了晚饭后匆匆过江回省城去了。他还不像别的朋友熟人能常在微信上"见面"，他一年中发不了几条微信，他那几十亩厂区的企业够忙碌了，还兼任全省一个行业协会会长之职，也是辛苦他了。

其实，我与老韦不能用"朋友"二字概括彼此间的关系。我们两家同住在巢湖南岸一个大圩口，我家住陈垱圩东圩埂，他家住西圩埂之东段一个叫鹭鸶嘴的地方。那一段地势高，平时内涝洪水淹不着他们的稻田，除非决堤破圩了，上下圩口都成一片汪洋。每年夏季稻穗饱浆时节，天像被谁捣捅掉了，大雨倾盆。下圩口劳力昼夜往圩埂外排水保稻，上圩口人半夜三更随便将哪个稻田埂挖条沟，那积攒的雨水全泄进下圩口稻田里了。若逢上干旱年份，上圩口急需水灌稻田时，下圩口人死守内埂不让他们抽水。这样上下圩口的人便结下了梁子，时常火并。

韦明父亲与我叔父都是抗美援朝下来的伤残老兵，一个炸聋了耳朵，一个残了一条腿。两个昔日的战友见乡亲们为水拼命，便联手站到两支队伍中间调停。或慑于他们的威严，或服于他们所述的道理，两支手持扁担与铁锹的队伍总能平息怒气，握手言和。我小时候跟着当生产队长的父亲后面目睹过这种阵势，既激动又紧张，生怕两支队伍挥舞着手中家伙打起来，那可是要出人命的。

我二姐在我考上大学的前一年嫁到上圩口生产队长家做儿媳妇，那队长是韦明的堂兄，两家共用一堵山墙，是邻居。我父亲是下圩口生产队长，上下圩口两个队长成了亲家，加上两个伤残老兵压阵，这"仗"从此以后再也没有打起来。

韦明早我一年考取合肥工业大学化学系，我晚一年考入文科院校。人称这个圩口老祖先的坟上冒青烟了，接连考出两个大学生。我们俩像两颗星星，给煤油灯下苦读的乡村少年照亮前面的路，鼓舞着他们读书。

我与韦明大学毕业后经过十多年打拼，殊途同归，从不同地方会合于省城。他辞职下海创办实业，我当记者到处采写新闻，都是拼命三郎的状态。有时，得空聚到一起喝小酒，那时餐厅都有卡拉OK，我们唱得最多的便是那首《爱拼才会赢》，找不着调子，我们唱得依然带劲。

于事业上，我们俩一直在玩命拼搏，各自表现不俗，皆有建树。在另一条路上，我们却经历了相似的生离死别，一身伤痛，至今还有许多无法细说的伤痛。

盛夏，我在一个湖畔与四十二岁的自己告别，"天不爱我，我就弃天而去"，决绝而去。韦明闻讯从外地星夜赶回来，闯进重症监护室伤心不已。我那时还不曾有清醒的意识，后来护士长王玲告诉我：你那个同学出了监护室哭得好伤心。我还在涅槃重生路上的那年冬天，韦明守在一个湖畔三昼夜，渴望二十岁女儿重回人间，再续父女之情。往事并非尘烟，且掩埋于心田吧，余生里轻易不去搅动。生命最为煎熬的时刻，我与韦明彼此鼓励要活下去，唯有活着才有希望。

当年一个圩口青少年们学习的两个榜样，混迹省城谋生亦谋爱，岂能就这么轻易被生活打败？

烈火中煎熬，不是涅槃重生，便是化为灰烬。我们都绝不认输，继续顽强地战斗。学会与自己握手言和，跟岁月温柔交手。雄关漫道真如铁,而今迈步从头越。

斗转星移间,我漂泊到江南,时光煮雨,慢慢恢复往日的元气。在茶溪听雨,渐渐觉得时光才是最好的良药,能够治愈自己的内伤与外损。有位友人一直关注我"茶溪听雨"公众号上的文章,他说,"你闲居山野这段时光,谁遇见了你,只要你有感触都可能成为你文章中的人物。"细想想,确实如此,甚至还不止如此。陪伴我山间岁月的小狗阳阳,还有它的狗娘黄黄、小伙伴小白都写入《茶溪听雨》书中的芸芸众生了。众生平等,我与它们都是这人世间的过客。

老韦留守城里,执念自己一手盘大的企业,在疫情期间,员工工资照发,企业顽强生存活了下来,而且还清了银行的贷款。蒸蒸日上,逆势上扬。他担任行业协会会长,引领同类企业在逆境中寻找各自的生存空间。有一个企业主入狱五年,老韦年年去看望他,当然身份是会长,理由是结对"帮教",给落难中的企业主以信心与希望。

让他感到欣慰的是曾经在另一条路上播下的"因",现在有了"果"。他沧桑多艰的人生,从此有着一份深重的牵挂与宽慰。

老韦与爱人这次假期从江南泾县一路过来,到茶溪住了一个晚上。他早已不喝酒了,我安排了一个四合院让他们煮茶听雨。后来才知道,半夜里雨歇间隙,他俩撑着一把油纸伞,沿溪畔漫步,舍不得把山间这么美好的时光用于想那些尘世俗事上，就那么坐在院子廊下，听雨听风，凝神遐想，任凭时光溜走。这样的时刻，不仅不觉得空耗了生命，反而觉得生命因此而延长了许多，更靠近滋养自己的生命源泉。

老韦与爱人这个上午还是回省城去了，纵使他们留恋这片江南的风景，可肩膀上的责任与担子哪能轻易放下呢？他们在回程的路上，给我发来诗《茶溪下雨了》：

或许是日子苦了
又或许是修炼成的
茶溪的眼睛
瘦成了双眼皮

茶溪的何园
院墙上玫瑰斑斓
阳光翻过墙头染了香气
熏醉了流浪的黄狗

说好了的
这几天江南下雨
你在雨中等我
一起放飞思想

这几天偏晴空万里
似乎很不想下雨
但我还是来了
为了你

透过格栅
看你移山的背影
喊着你的乳名
却惊动了狗和女人

茶溪的茶很香
透着阳光的味道
睡莲不知何时开了
无意间，茶溪下雨了

  两个从同一片草田埂上走出来的乡村男人，风风雨雨几近半个世纪，我们在茶溪这片蓝天下，相隔五年作了一首同题诗，彼此应答唱和。既有欣喜，也隐含着唯有我们方才知晓的泪水滋味。

  很多时候，我们总是匆忙赶路，赴一场又一场的约会，想方设法占有更多的东西，却很少停下脚步欣赏路上的风景，感受生命深处需要的那份宁静。终究有那么一天，都会将饱经磨砺的生命如一滴水一样落入时光长河里，没有一点浪花，也不曾留下来过人世间的丝丝痕迹。

时光能治愈所有的伤痛，也能酿就出世上所有的故事。韦明走后，我请江南书法名家施麒俊先生将这首诗书写出来，我的那首同题诗是张兆玉先生活着的时候为我书写的。老施陪我在九华山找到雕刻名家，把老韦这首诗雕刻成匾，设计尺寸有两米多长。待雕刻好后，送给老韦留存吧。书坛大家张兆玉为我题写同题《茶溪下雨了》的书法作品，我已请人雕刻成匾，留存在茶溪，已是茶溪小镇的一个文化符号，诗意也走出了茶溪，乃至九华山，走往远方。

老韦与我，曾经是乡村那个圩口最努力的少年，出走乡村近半个世纪，我们还有什么着急的呢？能把最机敏与最清醒的时光用来阅读写诗，给自己的生命留下余地，找到宁静，不也是很好吗？

二〇二三年五月十一日　九华山

输　赢

姜华能是我初中同学,他上完初中就回家种田去了。我们上高中时,听说他到上海捡拾破烂去了。若干年后,他居然成了东圩埂的女婿,他娶的是长我一辈、与我同岁的姑姥子,老同学变成了姑父。

华能读书未必是个聪明学生,经商绝对是把好手。他半生赢在商业头脑与做人上,输在一个"赌"字与定力上。他起伏跌宕的人生,寻常人根本想象不出来,是人与钱财关系的一个蓝本。

成绩不行,家里太穷了,他读初三时两块五毛钱的学费还是谈注渠老师代他交的。同学们之所以记得他,是他的一件事给人留下了深刻的印象:每到秋后开学,他常抱只大南瓜到学校来,伙同一些不上课的同学去山岗上捡柴火烧南瓜吃。也不知道怎么烧熟的,很多同学吃得美滋滋的。许多年后,同学间的印象与模样都模糊了,唯独姜华能的模样还能记得清，大概跟南瓜有关。

姜华能跑到上海谋生，好几个春节都不回来，同学间渐渐淡忘了这个人。在老家乡村中学教语文的田宜武同学，趁暑假跑到上海挨个学校门口看招聘老师的公告。他应试教课，被上海徐汇区一所中学录用，日后成了徐汇区优秀教师，一家人定居上海。那些年，上海从安徽挖优秀老师政策灵活，只要是他们相中的，都能挖走，田宜武与一批年轻优秀的皖籍老师就这样被挖到上海，成为那里的教坛新星。

田宜武只身初到上海滩，多亏了姜华能同学的帮助。是他带着田宜武到处跑学校试教、面试，初到上海那段日子吃住也在姜华能那间出租屋里。田宜武那些年春节都要回来陪父亲，我们相聚时，才得知姜华能在上海已远非当年捡破烂时的状况了。

姜华能初到上海，个子矮，学历低，找不到事做。为吃饭糊口，他确实捡过破烂。这小子能吃苦、憨厚、心眼实，虽赚不了什么钱，倒也能糊口。坚持做好一件事情，机会来了，改变命运的拐点就到了。

有一天，一个人见姜华能在捡拾破烂，便喊他把厂门口的一堆杂物帮忙清理干净。华能二话没说，带人整整干了一夜，清扫得干干净净。没多久，他又遇到那个喊他清理门口的人，华能跑上前把卖破烂的钱交给他。那人看了他一会儿，不收这钱，华能一定要人家收下。这以后，不只是厂门口,厂里不要的东西,那人都喊华能来清理。华能当时哪里知道,这人就是这家大钢厂的后勤部门管事的,他见华能老实稳重,便将厂里处理废旧钢材、残次品的事都交由华能处理。

华能将过去收破烂认识的伙伴们召集起来,在厂区外租了一处旧仓库,改造成宿舍,找专人来做饭,还有洗澡的地方。一群流浪在大都市街头巷尾的破烂王,有了稳定的居所,活得体面了些。

在外混迹谋生的人最怕无助无靠,有个人出来当大哥,挺好。姜华能就这么坐上了破烂王的交椅,领着一群捡破烂的人闯荡江湖。

姜华能背靠大树好乘凉,靠上这家钢厂后,收拾破烂,搬运钢材,倒腾货物,总有做不完的活。渐渐地,他的队伍庞大起来,有不少新人与专业人员加盟进来,成立了一家再生资源公司,拆迁旧楼房他们也干。东圩埂上不少年轻人都奔他去了,在上海滩抡大锤,拆旧楼时从顶上一层层往下拆,拆下来的旧砖码放起来还能卖钱。后来改用挖掘机,拆起楼来更快捷,建筑垃圾夜里用卡车运往郊外。安徽五河有个叫陈光标的人,那时在南京干着跟姜华能差不多的事情。

姜华能成了姜总,没有人再小看这个小个子的安徽男人。

姜总当了老板,却依然如初入上海滩时一样,对任何帮助过自己的人，都高看一眼，把别人顶在自己头顶上。尊敬不是装样子，而是发自内心的感恩。老乡圈内谁家有事，他辗转找关系帮忙，想法解决。商会有活动，跑腿花钱，样样爽快。

凡是跟华能打过一次交道的，无不记住这个小个子的安徽男人。他在崇明岛上有块三百多亩的地，其中水面占一百多亩。当时他带着从老家来的招商小分队的人上岛观光，食宿在村里的宾馆。他与村支书一见如故，村支书特别希望他拿下这块地，算是村里的招商成绩。华能当时根本就想不出来怎么用这块地，觉得拿地能帮村支书一个忙，于是付了款，拿下了这块地。

他哪里想到，这块地，却成了他翻船后咸鱼翻身的一张王牌。

来自家乡的人，甚至他不认识的，只要找他说声某天到上海，他问清楚几个人、待几天后就着手安排，很快就将住宿酒店、吃饭地址都发到来人的手机上。老家县领导率队去上海招商，游说在上海发迹的同乡们"凤还巢"，返乡创业。老姜管他们的吃喝招待，还动员老乡组织熟悉的商人参加招商活动。

好戏都有开场的时候。

有一次，县里一位主要领导酒后跟老姜吐真言：自己在升迁节点上，要是能将旧城改造弄出个眉目来，将有助于自己的仕途。老姜将上海一摊子生意交由其他人打理,他投资过亿回家乡接下城北一片旧城,进行旧城改造。

他斥巨资回乡,原本是盘算过的。大不了亏掉一点,自己还是能承受得起的,既帮了县领导一个忙,自己也在家乡扬眉吐气一回,何乐而不为呢。

旧城改造,最头疼的是住户搬迁,还有就是拆旧补偿方式。县政府与城关镇两级政府出面挨家与住户谈判,相当艰难。仅有零星住户搬迁,就像牛身上拔了几根毛,建筑场地清理不出来,已备好的材料及设备就无法进场,工程遥遥无期。姜总私下里走访了一些住户,城北是城乡接合部,房屋面积小,很多家庭生活困难。眼下搬迁无处可去,以后回迁还要投入一笔装修费,虽住上了新房,可到哪儿去弄钱呢?

摸清问题的症结,姜总召集公司员工,贴出布告讲明时间,自己与旧城老住户们面对面谈判。

老姜那天站在一台挖掘机的扒斗里,悬在半空中,他说:

"我二十岁前不知道县城长什么样子,在上海捡拾破烂,穷得都不敢回老家过年。你们老房子能住,现在难在搬出去租房要钱,以后搬新房子还要钱,到哪儿弄钱?"他顿了顿,说,"你们总不能一辈子憋屈在这破旧房子里,连阳光也照不进下一代孩子们的生活里。"

姜华能说到此处,下面有人在抹泪了。

他顿了顿说:"今天,我红口白牙当着乡亲们的面,做出三项承诺:一、搬迁户在回迁前的租房钱由公司全额支出;二、自搬出之日起,住户每人每月领取生活费一百元,至回迁之日止;三、回迁户住房由公司统一免费装修。我丑话说在前,凡过了规定日期还未搬迁的,上述待遇一律取消,交由政府依法拆迁。从现在开始,三天之内凡主动搬迁者,搬迁之日即可领取半年租房钱与生活补贴,再额外补助五千元。你们信了我的话,立即搬迁,你们搬进新房时记得请我吃碗饺子。我要是兑现不了,男的打我,女的骂我,我二话不说。"

姜华能跳下挖掘机,扬长而去,叮嘱人记下即刻搬迁住户信息,现场发放补助款。

城北沸腾了。

有犹豫观望的,也有人马上行动,立即填表承诺搬迁。当看见签字的搬迁户现场领到了钱,观望者也行动起来。城北昼夜搬迁,热闹非凡。

不出半个月,建筑工地腾出来了,材料与设备进场,又是另一番热闹。有好心人给姜华能算了一笔账,仅此三项,按照县城建房速度计算,城北这片旧城改造成本增加了近两个亿。若是搞成烂尾工程,支付租房、生活补贴费用会更高。很多人摇头说他傻,预料他这回亏得裤子恐怕都要丢在老家了。

工地上播放任贤齐的那首《心太软》，每唱到"你总是心太软"时，熟悉老姜的人都说这首歌就是为姜华能量身定制的，难怪他平常到歌舞厅最喜欢唱这首歌呢。别人看得出来他的傻，未必算得清他的账。一些建筑商与老姜一交手，发现老姜对工期、质量抠得特别死。工期只能提前，不能拖后，提前或是拖后奖罚分明，而且重奖重罚。

城北灯火通明，照亮了这座原本不大的县城。人们发现城北一天一个样，三天不去就变了大样。

老姜和他的管理团队将上千人的建筑队伍鼓动得如同一群疯牛一样，白天拼命干，夜里抢进度。三四天一层楼，像春天拔节的竹笋一样快。姜华能早年资助哥哥在老家承包了中学后面那座山，他让哥哥组织力量将山里的可用之树与竹子连土挖来城北，依照从上海请来的设计师规划的绿化方案，分片绿化。有的楼层还未封顶，楼前的树已发新芽了。

那个原本为姜华能捏把汗的县领导，只要在县城，几乎天天去城北转悠。天道酬勤，苍天怎忍心负了姜华能这样的人。

搬迁户比预定的日子提前了大半年开始回迁了，不用花钱，不用装修，住进城里最气派、最优美的小区楼房里，人生荣光的时分，谁还愿藏着掖着？城北小区花园式景观，成了整座小城人们最喜欢逛的地方。

老姜城北改造，工期比人们预想的缩短了近一年，支出成本比预算成本少了大半。除搬迁户回迁房外，还有七百多套商品房。恰逢区划调整，这个原本跟省城不沾边的小县城，划归了大都市，成为未来大都市的副中心。省城将大笔基建资金倾斜到县城，县城房价大涨。老姜手里的七百多套房子成为抢手货。

姜总乐了，旧城改造他原本骑虎难下，之所以那天跟拆迁户讲了三条补贴方案，是他认定大不了将带来的资金全亏掉，权当是给家乡人民办了件好事。城北一役，有行家算，老姜至少赚了两个多亿。

潮起又潮落，每一波高潮来时，恰是下一个低谷的开始。谁也没有想到，一个悄无声息的旋涡将姜华能卷入了深渊。

姜华能一心改造城北的时候，有人悄悄地走近了他的身边。他的人生原本很简单，工作、赚钱、交友、花钱，没有什么特别爱好，偶尔去歌舞厅吼几嗓子。闲暇时，他跟别人学会了掼蛋，总觉得不过瘾。有人心眼灵，邀人陪他玩小时候就会的推牌九。方桌四方各一家，庄家坐庄，其他三家与之对阵，三十二张牌分两摞，每次一家四张牌，天地人鹅长，夹九对打夹五对，最厌的夹五对也管你天杠地杠。庄家占先，相同点数庄家赢。

最初是消遣，陪姜总玩，也借机从他口袋赢几个钱花花。有一次，老姜坐庄时，摸到了一对大小王，前面两张牌配成八点，这牌狠得差不多通吃三方。等三家牌都配好后，他故作慌乱地把牌掉到地上，趁捡牌时将小王换了张红心六，结果前后成了四六点，三方通赢，众人叫好。

精通牌九的姜华能在赌场上是个老江湖了，他当然明白身边人那点小九九，他心里明镜似的。不怕贼偷，就怕贼惦记。早有大盗惦记上姜总了。

城北一役将结束时，姜总率公司骨干去了一趟泰国。旅途中，邂逅了两位东莞的客商，他们对姜总和他的团队照顾周到，大家聊得投缘。两人还特地包了一条游船，邀请姜总与员工们夜游湄公河。华灯初放，湄公河两岸景色醉人，这时从船舱里出来两位艳丽动人的泰国妹，热情地邀请姜总一起来对唱……

湄公河夜色迷人，一场精心设计的局，仿佛全都是人生旅途中的不期而遇，那么自然，那么美妙。

回国后，姜总邀这两位东莞商人去上海总部玩了几天，他们回去后拟了一个非常有前景的项目，邀姜总去东莞实地考察。在考察期间，朋友带姜总去了趟澳门，他第一次在赌场小试牛刀，居然赢了八十多万元。老姜回来后，每隔些日子就被南方的朋友邀去澳门赌博。前后也就半年时光吧，老姜就将在城北旧城改造中赚的钱输光了，还欠下了巨债。为了还债，老姜将上海的住房、别墅、办公楼都卖了，依然没有还清赌债。

举头无助，叫天叫地也没有回音。

姜华能，跌入了人生的最低谷，过起了东躲西藏的日子。熟悉他的人都看得清楚，是近旁有人勾结东莞人设局，让老姜钻进了赌博这个深不见底的坑里，活活将一个心地善良的人埋了进去。这人心有多黑，手就有多狠。

疫情稍好转时，我在老家县城见到了姜华能。他脸上恢复了些往日的红润，只是话语少了许多，坐在那儿吸烟，偶尔看看手机。别人饭前玩掼蛋，他看也不看。他跟我聊起曾经在崇明岛盘下的那块地救了他，他和老支书找人投资共同开发，在那片一百多亩的水面周边建了别墅与度假村，目前一期已卖掉了，收回了一些钱。

我为他松了口气。他笑笑说，人这一辈子能有多少钱，可能都是命中注定的，就像多大的斗装多少米一样。过了那个数，钱多了，斗小了，就溢出去了。黄鼠狼戴上金冠，也还是个黄鼠狼。现在，健康平安最好。

经历过起伏跌宕的老姜，在输赢之间或许对弘一法师写下的两句话有着更深一层的理解：人生犹似西山日，富贵终如草上霜。除了生命，其他皆是身外之物。人生旅途太短暂了，走着走着我们就成了匆匆过客。

二〇二〇年九月二日　何园

咖啡屋

华子打来电话,问我九华山花台的映山红可开了?他要带着小琴来花台赏花。末了,他不忘说一句:"叔,现在时间都归我自己,我把城里的咖啡屋关掉了。"

华子从东圩埂乡下到城里谋生,继而关店重回乡下,他经历的过往还是有些说头的。

华子是我们东圩埂的后生,论辈分比我小一辈,说岁数也就小我十来岁。他是继我之后东圩埂最有希望考上大学的人,却因家里出了点事情,将这个间距拉长为二十二个年头。疫情后,华子痛下决心,关掉在省城开的咖啡屋,带着老婆小琴回到乡下,跟着大舅哥一起养龙虾,套养些泥鳅,往农家乐方向发展。

小琴的两个哥哥是我初中同学,我听他哥说,小琴对华子回乡下的决定特别赞成。那天在城里收拾行李装车时,小琴一直在笑,华子说她没心没肺,生意倒了,还穷乐。小琴挽着他的胳膊说,"就是回乡下讨饭,也比你在城里意乱情迷强。"华子本来就有气,甩开她的手,闷头往皮卡车上装东西。

他们从东圩埂去省城发展转眼快二十个年头了,先打工,后开了家小饭店,都没攒下钱。后来,华子坚持在大学城附近开了个咖啡屋,时光久了,倒攒了一套城里的房子,还有一个门面。

华子在金牛中学读高中时,不仅学习好,篮球也无师自通地打得特别好。成绩好,一脸的阳光,喜欢他的女生很多。当时像灰姑娘似的小琴也是其中之一,根本排不上号。后来华子和小琴在一起,与小琴的两个哥哥有很大关系。他们从小宠着小妹,见小妹真喜欢华子,农忙时,两个哥哥主动到华子家搭把手,先把华子家田里大活干得差不多了,才回去忙自家的活。小琴的两个嫂子逮两条鱼,也要跑来送一条鱼给华子家,华子妈逢人就说小琴一家人都好。

华子高考那年初春,父亲去世前闭不上眼,邻居都说老人有心愿未了。华子妈大声说:"老头子,你儿子会娶小琴过门的!"老头子喉咙直响,眼睛依然睁得老大。邻居们赶紧说,"华子,你答应你爸吧,让他安心上路!"华子哭了,"我会娶小琴做您儿媳妇!"华子守孝当月,小琴彩礼没要,就嫁过来了。乡下习俗,热孝期间媳妇不过门,三年内不能婚娶。

华子没能参加高考，他跟东圩埂做瓦匠的堂兄进了城，到公安局新大楼工地上做小工。小琴生下儿子刚一岁时，就把娃儿丢到娘家，缠着跟华子进城打工。一来她离不开华子，二来她也担心城里花里胡哨的，生怕华子受不了诱惑，得近距离盯着他。小琴先在一家酒店当服务员，做熟了就逼着华子跟后厨师傅学厨艺，免得他在工地上学坏。

有一年春节回家，小琴两个哥哥和他们商量，"你俩熟悉饭店，让你们嫂子进城帮你们，开个小饭店。"华子想起常去的学校旁边的小饭店，进出的客流不少。两个大舅哥陪他实地考察时，正好有饭店出租，约好房东，华子一大家人当场拍板租了下来。全家上阵装修布置，学生开学前，小饭店焕然一新。华子亲笔写下菜谱，特别注明：学生只收菜金，吃饭不要钱！

小饭店生意不错，但客人多是学生，三五个人点几个素菜，加一个荤菜，男生们能加三次饭。看上去很火的生意，一年算下来，扣除了房租，没有富余，这还没算上舅哥家自产的大米与菜钱。胖二嫂一拍大腿："这些伢，把我们饭店当小食堂了，我们白白给他们做了一年的饭！"第二年，两个嫂子借口孩子上学不肯来了，华子两口子硬撑着又干了半年。

有一天华子去买菜，一个气质出众的女人突然上前问："你是不是金牛中学打篮球的华子？"华子看她好眼熟。"我是凤妮呀，老同学。"女人笑容满面。华子这才想起来，那年凤妮考上了南方一所大学,轰动全校。凤妮自述在这附近一所高校教书,华子报了自己饭店的名字,让她有空过来坐坐。凤妮很惊喜,"哦,就在我们学校西门,改日我去看你。"

凤妮第一次到华子饭店来时是下午,她刚从海南旅游回来,带来了两大袋兴隆咖啡。她亲自调制出三杯咖啡,小饭店里满是咖啡的香味。小琴端起一杯到门口坐下,给华子腾出空间好说话。凤妮用小勺轻搅咖啡,笑逐颜开。恰好此时,有一对学生情侣进店,女生嗅了嗅说,"好香啊!"男生一边上二楼,一边说,"老板娘,来两杯咖啡,送小包厢来!"小琴顿时手足无措,凤妮起身冲了两杯咖啡,示意小琴送上楼去。

楼上小包厢里的两个人什么时候走的,不知道。小琴去收拾时,见杯子底下压着十块钱,地上一堆餐巾纸。她边收拾餐巾纸,边嘀咕着,"屁孩子,又不干好事。"这样的事情,她早已见怪不怪了。

凤妮走后,华子晚上睡不着,悄悄起来找出凤妮留给他的咖啡,煮沸了水,冲了一杯咖啡,独自端坐窗前发呆。小琴也没睡着,在床上不时翻滚一下。两人各怀心思。

次日,华子开始忙碌起来,他请人来把二楼三间包厢隔成了六个小包厢雅座。他叮嘱妻子买些好的卫生纸放在各个包厢雅座,他又手书一纸告示贴在小饭店的玻璃门上:"本店下午专供海南兴隆咖啡,楼上包厢雅座免费使用。"

一楼饭店下午没生意，二楼咖啡雅座成了香饽饽。渐渐地，来喝咖啡的男女生开始排队等候二楼雅座。华子见机行事，在"告示"末尾添上一行小字："一小时内免费，过时按每小时二十元收费。"

小琴明显感觉凤妮来咖啡屋的次数多了起来，而且看华子的眼神一次比一次暧昧。凤妮的老公在国外，两个人一年难得见着一次面。凤妮经常来给华子送咖啡，还帮助联系从欧洲买来一些咖啡。小琴从凤妮与华子的几次谈话中，隐隐约约听出了个大概。凤妮与丈夫是大学同学，考研后在不同的学校。她来这所高校任教，老公去海外读博，还未来得及要孩子。小琴自忖凤妮正是如狼似虎的年龄，一个孤身有学问的女人，又不能随便，这寂寞的长夜里来找中学同学品一杯咖啡，自然成了最好的消遣。小琴渐渐有了危机感。

这些年自从经营"咖啡屋"以来，生意好得不得了，夜静更深时依然有学生络绎不绝地来，时常到凌晨两三点还关不了门。在城里买的一套商品房，还有开发区的一间小门面房，都要归功于"咖啡"。只是，凤妮的频繁来访，让她十分不安。小琴失眠了。

这期间，"咖啡屋"还引来过警察，检查是否涉黄。小琴当时吓得够呛，过来的两个警察其中有一个恰好是华子金牛中学的同学，趁着他们攀谈，华子使眼色让小琴上二楼赶紧收拾。警察上楼查看没有异样，转了一圈走了。警察走后,小琴问华子真查出问题咋办?"罚款呗!"华子不太在乎地说。

华子回乡下的事,事前没告诉凤妮。凤妮老公留学归国,也在这所校园里教书。华子用绳子绑紧车上的行李,小琴坐在副驾驶,返乡路上华子竟破天荒地唱起歌,"在希望的田野上……"

这个闷葫芦,关了咖啡店,心里干净轻松了吧!

二〇二一年三月九日　九华山何园

情 书

准确地说,我算不上是金牛中学的毕业生,只是有幸到这所区高中复读了十个月,从这里考大学跳出了"农门"。

金牛中学因背依金牛山而得名,枕山面水。从半山腰大门入校园,沿阶而下,每至一个平台,两侧都是青砖小瓦房舍,廊下雕梁画栋。院中有园,曲径通幽,转角处有风景。若从山根池塘入园,拾级而上,房舍与古树交错,金牛山作背景,每至秋风起,层林尽染。看美景要放慢脚步,不然,一棵古柏,抑或是几株石榴,兀自在你眼前,说不定吓你一跳,继而心生欢喜。

我们在此园中读书,仿佛置身《红楼梦》中的大观园。与大观园相似的是,园里捧书、行走的女孩,都那么漂亮,个个活色生香。不同于大观园的是,这里儿郎书声琅琅上接霄汉,多情侠义,有家国情怀。

金牛中学确非寻常之所,原是孙立人将军故居,他在这里结婚，其母亲一直住在这里，父母亲去世后都葬在金牛山上。当地年长者都记得，当年，孙立人带着一个排全副武装的军人回金牛料理父母亲后事，待了一个多月。六年前，我曾陪同孙将军远征军时的翻译官王老先生，孙将军的儿子孙天平先生及十二位来自台湾的退役将军去金牛中学，参观故居。孙天平告诉我，"家父活着的时候常念叨金牛，生前很想叶落归根。"

我能幸运地在这英雄豪杰出入过的校园里读书，比肩当年金牛区最优秀的儿女，同室受教，胸中屡屡涌起凌云壮志。加上，当时我们的语文老师张裕武先生、历史老师王自本先生等人，都极具鼓动性，寻常的课堂教学，能让我们激动得手心攥出汗来。"为中华之崛起而读书"，成为我们那时的座右铭，我们心怀大志，舍命拼搏。

我那时还面临一个更残酷的现实，我连二十六个拼音字母都认不全（高考语文有五分是拼音，我一分未得），英语更是一窍不通，而英语已纳入高考分数之列。我是置之绝地而生斗志，每天晚自习十点半关灯，同学们回宿舍了，我在教室墙角，点亮用墨水瓶自制的煤油灯，挑灯苦读到鸡叫二遍，才拼三张课桌，和衣裹一床棉被睡在桌上。黎明之前即起，沿池塘跑一圈，天亮了，朗读课文，背诵历史地理。

有一天晚自习，我去宿舍搬被子。宿舍比教室暖和多了，床铺相连，褥子下面有稻草。我这才想起来好久没有睡过稻草垫底的床了。一时兴起，我在宿舍里连翻了几个空心跟斗，恰巧被蔡智慧同学看见，他惊诧之余，到处跟同学们讲这一幕，由此同学间盛传我是藏而不露的"武林高手"。后来，竟真有尚武的同学找我过招，还有考大学无望的调皮蛋们也来挑衅我动手。我担心惹出事端影响高考，便应承他们：等高考完了，舍命陪你们干几架。

蔡智慧是当年我们金牛中学四大才子之一，一根笛子吹得销魂夺命。矢志报考中央音乐学院的王邦涟，他一在竹林里唱歌，窗户上就多出许多张女生张望的脸。还有个赵梅生，跟我一样是复读生，语文高考九十二分，数学才十二分，他的作文成为同学们的范文标本。再有一个是余跃武，相貌英俊，眼镜上方的眉毛里总轻锁着淡淡的忧郁，迷倒了许多女生，就连刚参加工作的漂亮女教师也会多看他一眼。他父亲是总务主任，他家也是好多同学打牙祭的地方。此四大才子单独出行，已是校园很炫的风景，联袂出场，那气质与气场，在我们金中同学的心目中，就是四大天王。

我能给同学们做的事，就是分饭。一个班九十多个学生，到吃饭时间，抬来两大木桶饭，每人从三两到六两不等，我用一只瓷缸既快又好地分完一桶饭，大家都没有意见。大约是我心思正，没有亲疏，不欺弱者，也无惧逞强斗狠的捣蛋者，手头分量把握准。吃我分的这一桶饭的同学常去看书了，另一饭桶边的同学还有没吃上饭的，不是多了就是少了，顿顿饭吵架。

我潜心复习，功夫不负有心人，成绩突飞猛进，两个文科毕业班有近两百人，我能考进前十名，特别是政治课成绩，与一个叫姜华有的同学（现为省城一大学教授），交替分享一二名，我的本家政治老师何本阶先生很是骄傲。有时周末在回家的路上，遇到女同学，她们也会借机问我些学习方法。有一次，我穿金牛山路回家途中，居然遇到了学校一个叫明的漂亮女同学，她平时不笑都那么美，一笑脸上两个小酒窝，我总是不敢抬头看她。

那次遇见，我在山路这边一棵树下，她倚在路那边一棵树下，我们隔着山路说了一会儿学习上的事。分别后，我既紧张又激动，一路小跑出了金牛山。周一，我和明山路相遇的事儿就在校园里传开了，更有几个男生说对口词似的，把我与明隔着山路说的话，学得惟妙惟肖。班主任王老师在班上帮我说话，"有些人考学无望，就扯别人后腿。他今年高考考不上名牌大学，我王字都倒过来写。学校指望他出彩，你们不要拖他后腿。"

明是街上的姑娘，父亲是区里的干部。她原不住校的，后来住校上晚自习，大约有几次来我的煤油灯下问过题目。灯就那么亮，课桌就那么大，有同学说我们头抵着头了。我没闲空去听那些闲言，白浪费了金子般的光阴。

其间，王老师要带我去另一个女同学家吃顿午饭，女生的父亲是区领导。我不去，王老师火了，"人家区领导请你吃饭，你还不识抬举。"我低着头跟在王老师后面去了，那天王老师喝了酒，说了许多话。许多年后，我只记得喝了两碗老鸭汤。

课本里的世界很大，校园的空间那么小，区领导请一个高中学生去家里吃饭，很快就传遍了校园。领导女儿就在我们班，和明也是同学……由此演绎出许多"新闻"。

忽有一天早上，我在教室从桌肚取书时，书里夹着一张字条，是女同学写的，我紧张得不得了，字条上写着今晚在校园夏大塘边见面。我用颤抖的手悄悄撕碎字条揣进口袋里，定定神，开始复习。当晚，我已忘了早上的字条，一个同学跑来拽我出教室，称明在塘边等我很久了，我不去她就跳塘。

我去塘边，果见明在树下，我们依旧隔路而立。忽闻一声大吼："你们在干吗呢？"一双有力的手抓住了我，我回身见是何本阶老师。他一见是我，让我回教室看书，马上要高考，别分心。

这年高考，我政治八十六分，全县政治第一名，为何本阶老师挣了面子。有老师后来告诉我：有个混蛋学生成绩不照，当晚就是他跑去找何主任来抓现行的，又连夜去找明的父亲，谎说他女儿要跳塘。

高中毕业二十年后,在合肥独一处酒店同学小聚。快散场的时候,好几个男同学打我电话,愤怒地要我快到酒店来。我那时刚从医院出来,便让女儿搀着我去。到了酒店只见同学们乱成一团,进进出出,似在找人。王邦翠等一群女同学上来就说我,"你看你把明给伤害的,刚才她哭着跑了,找不到人。"李永东、伍克胜等男同学很生气,"今晚明要是出了事,你老何都有罪。"我一口饭菜也没吃上,还被同学们莫名其妙地批评了一通。

金牛中学校庆七十年、我们毕业三十年,各地校友欢聚一堂,吃饭时,有一群女同学走到我身边,有人指着我说,"这就是当年搞得明跳塘寻死的人。"明,当年并没跳塘,可我硬是被他们数落了三十年。

六年前的春季,余跃武、王邦涟、江培红等八九个金牛同学到省城来,我请他们吃午饭。席间余跃武说,"当年我们四大才子觉得你与明挺般配的,便以明的名字给你写了信,又以你的名字给明写了信,约定晚上大塘边见面。本来我们四个人要承认此事,没想到事情搞大了,就没敢说。"他说,那次在省城独一处吃饭,终于跟明承认情书是他们四个人以我的名义写的,明哭着离席而去。这次跟你坦白,又迟了十几年。

我哭笑不得,其他同学打圆场说,他们当时也是好心,明那么漂亮,你成绩那么好,很是般配。你的"冤案",成了我们回忆青春时的一个美丽符号了。

不久,我看到一则通告,余跃武要出任某市法院院长。我给他打电话说,"对你当好法院院长,我很有信心。"

二〇二〇年六月二十三日　九华山何园

第四辑　父亲的战争

第四辑 父亲的战争

父亲的战争

我的父亲没有上过战场，但是曾经的两场战争却让这个中国农民从少年开始，用他一生的心血来消化战争的硝烟。

战争有多惨烈，农民就有多伟大，也就有多可怜！

事情还得从巢湖南岸陈挡圩的一个叫何辅财的老农民说起。何辅财，辅是辈分，取"财"字，可能是他的父亲希望他能累积财富，过上好日子吧。他给大儿子取名"德富"，后生的三个儿子依次取名：海、顺、余。可到他的第四个儿子出世时，一家人还是挤在上辈留下的一间茅草屋内，对家徒四壁的人家来说，生再多的儿子怕也是多余的了，于是四儿子取名"德余"。大儿子德富过天花死里逃生，落下秃头麻子脸。天生神力，能挑三四百斤担子，有相命人说他"非池中之物"。他在孙立人将军家所在的金牛山加入新四军，县民政局存档的资料证明他是一九三八年五月参加新四军的，乡下正处青黄不接之时。他当时未必有血染山河之觉悟，横竖讨不到媳妇，也不能活活饿死。部队相中他一身好力气，许诺当兵管吃饱，穿衣不要钱。

老大何德富当新四军时，何辅财的三儿子何德顺才九岁，他的童养媳王光华刚来何家不到一年，老大喊她"王家丫头"。他大约不会猜想到，从这年春上，他的一生都与战争纠缠上了。老大七年后战死，没有任何人来告之死讯，只是听他战友们说的。老四何德余赴朝鲜作战，炸成了聋子，部队发张"残疾军人证"，十九岁归来落在老大屋下。何家一家几代人在漫长的岁月里消化着战争的硝烟。

何辅财的三儿子何德顺就是我的父亲，"王家丫头"是我的母亲王光华，他们三十六岁时生下我。

父亲去世已二十多年了，母亲活到九十二岁那年谷雨时走了，他们一生生了八个儿女，如今已有四个去那边陪他们了。留下我们四个还活着，两个姐姐与一个妹妹都是文盲，只有我念过书。我再不记录下来，恐怕就没人知道两场战争对一个如我父亲一样的农家男人一生的影响与伤痛。这种记录，于国家未必重要，对我家族来说，就是历史，当铭记在心。

老大何德富当了新四军，老子何辅财从此不得安生。保长与甲长成了家中常客，连家里腌的两只过冬咸鸭也被掠走了。老二德海渐渐长大，老三德顺长到十四五岁时，保长、甲长就来派壮丁，让何家老二或老三出一个壮丁，去打的就是老大的队伍。他们的母亲束氏认定一个理：亲兄弟间不能打仗。

于是，老二与老三一有风吹草动就跑，最远跑到江南贵池，被日本人抓去割草喂马。我父亲生前多次跟我说过，日本人的马很高，他当时个子矮，伸手够不到马嘴。因为在家养过牛，江南雨水多草好，他们割的嫩草马爱吃，日本人还给过他兄弟俩糖果。

有一天，他们俩牵了四匹马去河边吃草。趁人不备时，打马进山，马跑得无影无踪，他们俩也连夜翻山往长江边跑。父亲跟我讲述这件事情时，还心有余悸地说："当时如果被小鬼子逮到就没命了，也就没有我们父子一场的缘分了。"湖稍圩东圩埂老农民何辅财还是在担惊受怕中死了，不到五十岁。

我父亲与他二哥出门找木板，我母亲那时在何家生活了八年，她夜里陪我奶奶守着咽了气的爷爷。母亲说一点儿不怕，这个老人活着与死去都很面善。木板没找到，连一张芦席也借不到。兄弟俩便拆掉门板，求木匠帮忙做口薄棺，收殓了父亲。一家人直到第二年入秋后，才重新置了门。

在我母亲的印象中，大伯当兵许多年，其间回来过几次，每次夜里来家，丢下些吃的，天不亮就走。有一次送给我母亲一段丝绸，让我母亲做件衣服穿。我母亲当然喜欢，夜里有时偷偷拿出来看看，摸摸，后被我奶奶拿去夜里烧掉了。要是被保长搜到了，那就不得了了。

我奶奶是在我叔何德余到朝鲜作战时死的，门板太差不能用，父亲只好编一张草席卷了奶奶，在埋我姐姐的圩埂上埋了奶奶，坑挖得很深。我记事时，父亲曾带我去扒过爷爷的坟，用一只乡下的旧风箱收殓了爷爷的遗骨，送石头山上埋了。

我在金牛中学高考那年油菜花开时，父亲还带我去给爷爷上过坟。但是父亲却不提给奶奶迁坟一事，也从来不带我去奶奶的坟上。我母亲说，你父亲一直责怪自己当年就那么一张草席卷了奶奶。我父亲对他大哥的死一直将信将疑，政府没有任何人来告诉何家一声，只是回乡下的几个战友说，亲眼见到"何老大眉毛以上被鬼子的机枪揭掉了"。

我父亲对他小弟何德余参加志愿军持反对态度，兄弟俩翻了脸。四弟称要为大哥报仇杀敌，死了也不要你管。那时老二已死，我父亲大约不想再失去这个才十六岁的弟弟。还好，三年后何德余从朝鲜战场上回来了，耳朵被炮弹震聋了，左胳膊炸伤不能弯曲。母亲很心疼，父亲很庆幸。

我叔说战场上死人太多，来不及埋。刚才在圩埂上见到一条狗扒开一堆新坟土，他打跑了那条狗，用铲子挖坑重新埋了那个可怜的孩子。我母亲哭了，我叔看到的正是三天前死在她怀里的七岁儿子。战场上见过太多死人的我叔也哭了，我父亲安慰他："这伢知道你最喜欢他，还是让你见了一面。"

我叔德余回乡后经历过一次生死灾难。

大队考虑他是在战场上残疾的,正好又是聋子,让他负责看守碾稻谷的机器,折算工分,算是照顾他。一天晚上给人家机稻,他的伤臂绞进了皮带里,人昏迷了。我父亲与乡亲们扎副担架连夜抬往三河码头,赶轮船去合肥救治。

我父亲拼死命往三河街船码头跑,赶在轮船抽跳板前跳上船。任他怎么央求,船员们也不同意等伤员来。我父亲死死抱着跳板不放,大叫:"他保家卫国上战场,打过仗,受过伤。你们不能见死不救啊!""何德余为你们上战场,打成了残废。你们就不能给点时间救他一命吗?"父亲放声大哭……

乡亲们抬着担架终于跑到码头了。

再度伤残的何德余在乡下人眼里已是废人,谁家肯把女儿嫁给他?我的父亲跟我母亲叨唠了两三年,我母亲终于下狠心去说服她同母异父的妹妹,嫁给了我叔。我父亲兄弟俩,娶了我母亲姐妹俩。弟弟成家了,总算搬掉了压在我父亲心头上的一块大石头,尽到了兄长的责任。

我还是识字以后,才越来越强烈地感到父亲对他大哥何德富之死,始终放不下,一直想搞清楚他究竟是怎么死的。我从小学二年级开始,冬季农闲逢星期天时,父亲总会带上我,到处寻找那些曾跟大伯一起打过仗的回乡老兵。他带上两包香烟,或是一包用报纸裹起来的红糖,上门询问有关大伯的事情。父亲问,我记录,"采访"完后,一句句念给老兵听,做些修正,直到人家点头。我父亲从裤兜里掏出红印泥,让人家在每张纸上按下鲜红的手印。

整个小学阶段,我都在父亲的带领下去寻访大伯的战斗故事,一个英雄的种子悄然播进了我的心田里。父亲将这些"采访本"让母亲用针线订好,送到县里。上面还真派人下来调查,还到外省去找大伯当年的战友们核实。

父亲很是兴奋,我夜里起来撒尿时,曾听到他与母亲的悄悄话,意思是如果国家认了大伯是烈士,以后儿子可能沾光吃上商品粮。这大约是苦难半生的父亲最好的梦。

一九七四年割早稻的时候,上面通知我父亲去领大伯的烈士证。陈垱圩人闻讯都挤到我家草屋来,直到半夜人群散得差不多时,父亲才钻进家门。还在我家守望的乡亲们问:"这次你儿子可能搞成国家人?"还有问国家发了多少抚恤金。父亲摇头,又摇头,一再说只领到一张烈士证书,发了十块钱车票吃饭钱。饭没舍得吃,买了几包烟,大家抽吧。

乡亲们散去后,我看到烈士证上写着:"何德富,一九三八年五月参加新四军,被编入二师四旅十二团一营一连,任重机枪手。一九四五年四月在肥东小鲁庄作战牺牲,职务:副排长。"父亲原本寄托着想让儿子沾光的梦想破灭了,从那以后,苍老了许多,直到他死,我再也没有听到他提大伯的事。

父亲不知道，他带我的这段"采访实践"，除了给我英雄主义教育外，在我幼小的心田里还播下另一粒种子。我大学毕业十五年，半路出家当记者，成为一家省级报社的首席记者，舍命与恶势力相搏，为民请命，关注弱者的生存，助力无力者前行。尽管我伤痕累累，多次身陷生死险境，却也风云一时。

父亲，才是我人生最好的导师！

国破了，山河碎了，民族生死存亡关头，是热血儿郎，当荷枪上战场，与践踏我国土的侵略者，以命相搏，血染山河！

我父亲自九岁开始，最真切地触摸到这两场战争。虽未上阵杀敌，却用自己的一副肩膀扛起家庭的重担。

曾经的风云，亦如曾经的苦难一样，都在岁月的年轮里磨平了。好多人，好多事，最终将会无声无息淹没在历史长河里。我父亲这个极普通的中国农民更不例外。天道，人道，世道，我们寻常人苟且活着的途中，又怎么能知道？！

我是中国农民何德顺的儿子，我能做到的就是写出这个农民与两场战争间的瓜葛，并以这个农民的名字，来为我和我的下一代人将为之奋斗的事业取了个特殊堂号——德顺堂。

二〇二二年七月三日夜　九华山何园

| 东圩埂 |

丢 脸

我的父亲是个大字不识的农民，个子不高，晒得又黑。可能是自小挑重担的原因，他两条腿并不拢、站不直。我记事时常见他两条腿浮肿，睡前脱裤子时，要我帮忙拽裤子。腿肿得亮晶晶的，看上去吓人。我略微读过几年书后，便觉得土得掉渣的父亲在人前说话不漂亮，总以为他会给我丢脸。

他第一次让我觉得丢脸的事情，是我初三那年的冬天。他到石头中学，找到我叔叔的战友、食堂烧饭的左老头，由左老头带他到三（2）班门口，找班主任左老师。我父亲怯怯地上前讲话，左老师听不清楚，左老头嗓门大，帮忙复述着："他问儿子何显玉在班上学习成绩怎么样？"左老师说，"下中等。"我父亲听不懂"下中等"是什么意思，又怯怯地追问。左老师回答，"成绩分上中下三等，你儿子是下等里的中等。"老师声音很大，班里的同学都笑出了声。我父亲瞪大眼,越发迷糊了。左老师不耐烦了,"成绩分九等,你儿子在第八等。"他挥手让左老头把我呆若木鸡立在教室门口的父亲拉走。父亲身子矮了下去,左老头拉他时跌跌撞撞的。

父亲回家躺床上几天,没和我说话,我也不理他。冬夜很静,他沉重的叹息回绕在两间茅屋里……

我能幸运地上高中,纯属偶然。那年金牛区中学派张裕武、徐新义两位青年教师,到石头公社中学来,又从初中选几个老师教高中,我们两个初三班全部升入高一,当时叫"戴帽子高中"。张老师很会鼓舞激励人,他把"为中华之崛起而读书"像面旗帜插在我们石头学子心中的高岗上。我们发愤,我们努力。徐新义老师很会教,正课教高一数学,课下带我们从初一数学补起,我们同时有高、初中课本。高一结束时,我们九十八个同学,各科及格的有十六人,我排在第十五。我父亲与生产队会计把这组数据推算了几天,得出结果:伢子成绩当属上等里的中等,由九等里的倒数第二,变成了顺数第二。

那年高考,石头中学有顾祥林(现同济大学副校长)、宫能祥(现深圳特级教师)等三个考上了大学,还有几个考上中专,我们九十多人跌落独木桥下,作鸟兽散。我考理科,理化只考了十二分,距高考分数线差二十二分。我的同学范自才考上了省商校,他去亲友家报"跳出农门"喜讯时,拉我一道去,逢人就说,"他再补习一年考名牌大学没问题。"

他把自己的史地课本全给了我，让我改考文科。

我一个暑期在家复习史地，不舍昼夜。父亲卖掉不足百斤的猪，换成红糖、香烟，四处找人求情，让我去金牛中学补习。父亲的奔走，终于有了着落，我可以参加复读生选拔考试，语、数、政三百分，我考完每门都在八十分以上，结合我的高考成绩，幸运地被金牛中学录取为复读生。去学校报名时，父亲一根扁担挑着米与被子送我。办完手续后，父亲要回家了，他扯下肩膀上的大汗手巾（一块白粗布）擦汗，我这才注意到，他光着上身，赤着双脚。秋日的阳光下，父亲又矮又黑。我见同学们来来往往，便不停催他快走。他大约还想多看看这个古色古香的校园，动作慢了点，我让他快披上大手巾回家。父亲走出校门口，还在回头张望。我忙转身跑进教室，教室真大，同学真多，应届生与复读生共计九十三个人。

那十个月里，我差不多是金牛中学最勤奋的学生。晚自习后，同学们都回宿舍了，我在教室墙角点亮自制的煤油灯，挑灯夜读，直到鸡叫二遍，才把三张课桌合一块，裹着被子和衣而睡。黎明即起，绕大塘跑一圈，天刚亮，我就开始早读背书。我考上了大学，特别是我的政治考出了全县最高分八十六分，据后来复读的同学们说，学校把我刻苦勤奋当典型，号召同学们要以"何显玉精神"去发奋读书，攻坚克难，挤过高考独木桥。

我去长江南岸的大学报到时，担心父亲去学校又会给我丢脸，只让大姐陪我去。中秋节的第二天早上，父亲还是和我们一起上路了，我以为他只送我们到三河车站。临上车时，父亲也挤上车，不敢看我。大姐拽拽我的衣服，小声说，"让他去吧。"我们在长江边农户家住了一晚，次日早晨登上轮船溯江而上，我在甲板上凭栏远眺，心情激动，男儿从此出乡关，学成本事报效国家。

我们在码头被来迎接新生的师兄王新树、高章玉等人引领着，乘车去校园。到校门口时，我回望挑着担子的父亲还赤着双脚，肩膀上搭着大汗手巾，觉得很丢脸，便翻出妈妈给我做的布鞋，叫他穿上。见他犹豫，我便不进校门。父亲拿着布鞋，到坡下找到一处水沟，把脚洗净，用大手巾擦干，慢慢穿上，轻轻走来。我拽过他肩上的大汗手巾塞进袋子里，这才走进校园。

父亲在校园里待了一天，我送他乘船回去，他买完船票，要把剩下的钱全给我，还脱下布鞋给我，我不接，我们父子俩僵持在跳板上，船员不耐烦了，父亲只好拿着布鞋上船。跳板抽掉了，父亲急急在找着什么东西，只见他在甲板上后退几步，跑向船舷，猛一挥手朝岸上的我扔过来一个东西，我捡起打开，是大手巾裹着的那双布鞋，鞋里塞着些毛票子。蒙眬的泪光中轮船已离岸很远，父亲还在挥手……

有一年的冬天，我去老家县医院看望同学孙叶青的父亲，他正给父亲换尿不湿。我的泪水夺眶而出，我的父亲那时已离开我二十年了，我曾为父亲这样做过，可我今生再也找不到这种幸福了。孙叶青搀扶着父亲在走廊上散步，我在泪光中拍下一张父子俩背影的照片，窗外的光暖暖地洒在这对父子身上，映射出两代人的身影。大约一周后，叶青父亲去世了，他要去这幅我命名为《背影》的照片，一位叫刘燕凌的画家据此创作了一幅油画，叶青收藏了。

都说"多年父子成兄弟"，我们年少，甚至年轻时担心不识字的父亲会给自己丢脸，长大后才明白父爱如山，可有一天连父亲的背影也看不到了，更哪里去奢望再看一眼父亲的脸！父亲无私地爱着我们，他哪里是在给我们"丢脸"，他用人世间最无私的大爱撑起一方天空，做我们的垫脚石，架起通天的梯，让我们走出乡村，爬到高处。

父亲，永远是儿子心中的高山，永远的太阳，给我们力量，给我们温暖！今生父子一场，如今阴阳两隔，唯有父亲的血和精神一直在儿子的身上，此生不会分离！

二〇二二年六月二十二日

第四辑　父亲的战争

谷　雨

　　谷雨，是春季最后一个节气，雨生百谷。母亲是在谷雨后第四天走的，乡邻们已育好秧、栽完瓜苗。一生喜欢热闹的母亲大约算过，乡亲们这个时候会有空来为她送行！

　　母亲到东圩埂来做童养媳时刚九岁。她的父亲耙田时掉进耙齿间戳烂了腿，没钱医治死了，妈妈跟人后面活命去了，她被人送到东圩埂何家做童养媳。那年，我父亲也才九岁。两个穷苦人家的孩子自此相依为命六十个年头，一生养了八个孩子。我的一个哥哥与一个姐姐还未成人，饿死了。我记事后，听父亲叹息过："土里刨口饭吃太难了！"

　　父亲六十八岁那年冬季，一跤跌倒猝然过世。我料理完父亲后事，在母亲脚前长跪不起，要带她进城生活。乡亲们也劝她跟儿子离开东圩埂，别再种地了。母亲坚定地说："土里才长粮食，农民不种地喝西北风吗？"

　　母亲固执地在老家守着那两亩多地，每到秋收后，她都详细算账给我听，收了多少斤稻，上交国家多少公粮，承担上面多少摊派。我只能表扬她七八十岁了，不给政府添麻烦，还交粮纳税，天下老人都要像您这样，国家何愁不强大。

次日早上，我还未起床，母亲坐在我身边，愁眉不展。我惊起问是不是哪儿不舒服？她说，"我想了一夜，你不是真要写文章上报纸表扬我吧？"她说出自己的担心，"种田人都是这么做的，你当记者就写自己妈妈上报纸表扬，邻居们会说闲话的。"我大笑之后，很认真地答应母亲："不上报纸表扬自己的妈妈！"

母亲又经历前后失去两个女儿后，已年过八十，身体也较以前差了不少，我们才连哄带骗地把她的田交给堂弟代种。她每次身体硬朗一点，便要讨回自己的田。我为此事，多次回东圩埂背着她跟堂弟说好话。她再去要田时，堂弟说田已转你儿子名下了。她拄拐杖去镇里问干部，得知田还在自己名下，又去找人理论，我又急忙回老家请人吃饭……

母亲舍不得土地，缘于她深知地里才长庄稼，手里有田就不会饿死人。

母亲喜欢花，也认识不少草药，可能缘于她年幼时父亲被铁耙戳烂腿躺在床上，她从圩埂上寻些草药嚼碎敷在伤口上，以减轻父亲的伤痛。缺医少药的年代，母亲到东圩埂用自采的草药治了许多人的病，她晚年时我回家仍时常见她将自己挖来的草药晒在筛子里，一一跟我讲解其用处。

我的奶奶栽下一棵月季，到我母亲时，这棵月季已长成一棵花树了。母亲做童养媳时会唱"月月红，月月开，月月大姐有花戴"。花开的时候，她起早摘下，三两朵一组用稻草芯系着，码放在竹篮里，上面盖上湿毛巾。一早提篮走十五华里路到古镇三河街头叫卖，街东头一座尼姑庵里有一对姐妹，每次都将母亲没有卖掉的月季花全收下，留她吃早饭，还教会她许多首佛歌。

母亲七十三岁那年重病，连医生也放弃了对她的救治，我们私下里甚至为她备好了后事。有一天，奶奶娘家有人到医院看望她，当时来人手机响了，铃声是首佛歌，响了很久没有接听。原本昏睡不醒的母亲忽然睁开了眼睛，嘴唇嚅动。我二姐猛然醒悟过来，忙找来佛教歌曲在她耳边播放，母亲竟跟着哼唱起来，也能进食了，奇迹般地康复了。

母亲八十四岁那年中秋次日，我们动工把三间老屋推倒重建，翻盖成一个徽派四合院。院子落成后，专门辟出空地，儿女和孙子辈后生们回来看望她时，带回各色各样的花，老人家养花、种菜。花开时节，常有行人到院里赏花，她为赏花人沏茶，挽留人家吃饭。我们有时回老家与陌生人同桌吃饭，都以为是母亲的熟人。临到敬酒时问询，才知道是来赏花的陌生人，母亲也不认识，只是热情挽留人家吃饭。

母亲好客，仅此一事便知全貌。

至于圩埂内外谁家有什么难事，找到我母亲，寻找在外工作的我支持时，他们用我母亲的固定电话打我手机，我听完诉求后，母亲总不忘接过电话，照例叮嘱："伢子，人家遇到难处，你想想法子，帮帮他！"我又要全力去奔波，费时贴钱，有时还未必能尽如人意。我曾劝母亲以后少让人用家里电话找我，母亲不乐意了，"你是在东圩埂长大的，人家有难事不找你找谁去？"

那些年里，我对凡是家乡人有求于我的事情，都尽全力去办。我离开家乡几十年了，很多人都不熟悉了，也不图乡亲们什么，只是他们因此而对我母亲多了许多尊重，路过门口时陪她叨唠些家长里短，倒也让母亲少了些寂寞。

老家院子里挖有一方葫芦形小水池，我一直要栽荷花，母亲坚决反对。我回家将池中放满了水，前脚刚走，母亲便让人把池水抽干，在干池里养鸡、养鸭。有一次，我回家见状，真生气了，让姐姐们把鸡鸭逮上来，灌水放泥巴种莲藕。

母亲见状哭了，伤心地说："你们说是盖房子给我住，图个好名声，又不让我做主。"我赶紧让人把鸡鸭请回池里，从此不再提种荷养藕的事。

后来我听二姐说起一件事：饥饿年份里，家里无米下锅。父亲在冬季寒夜里去野塘破冰下水踩藕，回家时两条腿血淋淋的。母亲可能幼时嚼碎草药敷过自己父亲的老烂腿，人到中年又见过相伴长大的丈夫双腿流着鲜血，这大概是母亲埋在心里的疼。我却偏爱种荷，难怪向来坚强的她哭得那么伤心！

父亲走后的这二十多年里，我每年都回去陪母亲过春节。今年正月初二，母亲很听话地跟我下江南到茶溪小镇，离开她寸步难舍的老家。后来疫情管控，我与妻子闲着没事，每天变着花样做些菜给母亲吃，天天煲汤，上下午削些水果给母亲吃，天气好时陪她在附近走走。饭菜虽好，还是抵消不了母亲日益强烈的回家之情。有一天，她看见院外行人多了，让我们去看看路通了没。

其实，路早通了，留不住了，于是趁春光正好，我们送她回东圩埂。掐指算来，这个春节期间母亲与我一起生活了四十二天，我离开家乡四十二年，莫不是母亲把攒了这几十年的牵挂，一次连本带息都支付给了我，让我拥有这么珍贵的记忆。

母亲回家没几天，我们从外面买了些月季花树送回老家，她却病倒了。在医院的那些天，母亲见着来探望的人都说，"让我儿子给我瞧病，我会好起来的！"我们当然记得，曾经许多次病重，母亲都奇迹般地活了下来。这次，我也以为会如此！哪知病情一日重似一日，我哪里忍心让她回家等着最后时刻的到来，直到范自才、孙叶青、程国华几位兄弟请来专家章长华，大家一致同意：让老妈妈回家！

回家的早上，一直闭着双眼的母亲睁开一只眼，似乎知道儿子送她回家。一路上，她一直睁着一只眼，大约是想将家乡最后一抹风景摄入脑海。又一轮太阳升起来偏西时，母亲闭上了那只微睁的眼睛，封存了她在人世间九十二个春秋的所有记忆，带往那一边去了。

母亲啊，让我再抚摸一次您的额头吧！"您别怕，那边有我的父亲！您别再操心牵挂我们，这边还有我在！"

二〇二〇年四月二十四日

第四辑 父亲的战争

三姐夫

三姐夫赵昌元在他生长的陈垱圩西圩埂上咽下最后一口气后，外甥赵亮给我发了微信："舅舅，我爸爸走了，再也不受病痛折磨了。"我愣了会儿，给外甥打去电话。他说，"上午见爸爸状态不对，便急忙办理出院，回到西圩埂上不到两个小时就走了。"

昌元今年正月初五与家人到九华山我居所来，那时他检查完病情说想到江南看看大舅，孩子们便陪他下江南，当晚便回去了，我后来专门回城看望过他一次。他很坦然地说，"这次与三十年前得病不一样，那时伢们都还小。你那次救了我，活过这么多年，儿女都成家有业了，我也没什么放心不下的了。"看得出他明白自己的病情。

他真的走了，我对既是表兄也是姐夫的他还是有些难过的。赵亮还没来得及把这一不幸的消息告诉"何家大院"的亲友们，我作为这个家族的家长是有责任知会众人的。我写

| 东圩埂 |

了段话发在"何家大院"微信群里：

　　昌元去过最远的地方是青海格尔木，那年他才十九岁，从军戍守边疆。今天下午，他去了更远的地方，远到他的亲人、朋友们只能含泪目送。

　　昌元是个种田人的儿子，父亲去世早，他与近乎瞎子的母亲相依为命，少年即在泥巴田里讨生活，多苦的活、多大的难全都自己扛，连大病也扛到无能为力，还生怕耽误干活。他的儿女们接连走出草田埂，去外面的世界谋生。他躬耕泥田，苦累从不对儿女言说。

　　下一辈人的福往往是上一辈人攒下的德，昌元两女一儿相继在省城安家立业，生儿育女，家庭幸福和睦。他本可随儿女们享受天伦之乐，却依旧在外打工，即使病重了还在外面值夜班。是儿女们强行卷走他的铺盖，这才被迫歇息，住进了医院。

　　天不遂人愿，昌元没有好起来，反而一日重似一日，苦累了大半辈子，临老受尽病魔折磨。他承受人世间这么多苦痛，莫不是默默地给下辈人多攒下一点点福气？

　　昌元在故土咽下最后一口气，他在阴阳交替时分可能心里明白，也是他此生足以欣慰的事情：儿孝媳贤、女乖婿和,也都有了各自的孩子。是啊,一个祖祖辈辈在泥巴田里讨口饭吃的农民,后代们能有此出息,也算是圆满了。后代们能铭记出水两腿泥的长辈,发奋图强,不懈努力,越来越好,不也是昌元活着的时候常常默念的大愿吗?

昌元远行,我心伤悲。祈愿三姐多多保重自己,当年二姐出嫁交代三姐:一定在家帮父母亲干活,等弟弟考上大学才能出嫁。我考上大学的第一年寒假,三姐才嫁作昌元新娘,掐指算来已经四十个春秋了。夫妻是连理枝,谁先走了对落单的人都是无尽的伤痛。赵亮已长大成人,男人是家族顶梁柱和承重墙。你与父亲缘分已尽,情义绵长,往后岁月里代父照顾好母亲。青与丹已为人母,坚强起来,帮弟弟妥善处理父亲后事,顾盼周全亲朋好友们。

昌元,远行的路上慢点走。

赵昌元当兵的那年秋天,我在石头中学读初一。我们在学校听到公社锣鼓喧天,一群身穿绿军装、背着背包的男儿列队走过学校边上,往金牛区集中出发。我们学生伢们往路边挤,终挤不过那些身体强壮的社员,我没看清楚那列胸佩大红花的队伍中哪个是赵昌元。

昌元当兵在格尔木，修通往西藏的公路，成年累月驻扎荒郊野外。我们家族中当时仅我识字，家族中写给他的信都出自我手，他托人代写寄回来的信也由我读给亲友们听。因而我记得他后来当了炊事员，那里海拔平均超过三千米，野外烧柴火锅很难把饭煮熟。但他从小烧锅灶，善于掌握火候，做的饭是熟的，烧的菜也好吃，战友们喜欢，首长表扬他。他在部队入了党，还往家里寄过一次嘉奖喜报。我姑妈把那纸喜报当宝贝，托人去金牛街装进镜框挂在泥巴墙上。

昌元退伍回到陈垱圩西圩埂务农，我那时已上高中，高考落榜后父亲卖掉一头小猪四处托人让我回校复读，正值双抢，家里的农活全由两个姐姐与母亲干。我母亲九岁来何家做童养媳时，昌元的母亲当时也才十一岁，两个穷人家的小女孩同一个屋檐下生活、同一锅吃饭，彼此照顾，情深义重。那个夏季，昌元母亲让他来我家帮着割稻栽秧，与我的两个姐姐一同干活。我二姐已与一个退伍军人订了婚，有人有意撮合昌元与我三姐，还说这老亲开新亲是亲上加亲。

昌元与我三姐还是订婚了，我二姐出嫁那天，按乡村规矩，和我伙吃一碗分家饭后，由我背她出家门。我二姐拉着三姐的手哭，三姐也哭。她俩都没上过学，从小一块下地帮父母亲干活。二姐反复交代三姐一句话："弟弟一年没考上大学，你就一年不能嫁人。"三姐答应了，昌元也跟着点头。

我终于成为东圩埂第一个大学生，去大学报到时穿的上衣就是昌元送的军装。那一年正月初六,三姐出嫁做了昌元的新娘。那天我们姐弟伙吃一碗分家饭时,三姐一直在哭,"你在外安心读书进步,家里农活我与你姐夫以后回家帮父母亲干。"

昌元与三姐结婚不久后便回到了东圩埂,好在他们的田亩也在陈挡圩。那时栽秧割稻,全靠一副肩膀挑担子,夏季稻子割倒在水田里浸透了水,我三姐个子矮,她挑一担稻把陷在泥巴田里,只看见稻把在移动,看不见人。她与昌元忙了东圩埂的田,又要忙西圩埂的地,劳累是家常便饭。他们连生了两个闺女,都是叫我给起的名字。当时计生政策很严,我三姐老实却认死理,她认准的事就是撞了南墙也不怕头破血流,她坚决要再生一个娃儿。

那些年我在外工作,一年中难得回一两趟家,她怀第三胎的时候大概农村超生妇女所受到的折磨她都经历承受了,所幸她真的生了儿子。昌元跑到金牛邮电所打通我们单位电话向我报喜,要我给外甥起个响亮点的名字,我脱口而出"赵亮"。他连说:"好名字,好名字,我赵家从此后亮堂了。"

昌元与三姐的三个孩子都在东圩埂娘家出生,继而在我读过的石闸小学上学念书。我父亲与他们相处得很好,见我这辈子恐怕回不了老家了,他舍不得将自己父辈三兄弟传下来的三间老屋以后旁落他人之手,便寻思着将昌元一家人的户口从西圩埂迁到东圩埂。东圩埂上一门何姓人家,都知根知底的,这事儿应该不难。

父亲年届六旬那年冬季,他将攒了许多年的杉木拿出来,请木匠到家里打了两口棺材,棺材造成时宴请全生产队的男人到我家喝酒,酒后生产队顺便开会议议将昌元一家落户东圩埂的事情。原本是顺水人情,中途却出了幺蛾子。有人断定我是不会回东圩埂的了,等两个老人死了那处老宅自然易主,岂容外姓人拖家带口挤过来。那时农村很穷,我们圩区男孩讲媳妇,人家来一看圩埂上住家前后宽不宽,二看米缸里的米和稻围里的存粮有多少。

我这一辈子只见过父亲哭过一次,就是那个晚上。落户的事情因有人阻挠,其他户主都不吭气。我父亲当众哭了,哭得很伤心。父亲去世后,我翻盖过两次老宅,母亲八十四岁时建成一个四合院,前年春上九十二岁的母亲仙逝后,我将这座四合院送给村里做了"村史馆"。

昌元一家落户东圩埂不成,依然住在我家,种着东圩埂与西圩埂两边的地。一九九五年入夏时,三姐陪着昌元找到我单位,神情悲苦地说:"不得了了,弟弟,你姐夫得大病了。"我大致了解到昌元春天时拉板车负重下陡坡,没稳住板车,车头捣了肚子一下,疼了好几天。没想到后来肚子渐渐鼓了起来,疼得更厉害。我用手按压昌元的肚子,很明显感觉到里面有球状物,当天就带他去我们单位医院检查。不得不承认，当时国营大单位的医院设施与医术都非常精湛，与我同年分配到单位的安徽医科大学毕业的李凤仪、徐俊、王国干早已成长为非常优秀的医生，他们初步检查后便让昌元立即住院。

当晚，这几个兄弟对我说："你姐夫太能忍了，肚子里的肿瘤长得有排球大了，才来求医。"那时检查没有现在这样多的仪器，他们去省城请来自己大学时的导师复查，导师很仁慈，答应了几位高徒的请求：自己主刀，他们几个当助手。为节省费用，手术就在单位医院进行。

手术那天一早，医院张文彬院长派救护车送我去省城调血浆，及时运回，李凤仪和兄弟们找了车帮我接他们的导师。手术做完后，一头大汗的李凤仪等兄弟很开心，称这么难的手术有幸跟导师实践太难得了。他们将切下来的排球大的肿瘤过秤称，七斤二两，医院找个大玻璃瓶装着那个"球"让我送省立医院切片化验。次日，我去拿化验单时，"恶性肿瘤"四个字格外刺眼。当医生的兄弟们说："就是癌症，伤口愈合后立即化疗。"化疗方案依然是他们请导师拿的。

整整一个夏天，我既要筹钱，又要忙着昌元与三姐的一日三餐，还要照顾刚上学的孩子，那段时间我妻子在外地工作。立秋后，在家干完双抢的父亲来了，我在医院的走廊上见到他时，吓了一跳。他整个人黝黑且不说，瘦了一大圈，眼睛都凹下去了。往年的双抢主力是昌元和三姐，这个双抢全靠父亲与母亲，他们都近古稀之年了。父亲看见我的样子也瞪大了眼睛，可能我也更加黑瘦了吧。

父亲当过生产队长，生产队以前得了癌症的人差不多都是他带着到省城医院检查治疗的。他听我说出"恶性"二字时顺着墙瘫了下去，凭他陪伴东圩埂那些癌症患者的经验，他约莫估算出昌元在世的时间不长了。人们常说一个女婿半个儿，在父亲的心里早把跟自己生活十几年的昌元当儿子了。

昌元出院后在我家调养了一个秋天。他的身体素质原本在湖稍、陈垱、林城三个圩口是有过说法的，乡村农闲各生产队聚集"挑圩埂"，就是挑土加宽圩埂防洪水。中间歇息时三个圩口的精壮男人聚一起较力，有"抵棍"、搬石碾，还有挑大土（从圩埂底下挑分量很重的土上圩埂头），昌元在这些较力中能拔得头筹，那是乡村男人的一种荣光。良好的身体素质加之手术非常完美，化疗了两次，昌元的身体渐渐好了起来。我和父亲瞒着三姐和昌元没说实情，我听医院专家说过，很多癌症患者是死于恐惧或过度治疗。

那年冬天，昌元萌生出要回西圩埂出生的地方盖房子的想法。我回家几次试图劝说他留在东圩埂，等我在外本事大一点后，迁户口的事情自然水到渠成。我倒不是心疼那三间老屋，主要是看着日渐苍老的父亲对在自己蜗居里出生长大的三个外孙、外孙女有着诸多不舍。昌元还是坚持回西圩埂，将堆积在我家门前的红砖、沙子、钢筋都拉到西圩埂上去了。我只好转而劝父亲不要种地了，晚稻收上来后跟我去生活。我跟堂弟大富说好了，田由他来种。

父亲转忧为喜，逢人便说："我冬天就到儿子那儿去了"，邻居们说着些"享清福"之类的话。我怎么也想不到，我回老家陪他过了六十八岁生日的第三天早上，三姐陪他去看望小妹，路上父亲一跤跌倒便没爬起来。三姐雇辆三轮车从外面把他的遗体拉回东圩埂，有人说人死在外面不能进家，要在外面搭棚子。我母亲说："你们让他回家吧，不然，他儿子回来一定也会抬回家的。"乡亲们闻声打了把伞罩着抬我父亲进家。

料理完父亲后事的当晚，东圩埂人都聚在我家，他们可能担心农村常见的为老人后事费用摊派吵架。我说："父亲养我小，培养我上大学。我没能养到他的老，成为今生的愧疚。我是他儿子，不需要任何人承担费用。"昌元当时站起来说："我也愧对老人家，原本准备承担一半费用的，大舅如此仁义，我们往后在家照顾好奶奶。"

我离别家乡前，问了东圩埂的叔伯们，父亲活着的时候从你们谁手里借过钱，你们回忆想起来我都认，父债子还，天经地义。我知道父亲有时抽烟或是打麻将手头紧时会问人借点钱。后来果真有人想起来，说多少我还多少，还附上烟酒。

父亲离世之初，我对昌元是有意见的，至少他当初的固执曾让父亲伤心过。我对他冷淡起来，回老家见面也只是客客气气。有一次我回家准备吃过午饭就回报社，他嗫嚅半天才说："有人给赵亮介绍门亲，约好了晚上双方家长一起吃饭，你大舅无论如何要去撑个面子。"那时，赵亮已在武汉等地打拼见过不少世面，我了解到那个女孩在老家种地，凭我的观察，赵亮非池中之物，他不可能再回到陈垱圩里种地了。我当年临近高考，二姐与三姐还押着我去相亲，对方没念过书，比我大一岁。如今赵亮相亲纯粹是被父母逼着无奈才走过场的，这样的场合我不会去撑面子的。那天昌元发火了，冒出了一大堆牢骚话，把我劈头盖脸说了一大通。

此前，我已把昌元大女儿赵青带到省城学技术，在省城立足，有家有业了。此后，我把赵亮也带出来做事，他幸得商界精英朱和平先生等人引路，在省城成家立业，现在也是带队伍在商海里闯荡的人士了。昌元住院期间，赵亮陪伴在侧，学新闻出身的他将每天与父亲相伴的日子写成日记。

昌元去世后，赵亮传了些日记给我看，其中有一段话：

> 爸爸在医院和我们讲，三十年前是舅舅救了他，给了他第二次生命。那时舅舅要上班，还要天天从家做饭送到医院。爸爸讲，那时一到吃饭时就盼着舅舅来，因为舅舅炖了很香很香的肉汤、鸡

汤，特别好喝，喝下去心里很舒服，也有劲了！那时候我们姐弟三人都很小，不懂爸爸生了什么病，就记得有次爷爷和奶奶（指外婆、外公）聊天时讲，"如果老八（昌元小名）要是真不照了，三个伢我们来给养大。"这句话至今还刻在我的心上。

那时三姐陪昌元从老家来找我求医治病的路费还是借的，姐姐们与我小时候是一家人，后来却成了亲戚，我再难也要给姐姐撑起一片天。

昌元魂归西圩埂，其实他儿时住的屋、后来自己盖的房子全拆掉了，西圩埂上不见村落也看不见炊烟了。我曾跟外甥赵亮讲过，你父亲的后事可以在东圩埂老屋办。赵亮还是在父亲的出生地西圩埂临时搭了棚子，让生于那片圩埂上的父亲最后离别也在那片圩埂上。我回去也没说他什么，或许这是儿子给父亲的一种安慰，抑或是给父亲的一份尊严。料理完昌元的后事后，我给那些七八十岁的父老乡亲敬酒，还帮赵亮说了话，免得他们误解赵家儿子在外混得人模狗样，却让父亲死在圩埂头上。

村落正在没落与消亡，那些村落里如赵昌元一样固执守望过故土的人，也相继离别了村落，许多人说不定死在他乡或是半路上。他们都有过离别的伤痛和忧愁，流浪在外乞食谋生，人在漂泊，灵魂无处安放。他们老实到从来不会倾诉，也不哭泣，卑微而又顽强地对抗遗忘家乡。赵昌元曾试图以给儿子找个种田的媳妇把儿子留在村落，最终自己也还是离别了故土，流浪他乡。他所幸的是能够魂归故里，最后感受了下故土的气息，才去了遥远的地方。从这一点上来说，他又是幸运的，总比那些死在他乡或是半路上的人稍微好点。

二〇二二年七月八日　九华山

第四辑 父亲的战争

村史馆

庚子年大寒之前,我从江南九华山回了一趟巢湖南岸的乡下老家东圩埂。

母亲庚子谷雨时节去世,我家老屋就空闲了。我只在夏季洪水后回过一趟老家,看望留守在东圩埂上的儿时伙伴,请他们和村干部喝了一场酒。在村里当书记的堂侄锋林说,村里正想找一处院落做村史馆,我当即答应将母亲留下的老屋交给村里用。这事儿我匆忙离家时没跟两个姐姐说,当时总觉得老屋时常有人进出,总好过长年关门闭户。

这次我回老家之前,二姐与三姐提前两天回去了。她们收拾旧屋,打扫院子,尽力还原母亲活着时老屋的样子。大概想努力制造些家的气氛,避免我从江南回来时一脚踏入旧屋,物是人非,心里会有些难过。我这两位大字不识的姐姐,自小就随父母躬耕于圩心,栽秧割稻,一家人合力供我上学读书。她们到该嫁人的岁数时,迟迟不肯应承婆家的婚娶要求，仍旧帮父母干活挣工分，直到我成为村里第一个大学生后，她们才先后让我背出了老家的门槛。

岁月蹉跎，她们都已过花甲之年，儿孙满堂，相继进城帮儿女带孙子们。她们早年还期待我在外能谋取功名、光宗耀祖，这些年这种愿望慢慢淡了下来，对我的期望值也没有那么高了。可怎么也没想到我突然间脱离城市，钻入清冷的江南山里，与流浪狗为伴，她们不肯言说的牵挂中还有着说不出来的种种担心。

我们兄弟姐妹八个，那边去了四个，这边剩四个。去年国庆节，姐妹仨让各自的儿女带着她们开车越过长江来江南山里，见我在田地间忙得灰头土脸，汗透衣衫，比农民还农民。我的大妹叹息说，"父母与姐姐们从小就舍不得让你干农活，让你读书识字干大事，临老了还跑这山里做个农民。"

她们在江南山里住了一晚上就要回去，临行前紧握我的手喃喃道："以前有大大、妈妈在，凡事还有人顶着，现在他们都去世了。我们同胞中只剩下一半了，你又归于山里……"说着，说着，她们落泪不已。

在外漂泊谋生这么多年，我的眼泪仿佛已流尽了，但却见不得别人的眼泪。都已成家立业的外甥们把他们的妈妈各自拉上车，劝说着，"舅舅也就换一种方式活着，你们伤心扒肝的，反而让他难受。"

古话说"儿行千里母担忧"，我已没了再让母亲担忧的福分，倒是让姐姐妹妹添了许多牵挂。那天我望着他们车后扬起的尘土，呆立门口，几条流浪狗乖巧地陪着我。

我就知道把老屋给村里做村史馆，姐姐和妹妹们心里会有些嘀咕，只是没当我面说而已。我少小离家、外出谋生数十个寒暑，跑过不少地方，见过太多曾经辉煌的家庭院落，因岁月转换与户主家境变迁，而渐渐落入时光的尘埃里，破旧不堪。我清晰地记得，二十多年前，我蹚过满街泥泞跑到合肥淮河路李鸿章宅院，寒风中，废墟上，一位白发老太太看着拆得一地零碎的老屋，孤零零落泪。她对我说，自己是李中堂弟弟李鹤章家后裔，退休教师，目睹此景，心里实在难过。我在《中国青年报》上发表了篇图文并茂的文章《合肥拆了李鸿章宅府》，海外一些媒体做了转载。这件事的主事者们对外称李府拆下的构件——做了标号，将易地重建。

庚子年仲春，我在"茶溪听雨"中旧事重提揭秘当年李府被拆一事，一位知情人联系到我，称当年淮河路李府拆下的那些房屋构件多数都保存在他手里，至今没派上任何用场。

风流总被雨打风吹去。

李中堂宅第尚且有如此命运，我等凡人俗子家乡村几间旧屋，简直犹如红尘中一粒微尘，太微不足道了！只是这几间老屋里装载着我们家太多的往昔，还有渐行渐远的追忆。如今人去屋空，送予村里做村史馆，也算是派上了用场。姐姐妹妹们心理上难以接受,就是我不也在学会"放下"从前嘛!

我老家东圩埂现在这处徽派四合小院落,最近的一次翻建是在二〇一二年中秋动工的。那年,我母亲已八十四岁,在这房前屋间度过七十五个春秋。早上挖掘机来了,我依然蹲在门槛上犹豫不决。我爱人孙赛华一把拉开我,掷地有声地说:"盖,让乡亲们看看大玉读书有用。"

其实,这处老屋宅基还是我爷爷何辅财与他的三个兄弟共同拥有的。爷爷那一辈四兄弟,一个打了光棍,三个兄弟各自有了家庭,一家分一间屋住,整整住过四代人。

去年正月初六,大存让儿子开车带着大富到江南山里来看我。我们三兄弟那晚上喝酒,自是感慨万端。

南宋吴潜的《如梦令》里有句话:"岁月不饶人,鬓影星星知否。知否。知否。且尽一杯春酒。"我离别家乡四十载,随着母亲的离世,家乡终成了故乡,再回故乡也唯有敬乡亲们一杯春酒了。

经年累月的浸润,我的故乡东圩埂雕琢得越来越好,连我家门前的小河沟也改造成了乡村文化广场,还装上了儿童游乐的滑滑梯,有孩子在上面咯咯地笑。岁月不曾饶过谁,谁也不曾饶过岁月啊。我也从曾经东圩埂长辈们口中的"伢子",被时光雕刻成现在后生们眼中的"大伯"了。

东圩埂那些长辈男人差不多都在六十上下就相继离世

了,我父亲活着的时候,我曾问过他此中原因。父亲说,这些人就像树一样,还在小树苗时就挨饿受冻,身体底子太薄,哪能撑太老呢?生活在东圩埂的男人们就像农家韭菜一样,一茬韭菜眼瞅着就齐刷刷地割完了,于是轮到下一茬的男人们了。

庚子凶年,风情、灾难连连,世运维艰,人生多险。这一年中也卷走了东圩埂上老树一般的我母亲、秀婶、华堂家的蛮大奶三位九旬上下的老妪。有人说笑,一条东圩埂头上这几个老寿星,就像是几棵老树,歪歪扭扭挤在阳光下倒不掉,一旦有一棵松动了,其他的也快了,真不幸而言中了。这几位老寿星,在历史的长河里都泛不出一星浪花的,低微到尘埃里都看不见,可她们却屹立在东圩埂上,各自养育了一代代后生,成了各自大家庭的根本正源。活着,是后生的根本所在,纵使随风逝去,亦有许多往事值得追忆。

我回家那天阳光正好,我将母亲的骨灰盒放入金牛山南墓地,把我父亲那块墓碑上左边母亲的名字"王光华"描了红。

从此后,这对风雨相伴过六十载的夫妻魂归一处,好好安息了!岁月虽然未曾饶过谁,我的父母亲平凡的一生中却也没有辜负过岁月!

那天傍晚,姐姐们依照乡下习俗在母亲耕种的那块田地上烧了些纸物,火光起处,晚辈们绕着火堆跑。我请人做了

| 东圩埂 |

十桌饭,在曾经的老屋、如今的村史馆里宴请东圩埂宗亲们喝酒。真的以为人生就这样了,平静的心拒绝再次浪潮。可杯光灯影里,真真切切地感受到我从此后彻底沦为一个游子了。是夜,爱人开车和我离别故乡,乡亲们执手相送,一再叮嘱:你任何时候回来,我们谁家你都可来吃饭。

离别东圩埂,回眸故乡夜色,我的泪水止不住流了下来。

二〇二一年一月二十一日

第四辑 父亲的战争

"豪赌"

二十世纪七八十年代从草田埂上走向外面世界的江淮之间的农家子弟，差不多都会玩一种扑克牌九。从一副扑克中抽出三十二张牌，众人围桌四面坐，一方庄家、三方赌客，由庄家发牌，左右对档与庄家对面的天门则是赌客下注的地方。每次各家四张牌，两两相配，分前后手牌，与庄家比牌点大小和点色档次，分高下论输赢。那时乡村一年才放一两场电影，整个寒假无东西可玩，亦无处可去，我们钻进乡村牌九场里，挤在人缝里踮着脚尖看四方输赢，能够通宵达旦。当然，也会瞅着机会把攒了很久的三毛两角钱，押到左右两档或天门，输了就像瘪了气的皮球，沮丧地被人挤到赌桌外边去。

我最奢华的一场赌博是高考那年元宵节，晚上看书到半夜，踩着月光挤进邻村赌场，一张牌没摸着就将父亲东借西凑的十五元学费全输光了……

扑克牌九，差不多是我们巢湖农家子弟们小时候特别向往的最嗨的一种赌博。我们无资可赌，个小也挤不进牌九桌边，先从"干铬"开始赌博启蒙。小伙伴们各持一枚铜钱，从谁家墙头上摸一块土基，各人将一枚一分钱硬币放土基上，然后在丈把开外画一条线，站在线外各显神通将铜钱抛向土基，铜钱与土基中间一窝钱最近者，先拿铜钱往钱窝里砸，谁砸下土基上的硬币就归谁，直至砸完，再开始下一轮。这种玩法叫"干铬"，但这个游戏有两个缺陷：一是必须要有铜钱，而铜钱大小轻重不同，会影响战斗力。就像小米加步枪对阵坦克大炮，输赢不公平。二是，每次干铬要去寻一块土基，一场战斗下来那块土基被铜钱砸烂了，又要重新去偷人家一块土基。久之，我们成了村里的"公害"，常为大人所骂。于是，各人直接持五分钱硬币往土墙上掼，硬币滚得最远者持币先掼墙，任硬币滚向别的硬币附近，以大拇指与中指一拃两端能压住硬币为赢。当然，有不服气者，可申请对着硬币吹三口气，硬币被吹跑了，就不输。这种玩法叫"掼墙巴"。每次掼半天墙巴，回家吃饭时嘴巴里净是灰土，右膀子酸痛。

在我们巢湖南岸金牛镇那一带，恐怕找不出来一个小时候没玩过干铬或是掼墙巴的男孩子。我们有输有赢，一分钱的输赢，相互间也不会差到哪里去。我们东圩埂有一个干铬最准、掼墙巴最远的男孩子后来当了兵，此项专长派上了用场,投手榴弹既远又准,在团、师里都没人投得过他,破格提拔做了军官。他春节回东圩埂探亲,穿四个口袋的军装走到哪儿,后面都有一群跟屁虫。那时还没有"明星"一词,可这个掼墙巴掼来的四个口袋的军官,无疑在东圩埂男孩子心目中已享有与后来的大明星同等的待遇了。至今还记得他有一年元宵节在我家吃晚饭,酒后说过一番话:人就跟汤圆一样,现在的职位是皮,过去的经历是馅,只要馅好,捏过,烫过,煮过,咬过,终究会有你露馅的机会。后来我上中学时,老师讲到"脱颖而出",让我们举例子,我就举了他的例子,惹得同学们哄堂大笑。在众多何姓同学绰号重复叫"荷包蛋"的情况下,我独享"何汤圆"绰号甚久矣。

后来他官至副连长转业回来,一直是我学习的榜样。我大学毕业后不久,在单位被提拔为副科长,我私下问组织部的同事,"副科长与副连长谁官大?"得到的答复是副科长相当于副营长,乖乖,我终于有了超越感。

我们在乡下岁数稍长,就不再"干铬""掼墙巴"了,嫌这两样玩法太土了,累得一头一脸灰土,即使赢了也不过几分毛把钱,发不了大财,成不了大气候。于是,我们开始努力攒几毛钱,或是几个人凑上几毛钱,往大人的赌桌边挤,捏紧手心里的几毛钱,瞪大眼睛看哪门正红,跟着坐台摸牌的大人后面押上钱,兴奋与紧张得大冷天额头上直冒汗。情绪在四张牌大小点间起伏跌宕。

我们也照着大人样子，一桌伢们凑在一起，四方落座，轮流坐庄，各凭技术配牌，靠本事赢钱。通过这种方式将各人口袋里的零钱，输归其中的某个人，顿生万般懊恼。没有钱时，我们就拿火柴棒当筹码，照样玩得狼烟四起，练习推牌九技术。我们尽管在火柴筹码上自觉已经把牌九技术练习得炉火纯青了，可一上场押上真钱时，却无法淡定，那么一点点小钱，即使赢上两把，稍一失误一把就被庄家吃掉了，空落下懊悔与悲伤。

我们巢湖南岸金牛那一带，多是圩区，夏季雨大破圩，庄稼颗粒无收；雨小内涝，能收个五六成庄稼就算苍天赐福了。即使是风调雨顺的年份，大人小孩也填不饱肚子，穷得叮当响。小时候农闲时，听长辈们扳着脚丫手指数着附近的前朝今世，符合"五毒俱全"标准的人似乎找不出来一个，接近这个标准的人，只有跟我家隔着两家的何华堂，人称堂大爷的人。他家祖上有钱，他儿时去白石山上学堂，来来回回都是人抬着的。他染上了赌博的恶习，父母亲去世后，他更是无人管教，输光了钱财，便卖家产，他带着其他赌徒来家看，相中哪根房梁或是料子先记下账，折算成钱，待他输得差不多时，赌徒们结伴来拆房屋，拆零了各自拿回去。他的小儿子德广与我差不多大，他的女儿成了我们村第一个女大学生时，我帮她谋求到上大学的学费，在京城读完硕士后，公费赴美攻读博士。

堂大爷染上赌博恶习,输光了家产,后半生再无恶习,一年中听不到他说几句话,勤恳劳作,修得高寿,福泽后代。而我一个中学同学,染上了赌这毒瘤,活生生将事业败落,人也处于崩溃边缘。

我走出草田埂后,在外虽然亦无所成,却没染上赌博恶习,这与我高考那年元宵节夜晚一场"豪赌"经历有关。那年我在金牛中学参加高考补习,背水最后一战。元宵节当晚,我读书到半夜时还是没忍住,跑到隔壁生产队李大牛家赌场里。尽管我怀揣从未有过的十五元"巨资",可在那个赌场连牌也摸不到一张的,我挤在赌桌边"钓乌鱼",看哪门红就押哪门。天亮时分,口袋里的钱输光了,灰头土脸缩着脖子回家蒙头大睡。早饭不起来吃,午饭装睡不起来。天色将晚,父亲坐到我的床边,轻声说:"这是十五块钱,你拿着快去上学吧。"我不敢相信地钻出被窝,父亲手里捏着一把小票子。我接过父亲手里的钱,羞愧得无地自容,抓起书包跑出家门,一口气跑到金牛中学,同学们已在上晚自习了。我在教室门口跟班主任王老师说,"学费在口袋里,明天去交。"老师说:"把学费交给我,你赶快进去看书。"后来,我才知道父亲见我回家就蒙头睡觉,便去村里打听情况,有人告诉他"昨夜在赌场见过你儿子"。那时刚过完年,家家户户都没余钱,我父亲差不多借了两个生产队,才凑齐了这十五块钱的学费。而班主任王老师当晚非要我把学费交给他,是因为有同学带来学费没及时交给学校，在外面赌博输光了，不上学了。

我的父亲离世二十多载了，我仍时常梦见他老人家不吭声、怯怯地立在那里看着我，每次醒来，都泪湿枕巾。我清楚地记得，那年冬天料理完父亲的后事，我对东圩埂乡亲们说：谢谢你们对我父亲的关心，他活着的时候若欠了、借了你们的钱，请你们告诉我，我一定还。我能还得了父亲欠别人的债，却无法还得清我这一辈子欠父亲的债。他给了我生命，引领我的人生之路，把我培养成东圩埂有史以来的第一个大学生。我已行走半世，愧于无所建树，犹记重于泰山的父恩。我无他长处，万般相思与感悟唯有诉之笔端，记下父亲的恩德，不忘教诲，期待聚沙成塔，有文献留存人间，思想传之后人。

唉，儿时干铬、掼墙巴多少还有锻炼身体之用，而赌博有百害而无一益，这大约就是高考那年元宵节"豪赌"赢来的经验吧！

二〇二一年二月二十六日　元宵节何园

相　亲

我回东圩埂的消息传开来，喊我吃饭、喝酒的儿时小伙伴多了起来。尽管眼下正值农忙时节，他们依然让家属鸡鸭鱼肉准备着，差不多顿顿饭都能见到黄鳝、泥鳅这些从泥田、水沟里抓上来的本土野生物。

酒多话多，儿时小伙伴们闲扯，有人问我："大玉子，你那时要是娶了你二姐干妈家的女儿，现在不也就是个乡下老头子吗？""那不也跟我们一个鸟样，孙子都两三个了。"众人皆乐，有笑得前仰后合者。环顾同座者八九人，就我还不是个"爷"。

东圩埂上的伢们，儿时差不多都有过"相亲""定亲"的经历。那时圩区十年九涝，靠风调雨顺讨碗饭吃，破圩或是内涝早稻淹没水里，颗粒无收。圩埂上大人用铁棍捆绑铁钩，划着小腰盆到稻田上方，将铁棍沉入水里，圩埂上的人齐力往上拽，铁钩上挂着的烂稻草上有些稻谷，淘洗晒干后，碾碎扬去稻壳，分给各家煮饭救急。稻谷将熟未熟，被洪水沤过半个月二十天，捞上来煮出来的饭是暗红色的，吃进嘴里有股浓烈的烟味，咽不下去。这半世人生，唯有灾年端的这碗红饭最为酸楚，难以下咽。

圩区食物皆在圩心，破圩或是内涝都淹没掉了，除了圩埂上的树皮，能塞进肚子的藤藤蔓蔓都找不到。那时，圩区的人家喜欢与家有旱地的岗上人家攀亲，儿女间定亲，圩区逢上风调雨顺的年份，能给岗上未来亲家送些稻谷，而遇到灾年岗上人家能匀些山芋干、南瓜与麦麸救济圩区人家。

我二姐与三姐都没上过一天学，从小跟着父母亲下田干农活，从两分工挣起，那时妇女满工分是六分，男劳力是十分工。二姐栽秧又快又好，常常能将很多妇女落在后面。二姐在几个姐妹中最为娇气，印象中她从农田干活回家，每到吃午饭端起碗就莫名哭起来，总是以被母亲打一顿收场，筷子都不知道打断多少双。后来有瞎子指点迷津说：认个干妈，就会好起来了。二姐的干妈家就在岗头上，家有旱地，我跟后面沾光，偶尔能吃到山芋、南瓜、花生。

乡村一般人家的干亲走走就走丢了，二姐的干妈干爸做人仁义，把二姐当亲闺女待，两家人逢年过节彼此走动。谁家农活忙不过来时，另一家人过去帮忙干活。两家相距有七八里路，来回全靠脚走。二姐干妈家有两个女儿，大女儿长我三岁，小女儿大我一岁，跟我二姐一样都是干活好手，极为勤快。

走着走着,有人提议,这干亲把两家的路都走踏实了,知根知底,两家结个亲吧。有媒婆说"女大三,抱金砖",也有说"女大一,有得吃"。我从上初中开始,便有媒人来提这门亲事,二姐与干妈家的女儿情深义重,她当然赞同。

那时还没有恢复高考,乡下孩子路在何方,没有人告诉我们。只是,我已读过《林海雪原》,少剑波与小白茹的恋爱情节烂熟于心,也渴望如同《水浒传》里的好汉一样,一身本领,替天行道。朦朦胧胧之中,我觉得自己将来肯定不在东圩埂种田,要到外面学本事干大事。二姐干妈家的女儿没有进过校门不识字,光会种地怎么陪我行走天涯海角呢?大丈夫志在四方,焉能不出乡关就老死故里?

定亲的事情因为我的强烈反对,便一直拖着。二姐干妈家的大女儿被人说了婆家,小女儿已经拒绝了很多上门说媒的人。一家养女百家求,何况人家姑娘既能干又漂亮,自然说媒的人多。我母亲与姐姐们全都默认了这门亲事,连我的两个妹妹也因为吃了人家的南瓜与花生跟着起哄,只有父亲听了我诉说后没再逼我。乡下人家父亲的话一言九鼎,父亲在我高考落榜后,卖掉家里一头小猪四处找人,让我复读一年。父亲肩上搭条大手巾赤脚挑着米与被子送我到金牛中学,安顿好住宿,到食堂交了米,临走时犹豫半响对我说:"就今年再干一年,考不上也不能耽误人家姑娘。"那个姑娘害羞没到我家干过活,我父亲去她家帮过忙,回来跟我母亲嘀咕:"活干得没话说。"

我在复读的时光里,自制煤油灯,晚自习灯熄了,我去宿舍抱来被子,在教室点亮煤油灯复习,直到鸡叫二遍才掩上课本,将三张课桌并到一起,以书枕头,一床被子折半垫盖。校园里早操广播响起时,我抱被子送回宿舍,拿本书去金牛山上早读,高考已是背水一战,若是考不上大学,便得如了我二姐她们的愿了。

高考那年的正月初四,我还是被二姐、三姐架着去了趟二姐干妈家,说是要给大我一岁的那位姑娘信心,再等待一些时日,便来定亲。我硬着头皮上路,路上磨磨叽叽的,几次要折返回来,都被两个姐姐拽住,称:"人家等你那么多年,你好歹也要去看人家一下吧。"

那天,乡下人家早饭都吃过了,我们才到二姐干妈家。一家人大喜过望,重新张罗早饭。我心怦怦跳时,忽听人说那姑娘早上去舅舅家拜年了,家里安排人去喊她回来。我连忙阻止,说:"今晚不走了,住一晚上。"众人皆称好。午饭匆匆吃完,我夺路而逃,几个姐姐拉拽也无济于事。开学后,任凭谁来说此事,我都不答应。那时,我们的班主任王老师已在外面放风:"他今年考不上大学,我王字都倒过来写。"有人说:"王字倒过来不还是王吗?"王老师笑了,"所以肯定能考上啊。"

那年高考我果然名在榜中。我怀揣着父亲给我的五块钱去城里看"大学"长什么模样时,我的一些也考上了的同学却在家忙着"退亲",一个个闹得不可开交,伤了亲友们的和气,也伤了那些被退亲乡村姑娘的心。

我参加工作许多年后回东圩埂,还曾打听过那个姑娘的着落。人们大而化之说:"嫁不了你,还嫁不了别人啊?你就别操那份闲心了。"说的也是理啊。

这个夏天,我带着在江南山中三年间写的跟我故乡东圩埂有关的四十多篇文章,回到生我养我的故乡,浸染故乡的气息,好在纸上重现"东圩埂"。回来听乡亲们闲扯,我时常泪水盈眶。苦难岁月中乡亲们间互助共济,半碗米、二两油、一小袋山芋、两个南瓜,就能救活一个家,几个柿子、桃子、花生传递着一份人间温暖……或许,正是最底层贫民间这种互救与爱心,才让东圩埂上的火种不熄不灭。小人物间彼此靠在一起就是温暖,拼命挣扎、抗争,给后代撑起一片天空,让他们得以走出东圩埂,去了远方,肩负重担,这才酿就希望与未来。

回望我的故乡,自然心怀敬畏与感激。那天晚上,我在人家吃饭闲扯时,二姐找来了。她才从七八公里外集镇帮人家干活回来,早出晚归,自带午饭,一天七十块工钱。二姐快七十岁了,那个小她许多的干妹妹,也不会轻松到哪儿去吧。这世间路有千万条,往左向右,哪条路上没有酸楚与艰难呢?我们且行且珍惜。

二〇二三年六月十五日　东圩埂

| 东圩埂 |

脑袋瓜子

　　脖子上这颗脑袋跟着我，也是受了不少罪的。待在山里有时摸摸脑袋，觉得这一路上陪伴我走过坎坎坷坷的，挺对不住似的。以前在谋生的路上吃苦受累，往后在山里还得跟着我苟活下去。

　　小时候脑袋瓜破损流血是常有的事情，具体情况年代太久远，也不是每一次都记得。上石闸小学时右耳朵给老师拧得裂了一半，女赤脚医生没有麻药，拿针线像绱鞋帮一样给我缝上了。我回家，妈妈给我煎了两个荷包蛋吃，没去找老师。

　　上初一时，一群同学疯跑去看拖拉机，我被同学挤跌倒在田埂上，左眼睛被铅笔戳得鲜血淋漓，睁不开眼睛。当时，我以为以后会成"独眼龙"了，在农村找媳妇难了。公社卫生院医生缝针前说："头上打麻药，以后脑袋瓜可能会笨；不打麻药会疼。"我思忖已是"独眼龙"了，再变成个孬子,更讨不到老婆了。于是,咬紧牙关躺倒在长板凳上,硬是让医生像绞衣边一样缝了四针。

其他,像小伙伴间砸石头、打架破了脑袋,家长用浓淘米水洗干净,从门后墙拐上弄点蜘蛛网捂在伤口上止血,过两天就好了。

我刚到省城工作时,一直在安医大校园一理发店剃头。店里一个老师傅带两个徒弟,师傅年过古稀了,大徒弟四十多岁,一嘴小讲像说评书一样,逗得满屋等着剃头的人开心不已,剃好头的人也不肯走。他说自己十三岁跟着师傅学剃头,虽是毫末技艺,却是顶上功夫。这所大学的校长、教授、学生的脑袋,自己都一摸不杠手。小徒弟闷不作声,做事特别快,眼里有活。据说为一个女大学生伤过心,从那以后就不怎么开口说话,也没再谈恋爱。老师傅给我剃头时,见我脑袋瓜上有不少疤,说:"你小时候一定很匪,头上才有这么多疤。"大徒弟说:"这要感谢那些打破你头的人呢,他们帮助你'开了窍'。不然,你哪能在城里混得人模狗样的。"

那个理发匠说得可能有些道理。我的脑袋瓜子比小伙伴们受伤都要多,或许真是哪一次受伤时"开了窍"。我们那三个圩口一起上中学的同学,后来只有我一个考上了大学。其他小伙伴们说:"我们这几年都在陪你读书,往后你在外发达了不要忘了我们。"

我还真的没有忘记这些乡亲。参加工作后,每次回东圩埂见人就跑上去散香烟,春节回东圩埂心里最牵挂的是困难群众。我弯腰钻进一些穷人家里,问寒问暖,临别前塞点钱,这个习惯一直延续着。后来我在一家报社担任社会新闻部主任时,还曾搞过"捐助衣被,温暖人心"活动。结果,城里人捐赠了几千件大半新衣被,驻军部队派出两部军车才装下,捐赠物资我全拉到我上中学的石头镇。镇里新来的书记郭新生也是个善人,他组织人冒着风雪将衣被派送到困难群众家里。

前年春天,我回老家县城时,郭新生特地请我吃饭,还聊起那年我们顶风冒雪送衣被的事。去年,郭新生的儿子同时获得同济大学建筑专业与香港中文大学哲学专业两个博士学位。郭家儿郎固然努力,但这与他老子、爷爷及爷爷的爷爷行善积德也有关吧,家风家教好的人家孩子自然不会差。

离开家乡在外谋生途中,印象中至少三次头破血流过,前前后后加在一起缝了也有十几针吧。

最近一次是二〇一七年八月末的一个晚上,我的头烂了,鲜血瞬间从头顶上流下来,染红了我赤裸着的上身,也惊呆了身边的人。我借旁边一个人的手机,因为记不住亲友的手机号码,只好拨通了单位新闻热线电话,值班的同事杨和宝接了电话,我问他现在单位有谁在,他说:"方伟阳一直在。"于是,我让他叫小方接电话。"你现在就筹钱,立即到市医院急诊室门口等我。"

夜色中小方到急诊室门口，见到一身是血的我坐在墙根边，他愣得一句话也说不出来，扶我起身去交钱。护士正要为我清洗伤口时，一群酒气熏天的人簇拥着一个也头破血流的醉鬼闯了进来，吵闹不已。护士为难地说：你们这样闹我怎么缝针呢？我挥挥手指了指那个醉鬼，护士秒懂，训斥他们说："你伤得还没这位大哥重，你看人家镇定自若，还让我先给你缝针，你闹什么闹？"一下子急诊室内鸦雀无声，众人都看着我，有人上前致谢，还递过来香烟。

那天晚上，护士为我脑袋瓜缝了四针，打了破伤风针，包扎完后往头顶上扣了个罩子，我像是战场上下来的伤兵。方伟阳带我去城隍庙出口处的夜摊上，煮了两条鲫鱼汤，反复交代不放酱油，不放葱、姜，还点了些别的菜，交代不放辣椒……吃好喝完，他打车送我回住处。那次治伤的钱，后来我忘记还他了，就与这份情义一并记在我的脑袋瓜里吧。

脑袋瓜烂了的第四天，我就随瑞鹰车队自驾去了西藏，直到青海西宁时才找诊所拆了头上的线。我从珠峰回来后，方伟阳请我去城隍庙老头小鸡店吃饭时，他问我："你头到底怎么受伤的？我当时见你一个大血人，以为你准是跟人家打架了，你受伤都那么重，我最担心的是你把人家扔哪条水沟里去了。"方伟阳从江南杏花村中学考入武汉大学读工商管理，却误入新闻界，这位江南才子最牵挂的就是弱势人群的生活。

我的脑袋瓜子伤痕累累，缝针不少。回想起来，我也曾在别人的脑袋瓜子上动过拳头的。

一次是夏日夜晚，我从报社回家路上，见到一的哥下车辱骂一对母女，这对母女是从铜陵来省城参加舞蹈比赛的。骂完还不解气，的哥钻进车里倒车直直向母女撞过去，我眼疾手快拽开她们俩。的哥下车对我破口大骂，又从车里拿出利器冲我捅过来。我左手格挡，右拳直打在他脑瓜子上，他往后退了十多步一屁股跌坐在地下。我冲他招手，"起来，不服再来。"那家伙摸着嘴，一手的血。我让那对母女俩离开现场，自己打电话报警。

警察来了简单询问后，先送人去医院治疗。当时跑公安的记者于浩闻讯跑来了，陪我在派出所做笔录。警察说的哥两颗门牙不掉的话，就没什么大事。若是掉了，就是轻伤害，麻烦了。后来，我赔了三千块钱了事。今年秋天，我去铜陵时，那个女孩的父母亲一定要请我吃饭，还现场与他们在大学教书的女儿视频通话。女孩很有礼貌地说："何爷爷，你是我心目中的偶像。"三千块钱在一个小女孩心目中树起一个"爷"的形象，也还是不错的。

另一次，是腊月过小年时，我陪爱人去大别山一个县城看望那里的分厂员工。晚上吃过饭后，我们准备开车回城，还没出大门就听到外面乱哄哄的。哦，有人在打架。我挤进人群里，伸出双臂将一个年轻人护送出人群。恰好此时，这年轻人的十几个亲友赶来，不问青红皂白，一齐围住我这个外地口音的人殴打，没有人听我解释。

其中打得最凶的是一个杀猪匠，出手重而狠。我爱人拼命抓住我的双手，大喊"你不能打，要过年了"。我的脑袋瓜被打得噼里啪啦响，脸上的鲜血也出来了，头上火烧火燎地疼。我见流血了，挣脱了爱人，一拳打退那个杀猪匠，冲出人群，扔掉棉袄，异常兴奋起来，双脚来回在地上跳动。我爱人见此情景，又死死地抱住我，大喊"何老师，不能打，不能打"。

那伙人又围住我打……

我的脑袋瓜子疼倒也罢了，关键是我的脸全被人抓破了，春节回家无法跟老母亲交代啊。于是，我给当地的市委书记虞爱华写了一封信，相关部门当天就派法医等人过来，那个年轻人的父亲也来了。法医一看我伤痕累累的脸，当即说，"这伤都明摆在这呢，可以刑事拘留。"我就问那个年轻人的父亲，"你儿子跟你怎么说我的？"年轻人的父亲低下头说："他说是你救了他，对不起。"他把手里的一袋茶叶塞给我。

算了，得饶人处且饶人。只是，我爱人心疼我，也很后悔，过年后撤了在那里的投资。好多人对我说，那晚要不是她死死不让你动手，你若是动起手来，这"年"就是道关了。

"茶溪听雨"公众号上一位读者昨天给我留言："时间向

前，生活向上，没有过去，只有过眼烟云。"说得很有道理。我现在闲居江南九华山里，就像江南才女王诗晓昨天在微信里说我"何老师在九华山下待这几年，更善了"。

竹海隐居者昨天居然对我说："你活得非常痛苦。"这句很突兀的话，让我吃惊不小。我能有什么痛苦？我的父亲离世二十七年，早已不再承受人间疾苦。母亲也于九十二岁高龄离去，东圩埂上的乡亲们为她最后送行。我以后努力在山里自种自食，能写点文章就写点，努力让自己活久些，顶着这颗疤痕累累的脑袋瓜子好好活着。

二〇二二年十月三十一日　九华山

碧玉年华

王婆卖瓜，都自卖自夸，自己的妻子，有时还是要夸夸的。我妻子把个偌大的外贸企业开倒掉了，可我还是要夸夸她的。

她在工厂无法支撑下去的时候，变卖了所有家当，抵押出最后一套房产，还了银行贷款及私人欠款，把所有员工都妥善安置出去，这才躺平。还算是一位负责任的企业主，自己独自承受许多外人看不见的伤痛。

妻子老家在安徽太湖县，商海沉浮，斗转星移间在省城有了自己的工厂，占地四十余亩，两万多平方米建筑。还有分散在各地的十多个协作厂，专门加工外贸出口的箱、包，业务扩展到美、意、法、韩、日。性格温和的她偏偏厌恶日本人，那些洋买办每到验货交货时，都要发难。非要将包装入箱的货全部拆开，强行将五分之一的货当次品扔掉，再要我们重新包装入箱。经此一折腾，原本薄利的活，必亏无疑。她后来坚决不接日本人的订单，也不用看那些洋买办的丑恶嘴脸。

像所有的私企发展过程一样，摊子大了，买地、盖楼，将流动资金固化成资产，而且比例越来越大，仿佛是道跨越不过去的坎。

地方招商喜欢"大招商，招大商"，摊子铺小了不受待见。我妻子在省城买了四十亩地，成为省城某局招商引资重点项目。动土开工时，局长与当地书记亲临现场，仪式隆重。

最初的外贸生意还是不错的，订单多，数额大，一个箱包品种有几十万只，流水线上的工人熟能生巧，工时与效益双丰收，工人与老板都开心。加盟厂越来越多，择优而派订单，统一下料、送料，统一由公司收回成品，装集装箱运往上海码头，转运海外。

工厂有利，工人挣钱养家，有时外国商人来验厂，掐着表计算女工加工速度，女工们既紧张也激动。女工坐着，外商站着；女工去吃饭了，外商还在算来算去。工人很自豪，说小了自己挣钱多，说大了还为国争光挣外汇呢。

那些年，我妻子连年出资组织员工省内外旅游，七八台大客车排成队出发，目标大连、青岛、连云港等地。厂里那些山区里来的小伙子与姑娘们见着了大海，激动与快乐的模样，也感染了我们。省内黄山等景点我陪游了好多次，毕竟几百人出行，安全是大事。

银根紧缩，民营企业也是晴雨表。银行捎来话：企业产值与利润要连年上新台阶，不然就要收缩贷款。有人支招：增盖建筑，称是研发大厦，这样贷款时就有理由了，扩大再生产阶段，大投入将出大效益。

那时工厂已从银行贷款过千万元，一紧缩贷款，资金缺口就只能从民间借贷来补上了。很多人告诫过我们：那是条万劫不复的险路。

只好按招行事，请人设计了一万一千多平方米的研发大厦，四栋楼围出一个天井，呈四水归堂之境。顶上加盖跨度五六十米的玻璃顶，既挡风雨，也喻义藏风聚气。此前，我们已有一万多平方米的建筑，光员工宿舍就有两百间。

盖，还是不盖？犹豫不决之际，一个熟悉的建筑商出现了。他表示，自己垫资帮建研发大厦，工厂有钱就付一些，尾款啥时有啥时给。我们见他家大业大，为人口碑也很好，不吸烟不喝酒，就是个埋头建房子的人。我们支付了几百万元后，研发大厦破土动工了。银行贷款如数续批下来，企业又注入了血液，新大厦日新月异，企业一派红火景象。亲朋故友手头有了闲钱，也主动送来称"就当存银行了"。当然，利息肯定比银行高。

依照往常经验，工厂规模不断增量，我们再选些协作分厂，扶持一些从公司回乡的老工人办小厂，有了足够的加工能力，争取从不同渠道揽来更多的外贸订单，这样产值与利润就会大增，逐步偿还银行贷款，做到收支平衡，稳中有进，企业可立于不败之地。

理想很丰满，现实却很骨感。现实与理想间的丁点儿误差，实际上都可能成为致命的伤。

外贸加工最黄金的岁月已不可能重现了。过去国内外贸加工厂少，规模也都小，外国客商不了解中国加工厂情况，一个订单就是几百万数额。加工厂门槛低，很快就雨后春笋般冒出来了，外商来中国多了，加上那些洋买办助力外商，除了在价格上压价外，订单呈小额化、分散化。外贸加工厂两端在外，境外订单一头被压低，境内加工费用被抬高，外贸工厂由过去赚钱，变成赔本苦撑局面了。

贸易战的一粒灰尘落到外贸企业头上，都如巨石大山，砸倒压垮，用得上一个词：哀鸿遍野。

我妻子的外贸企业也躲不掉这场死亡游戏。我是亲历者，昼夜陪着她操心扒肝，守着她一手捧大的企业就像守着一个至爱的亲人，目睹其一点点死亡，却没有办法。这个惨烈经过，让我这个喜欢记日记的人，身临其境时都无心记录濒死过程。

又是一年放贷期，银行还是紧缩收贷。还款的日子迫近，只得借贷"爪子钱"。对方只让我们在协议上签字，正副本都带走了。其中有一笔一百万元的借贷，后来还了一百七十六万元，对方雇用妇女打通电话开口就骂我们祖宗八代，让狠人半夜打电话恐吓我们，威胁孩子，文武戏全唱上了。

我在车的后备厢里放了一根实木棍，家门边还有一根，接连的恐吓与谩骂，我做好了最坏的打算。那些日子，我昼夜不离妻子身边，陪她跑银行、小贷公司，接待大小债主，听各种扎耳朵挖心窝的话。

持续恶化，思虑再三：卖厂。

谈何容易啊！遍地哀鸿，我们支撑不下去了，又能有几个活得好好的？我们的外贸工厂还是有体量的：省城副中心地带，四十亩熟地，两万五千平方米建筑，七栋大楼，预留空地大。这样的体量，谁能一口吞得下去？

寻找买主的过程就是一部电视连续剧。

波波折折中，我们终于将房与地抵给了人家，他们替我们背下了债务，让我们有了脱离苦海的希望。就在我们签下转让合同的当月，一笔八百万的贷款到期要还，我们照例找熟悉的小贷公司先垫付这八百万元过桥。小贷公司备下了八百万，就在过桥的当天下午，他们查到我妻子公司账户被法院封号了。

谁向法院告了我们，申请财产保全的？当天只剩下下午两个多小时，我们无法查询到是谁这么干的，一切都猝不及防。

还是要感谢接手工厂的老板,他人际关系广,有实力,次日筹到了八百万元还了银行。我跟妻子说:"上天还是怜惜你心肠好,这样的事情才晚来了一周。要是没签转让合同前被法院查封了,墙倒众人推,我们跳楼都来不及了。"

商海商战,不只是财产的事情,也是催要人命的事情。

工厂难卖还是卖了,员工出路也是件头痛的事情。应该说,工厂员工们都是社会最底层的人物,她们挣钱养家糊口,对工厂和我妻子都很有感情。我妻子先是让所有分厂独立出去,原先的设备与渠道归他们。同时鼓励公司高管牵头成立自己的公司,总部无偿送设备与车辆等。他们原本各自手头有订单、有客户,不要投入购置设备,只需带走一些熟练员工,当年就能赚钱。

也有小人作难,多次拦截威胁我妻子。我偶尔离开她身边,都交代女儿:有人打你妈,你要上前拼命。

商海沉浮,企业死了,我们有幸还活着。

企业换了东家,我们依旧焦头烂额,收尾有数不完的琐事。我们昼夜如热锅上的蚂蚁,生无可恋。忽有一天,年过八旬的当代水彩画大家柳新生先生来访,我们夫妇曾全程安排陪伴他去新疆采风写生,资助过他八万元出版画集。柳老先生曾连续二十三年担任全国美展评委,他把中国画元素巧妙地糅进了西方水彩画里,成就了他独树一帜的中国水彩画。

老先生那天专程来为我们画两幅水彩画，以作留念。我妻子下厨做好了饭菜，喊先生吃饭时，他顺手拿了张宣纸，凝视着我妻子，右手画笔在墨碟里舔笔。他忽然轻声说，"别动。"只见他挥毫泼墨，十几分钟画出了绝妙的人物肖像。眉宇间风云凝聚，内心烦忧在眉心。

我们非常珍惜此画，收藏起来，又去排解企业那无尽的烦心事儿……

又两年光阴，企业转让尘埃落定。有一天翻旧纸堆，见到这幅肖像画，十分惊喜，这大约是我们身临险局谷底时的一份记忆。我找到山水画大家朱松发先生，请他为这幅人物肖像画题字。朱松发先生曾任过安徽省美术家协会副主席，他的山水画气势磅礴，穿越古今，大气象里有顶天立地之魂魄，已给中国当代山水画增添了许多极宝贵的增量。我们向来敬重他，他年近八旬，仍不敢有一日懈怠，攀登中国画高峰。

朱松发先生称此画出神入化，极简的笔墨却凝聚了丰富的内涵。朱老沉思良久，说，"这人物肖像画的是你老婆，题画文章当由你写，我抄录画上。"朱老说你什么时候写成，我就什么时候抄录上去。

我试着写了几遍，怎么在极短的文章里写出我老婆曲折传奇的经历呢？我最熟悉她，却最难写。直拖了一年多，才成了《碧玉年华》一文，送朱松发先生，他诵读几遍，有着极高文化素养、饱读诗书的老艺术家击桌叫好。

一周后,朱松发先生打电话给我,说今天情绪饱满,在感动中录完此文。我去他家看作品,果然精彩,墨浓汁淡,点画行文,与肖像和谐合气,书画一体。两位八旬上下的老画家合作天成,玉成此作品,加之我写的短文,也算增辉。我请非遗传人虞书宝师傅手工精裱此画。这幅《碧玉年华》算是我们家在那场财富巨变的转换空间里,存留下来的极为珍贵的纪念品。我们离别都市漂泊江南山里,也带走了这幅珍贵的画。

附《碧玉年华》文章:

孙赛华生于太湖浮丘,其老屋之侧塘畔有株五六人合围古银杏树,曾遭火烧昼夜。三载后发新枝,果以筐装之。赛华幼时读书,亦常牵牛溪边,随父出山贩货,以度饥年。

碧玉年华,赛华出深山到岳西城做工,再赴京城谋生,桃李之际创业于合肥。春秋十载,遭遇劫难,涅槃重生,建园四十亩,率千名姐妹制作箱包出口欧美。

时势艰难,企业难撑,大厦将倾,千家受累。赛华大义担当,尽散亿万家资,让千名员工各有归途。天地知情义,巾帼有英豪。

丁酉初冬,水彩画大家柳新生先生为赛华选像。夫君显玉为之撰文,以颂其义。松发录之。

二〇二〇年七月二十四日　何园

第五辑　梦想摇篮

比肩金牛山

八十年前，留英博士张宗良先生创办了金牛中学，后以抗日名将孙立人将军家园做校园。金牛那片土地上的子弟在这所校园里受教，由此走向远方和诗。

弹指间，已经八十载春秋。母校拟出本历史画集。倪云志副校长昨晚上发来画集图页，我下午在山间挖水沟归来看了看，因为累而早早睡了。今早五点起床，写下这篇千字文，聊作为序，附录备忘。

序　言

古三国战场金牛山，海拔并不算高，但在巢湖南岸金牛儿女们心目中，却是座有着不同寻常意义的人生高山。坐落于山之阳至今已有八十春秋的金牛中学，一代又一代金牛儿女在这里受教成长，继而走向外面的世界，善其身，达天下，报效国家，建功立业，谱写了数不尽的风流华章。

八十年前，金中的创办者张宗良博士就曾为金牛学子们写下这样的话："青年为国家未来之主人翁，应以救国救民为唯一之职志，负起继往开来之重任。"更有国难当头时率军远征强敌的金牛好儿郎孙立人将军在枪林弹雨中振臂呐喊："男儿应是重危行，岂让儒冠误此生。"

志存高远肩负国之重任，义勇忠诚捍卫民族尊严，铸就了金牛中学教育精神之精髓。沐浴过金中校园春风夏雨的金牛儿女们，用秋阳冬雪铸造金中人独特的品格、气节，拥有纵横万里之格局、驰骋千年之胸怀。

一座有着如此悠久历史与深厚人文底蕴的名校，自然会涌现出数不胜数的英雄豪杰、仁人志士。翻开金中之历史画卷，校友们成长的足迹里无不渗透着汗水与智慧。这些饱学之士，在不同的行业里为国家增光、给社会添彩，成为金中的骄傲。

同样，那些从金中出来、未能深造的金牛校友，或留在家乡，或踏入社会从事普通职业，靠勤劳的双手与骨子里的善良，厚德传家，美丽我们的家乡，也是金中的光荣。

当然，无论我们行走多远，无论我们离别家乡多少年，对金牛中学这片热土，对给我们施教的老师们始终都心怀感激。没有金牛山南这一座文化的殿堂、精神的摇篮，金牛这片土地上的农家孩子们就没有受教之所，就很难由此走向诗与远方，走向更广阔的人生舞台，前行的路上就不会有这般精彩纷呈。

金中八十华诞，我们行走天下的金中学子们当向这座铸就我们品格与气节、托起我们走向远方的母校表示我们发自内心的崇敬，向坚持三尺讲台的所有先贤恩师鞠躬。

江山代有才人出，一代更比一代强。从前的金中校友们顿顿吃咸菜喝稀饭，艰难困苦，玉汝于成。现在正受教于此的年轻校友们，无论是生活、学习条件都优于从前的校友们，更当胸怀大志拥有家国情怀，大义担当，攻城不怕难，与你们的先生们一起攻坚克难，用知识之车载你们走出金牛山，你们就能见到外面更高更多的山。

无限风光在险峰，人生旅途中的精彩，只需要你们在金中校园这几载光阴发奋图强、努力读书，你们的将来也会成为一座座比肩金牛山的高山，让后来的金中校友们敬重、崇拜，母校也会因你们而骄傲。

风雨八十载，人生共百年。让我们金牛中学校友们携手创造，共赴美好，当一座座比肩金牛的山吧。群峰竞秀，辉映金牛！

二〇二一年十一月九日

| 东圩埂 |

摇 篮

——写给八十华诞金牛中学

小时候
我们问家长
金牛山是金子铸的吗
金牛山中有金牛吗
妈妈说
山中有金牛金耙，
谁能得到买动天下
大大说①
伢儿，等你长大了

---

① 庐江县金牛方言中称父亲为"大大"。

你考进金牛中学问老师吧①

他们见过外面的世界

知道更多金牛的故事

我们长大了

走进金中校园

在山之阳晨读夜习

徜徉古柏老树间漫步聆听

原来

沐浴过半个多世纪风雨的金中

是金牛儿女梦想起飞的地方

是报国志士的摇篮

更是铸造金中人品格气节的大熔炉

烽火硝烟

国难当头

生于金牛、长于山南的

抗日名将孙立人率军远征之际

---

① 金牛中学的前身是潜川中学，1941年春，留英博士张宗良先生时任国民党庐江县党部执委、安徽省政府皖南行署主任，由他主持创办。张宗良生于1905年，卒于1986年，毕业于中央大学，后获英国伦敦大学博士学位。中学原址在金牛山北麓的一座庙宇里，潜川中学停办十年后于1958年春更名为金牛中学恢复招生。1964年春由山北的大寺迁移到山南抗日名将孙立人故居，沿用至今。1971年春，增设高中部。

| 东圩埂 |

一位叫张宗良的留英博士

为庐江金牛刚创办的中学

写下这样的话:

"青年为国家未来之主人翁

应以救国救民为唯一之职志

负起继往开来之重任"①

正浴血疆场的孙立人将军

在枪林弹雨中呐喊:

"男儿应是重危行

岂让儒冠误此生"②

啊　肩负国之重任

大义担当

捍卫民族尊严

义勇忠诚

金中创办者和从金中走出去的

一代又一代金牛热血儿女

锤炼出金中人独特的品格气节

融入了我们的灵魂

---

① 张宗良在创办潜川中学时曾有题词:"青年为国家未来之主人翁,应以救国救民为唯一之职志,负起继往开来之重任。"
② 此句出自《知识青年从军歌》,孙立人将军对这首歌曲颇为赞赏。

铸就金中学子的格局与胸怀

君不见

金中八十载春秋日月里

万千金中学子

有走向捍卫国家尊严的战场

保家卫国

诸如徐经年、孙传章、崔跃武

王盛荣、宛明、钱让树

一大批军功卓著的铁血将士

有走向科学强国的讲台

在大学校园里播火

哈工大博导凌贤长

航天博导左敦稳

人大博导徐经长

身居高校领导岗位上的

吴新春、王建稳、朱光应、丁先存

也有执教中学的名师

张克言、陈玉炳、刘荣举、倪云志

他们如蜡烛燃烧自己

照亮后生们前行的路

更有数不胜数的金中学子

走上建国利民的各类舞台

建功立业造福一方

把舞台当浴血奋战的疆场

拼搏进取

创造一个又一个辉煌

张韶春、薛荣年、谢平、李永东

林清发、王能生、方农村、谷桂林

长长的金中人物名单中

谁都有说不完的故事

世界因他们而精彩

金中也以他们为骄傲

万千红尘世事风云

弹指间

金中迎来了八十华诞

出走家乡半生的金中学子

从天南从地北

从世界各地

奔母校金中而来

让我们想起八十年前

金中初建时

一位叫钟逸群的先辈

撰写的《校歌》中的歌词①

"金牛山下人文今荟萃

金牛山上梗楠杞梓

十年树木尽成材

美哉,盛哉!"

岁月染白金中学长们的华发

却无法更改大英雄本色

金中名士辈出

真名士家国情怀

这数不尽的风流人物

在金中新一代学子心中

就是一座座比肩金牛山的高山

我们敬重我们崇拜

也请相信新一代金中学子

以金中人灵魂里固有的品格与气节

---

① 作于1942年春的《潜川中学校歌》由钟逸群撰写:
"金牛山耸翠,微河之水萦洄于焉,兴学多士愿来归。抗战建国,风起云飞,金牛山下人文今荟萃,金牛山上梗楠杞梓,十年树木尽成材。美哉,盛哉!潜移默化,川媚山辉。"
作于1946年春的《毕业歌》,歌词作者叫来仪,当时是潜川中学的教学负责人。《毕业歌》唱道:
"韶光似箭,同学们从今劳燕东西。回忆三年一堂聚首,彼此切磋和砥砺。相亲相爱,情逾兄弟。依依难舍,敌氛未去,前途多艰险。我们责任多么重大,做一个大时代青年去努力向前,话别今朝,同学们我们后会还有期。"

大义担当义勇忠诚

咬定青山不放松

我们绝不气馁永不言败

青出于蓝而胜于蓝

一代终比一代强

美哉金牛中学

壮哉金牛儿女

二〇二一年十一月十九日　九华山

祖坟冒青烟

东圩埂上出博士了，国家公派其前往美国攻读博士学位。她的名字叫何雅琴，是我的故乡东圩埂本家。我与她同宗同辈，她的父亲何德广比我小几岁，长我一辈，我们两家只隔着显华哥哥与栽柿子树的二奶奶两户人家。

我成为东圩埂第一个大学生，二十二年后显华哥哥的儿子大希望成为第二个大学生。而今，又过了二十年，何雅琴成为东圩埂走出来的第一个留洋博士生。我们三户人家在长达一个世纪的光阴里，甚至更长的年代里接力棒似的维系着东圩埂人的读书梦，努力照亮自己前程，也点亮东圩埂上知识之光。

陈垱圩说起来是鱼米之乡，实则十年倒有九年水涝。我能拿毛笔写春联时，写的最多的横批是"风调雨顺"。家家祈求来年靠老天帮忙，别再水淹了稻田，给圩埂上的老少一口饭吃。

东圩埂上人家苦寒如此，食不果腹、难讨老婆、读书没出息曾像三座山压在这条圩埂上的人们心头。饥饿就不去多说了，哪条圩埂上没埋过饿死人？活着都难，男人讨不到老婆也不重要了。

何雅琴的爷爷何华堂算得上是老一辈人中不甘心命运摆布、敢跟命运交手的男人，或许更准确地说是何华堂的父母亲敢跟苦难交手，让自己的儿子上学堂，企求读书改变命运。

何华堂学问多大我不清楚，我只知道东圩埂老几辈人有关读书的话题都绕不开他，他晚年躺在床上十几年不出门，每天捧着古书消磨时光。他年少时聪明，父母倾其所有送他进了学堂，不让他插手农田上的活计。世道变迁，华堂读书终没能谋份差事，又不善营生。为了活命，他替人从军，当"壮丁"吃军粮。还从江苏如皋带回了一个比他小一轮、也属兔的当地女子回到东圩埂。东圩埂人按辈分喊她"蛮大奶"，我们那里称江南人为"蛮子"、北方人为"侉子"，几十年间没有人去问这个如皋女人叫什么名字。

何华堂长我两辈，他生下两个儿子，大儿子我们喊他安叔，种田是把好手，一身好力气，打了一辈子光棍。弟弟德广娶了媳妇，德广生下一儿一女，这女儿就是何雅琴。

我跟何华堂接触印象最深的有两次。一是我考上大学临别东圩埂时，父亲领着我挨家挨户去道别。华堂那时年已古稀了，他称东圩塅上老祖坟终于冒烟了，几百年就出过你这么一个中了举的秀才。我父亲说"祖上老坟既然冒烟了，东圩塅上读书人会越来越多的"。他摇了摇了头，"农活累人，书本累心，不是什么人都能读好书的。"他告诫我："读书要读进心里去，千万别读成半拉子。"

有一年深秋，我带着照相机回家给东圩塅人拍照片，早晨在田塅上朗读文章时，看到华堂牵牛路过。他与牛走过的地方，草尖上的露水摇落在地，与别处不一样。我抢拍下了这张旭日下的牧牛场景照片，回单位自己冲洗放大成黑白照片，再回东圩塅时把照片送给他，他吓得后退几步。后来，他儿子德广跟我笑说，"早上老爷子吓坏了，他不晓得怎么把人的模样移到纸上去了，以为魂魄出窍了。"华堂二〇〇八年去世时，家人翻出这张他在圩心草田塅上牵牛吃草的照片，翻拍放大救急用。

与其说东圩塅老一辈人曾对何华堂读书，包括后来人们对我读书考大学存有那么一点点希望，倒不如说浸泡在苦难中的东圩塅人对外面美好生活有过向往，寄希望于有人能借读书这条路走出东圩塅草田塅，过上外面人的好日子，也给后生们一个盼头与希望。

书山有路勤为径，学海无涯苦作舟。可是，很多时候即使再苦再勤都难以改变命运。东圩塅人一直说华堂读书读到半拉子，若不是有幸娶了个勤劳苦做的南方女人，这个连韭菜与麦苗都分不清的"读书人"活下去都是个难题,又哪能养活得了一家老小呢?

我写此文时才从蛮大奶孙女何雅琴那得知,蛮大奶叫苏秀英,一个很有诗意的江南女子名字,蛮大奶年轻时跟华堂私奔别了江东,在巢湖圩区苦了一辈子。

我小时候,生产队中午收工了,别的妇女赶着回家做饭,蛮大奶却坐在圩心田埂上哭,更像是带着哭腔地唱,起承转合有腔有调有台词。我们伢们都竖着耳朵听,觉得好玩。等我们端上饭碗吃饭时,我母亲与显华哥的妈妈几个妇女跑到圩心劝说蛮大奶,谁家都伤心难过,可总得过下去啊。你不回家做饭,堂大爷连饭也不会做,孩子们都要跟着挨饿了。

蛮大奶与东圩埂七岁、九岁来做童养媳的另两个老人一起活过九十岁时,湖稍村人就说,东圩埂三棵老树互相撑着,哪一棵松动了,就都要走了。这三棵不老松,其中一位是我的母亲王光华,另一位是我家右边隔壁的王大奶。我母亲前年春上九十二岁时无疾而终,当年冬天九十四岁的蛮大奶也走了,只有王大奶依旧在东圩埂上摇摇晃晃活着。蛮大奶没有等到孙女何雅琴赴美攻读博士的喜讯,这个出走自己家乡就再也没能回去过的苦命女人,将一生的苦与难含在嘴里咀嚼碎了咽下肚,因为孙女的出息也算是值了。

何华堂靠读书走出过东圩埂,最终还是回到东圩埂度过漫长余生。时隔半个多世纪，东圩埂人将对读书存有的那么点梦想锁在了我的身上。我也确实曾给寂静的东圩埂人带来过一阵兴奋，一些辍学在家的人又重返校园，高考失利的人重回课堂补习。可是许多年间，没有一个人再考上大学。

那些苦难的时光里，东圩埂上有一个自小到外闯荡的人在江苏昆山有了自己的事业天地，他把东圩埂上如我一般大的男人召集到他那儿干活去了，有的人凑钱买了旧车运土方，挣份生活，东圩埂人的生活在悄悄地变好。我堂弟大存也说我："东圩埂论学问算你读的书多，但是论有用还是要算二狗子过劲。"二狗子就是带他们在昆山干活挣钱谋生的人，他还曾带挖掘机来东圩埂义务挖掘河道，确实做过不少有益于东圩埂的好事。

那些年里，我在东圩埂上的"榜样"效应越来越微弱，再加上也没听说我在外面升官或发财，春节回家想找个后生聊聊读书的事情都难了。只有何德广带着女儿春节时来过我家，小姑娘一口一个"大玉哥哥"，文文静静的，挺有想法与上进心。我也顺势鼓励她一番，说些"立大志，有抱负，报效国家"之类的话。那时，显华哥家的儿子考取武汉华中科技学院读书去了，这个小姑娘说："我们三家紧挨着，你们都走在我前面考上了大学，我怎么也要争口气，不负光阴，也不负我父母亲的苦累。"我于寂寞的东圩埂仿佛看到了一束光亮，燃起一份希望。

二〇一五年夏天，这个叫何雅琴的小姑娘和她的母亲到省城找我，还用个桶装了些黄鳝带来。她说自己考取了东北一所大学，选的是与农业有关的专业，以后学成了报效农民、振兴中国农业。她怯怯的表述中自有一份坚毅，还有明确的方向，这是特别难得的志向。那天中午，我们请他母女俩吃饭，她母亲说非常感谢我对雅琴的鼓励和帮助，我很是赧然。她母亲继而说，她是踩着你的脚印拼命读书才考上大学的，你读书时的窗户灯光总是东圩埂亮到最晚的，即使参加工作回东圩埂时早晨还在草田埂上读书，雅琴就是学你的样子才有今天的。

那天，我从东圩埂一个虽是同辈、实则比我孩子岁数还小的后生那里听到"报效农民""振兴中国农业"之类的话，非常感动。目光远大，理想丰满，还有种担当精神。后来我牵线为她争取了助学费用，并告诉她："为求学求人不是丑事，学成本事要记得回报社会。"又四年过去了，她从东北考进中国农业大学研究生，在校期间多次参加全国性的学术峰会，这次以排名第一的成绩入选公派赴美攻读博士。

一锅饭不是一把柴火就能烧熟的，一代代乡村少年的读书梦想总在乡亲们期待的目光里延伸着。现在何雅琴考取留美博士，给东圩埂读书人提了气，振奋了信心。何雅琴收到通知书那天晚上，我与她在微信上有过对话，实录如下：

雅琴：大玉哥，您好啊。我看到了您写的那篇关于我和我家的文章，非常感动！

我：雅琴好，热烈祝贺你，让东圩埂这片贫瘠土地热起来了！

雅琴：谢谢您，也谢谢您成为我一直以来奋进的灯塔，以及您对我求学路上的帮助，还有对我家对我奶奶的慷慨。

我：你的奋斗载入东圩埂历史，更希望你的将来载入史册。学成归来成为国之重器，为这个国家服务！

雅琴：您母亲在世时也很关照我家，特别是对我母亲，老人家很喜爱我妈妈。

我：她们都是苦水中泡大的同路人，知根知底。

雅琴：我也希望自己能成为东圩埂后辈们奋进的一盏灯，告诉他们寒门也可以通过奋斗改写自己的命运！我会继续努力的。

我：你能出国攻读博士，并非轻松了，而是会越来越难，与你同行的人也无不是于千军万马中冲出来的，唯有继续努力，自我加压，学成报国。

雅琴：是啊，越往前走其实艰难险阻越多，我每突破一个障碍需要花费的时间也更多了。好在我有我母亲身上继承来的坚忍，所以从未放弃过，也认识到自己从小生长环境带来的局限性，不过我始终相信不懈的奋斗终将赢得华丽的转身，我希望我的生命不负来这人间一趟。

我：心里有国家，有人民，而不全是自我，你的格局就大，容量就大，路途也广。

雅琴：谨听教诲，因为认识到自身的局限性，理科生出身的我也意识到多读人文类的书是多么重要，现在一直在恶补。读书可以更聪慧，更有格局。

我：纵观史册，那些有成就之人无不心怀天下，为国立志、做事的。而格局小、目光短浅，多半成为精致的利己主义者。

雅琴：是的，中国的精致利己主义者也很多。

二〇二二年四月　何园

寄语考生默默

尊敬的学长：

您好！

我是在看了金牛中学官网您的那篇《丢脸的父亲》才关注您的微信公众号"茶溪听雨"。我现在的身份是二〇二一届高考生，希望您能给我点启发！

我是学文科的，但我现在离高考分数线还有些距离，起码考到五百多分才能上大学，还有八十多天就高考了。您觉得我可以吗？

谢谢！

默默

小老乡：

你好！

看到你简短的留言，获知你正在备战高考，让我唏嘘不已。你的信让我穿越时空,仿佛又回到了当年我参加高考前的决战日月。

时光如梭啊,转眼间距离我高考的光阴已过去四十个春秋了!你们正年轻,真好;你们太年轻,没有什么不可以!

二十世纪八九十年代初期,我们金牛儿女要走出黄土地草田埂,外出谋求一口饱饭吃,只有拼尽全力背水一战,挤过高考独木桥,当个公家人,拿一份工资,既光耀家庭,又能为自己谋一份城里人的生活。那个年代,没有别的路子可走,也没有更多办法可想,农家子弟只有在课堂上苦学、拼命,寄希望于苦战能过关。其实,真正挤过高考独木桥的金牛中学学子,那时大约只有百分之五的概率,更多的同学只好回到黄土地上,躬耕田地,谋一食尔。

时过境迁,你现在与我们生活在不同的时代,无论是路径与选择都比我们那个时代强。尽管你现在学习稍微落伍了一些,但是你依然有着更好的努力方向与拼搏目标。这是你们的幸运,也是时代的进步。

无论如何,闯过高考这一道关隘,往上面再努力一把,对一个年轻的学子来说,都是有益无害的事情。书籍犹如人生的垫脚石，读书越多，人的眼界与境界是不一样的。金牛山那时在我们金中学子的眼里是天下差不多数一数二的"高山"，当我们走出金牛山，见识过了外面的大千世界，方才觉得家乡这座山并不高。我攀登过珠穆朗玛峰，游历过冬季的黄河古道，登过长城，也到过欧洲一些国家，再回首看金牛山，除了感情上依旧那么浓烈之外，现在看来也只是一小土包子尔。

你是金中学子，正在人生的一个重要关口处，咬紧牙关拼上八十多个日日夜夜，成绩肯定会有大幅度提高。能考取一所好的大学，将来你的人生会多很多优秀的同学，人生旅途中遇到的共享风景会好得多。纵使不能进入一所名牌大学，能借助高考离开家乡，越走越远，见识越来越多，你也会越来越优秀，你的人生会添加许多你现在想象不到的精彩。

当然，我并不认为考不上大学人生就此会黑暗下来。事实上我过去的很多同学高考落榜后，经过努力拼搏，现在人生也很充实。但是，现在有这么优越受教育的环境与条件，我们何不趁年轻时多一段学习的光阴，给自己更长的生活之旅增添些能量呢？

书到用时方恨少。

你正值意气风发的青春年华,无论是于父母亲的厚望,还是自己未来人生的设计,你现在不用尽全力攻克高考难关,将来你可能会因此时的畏缩而平添一份永远无法偿还的"债",更年长后你会因为此时没有全力拼搏而责备自己的。

人生路很长,其实,你现在的这不足三个月的光阴就是最重要的一个青春关口。至少你现在不会像我们当年整天饥肠辘辘,连草稿纸都买不起,你将心思与精力用在备战高考上,多请教老师,只管把自己最大的力气用出来,最顽强去拼搏,上天自有安排。重要的是,你此段时光里必须苦战!世上哪里有什么捷径,只有最顽强的战斗,你才能无悔在这个关口的表现。

你们的师姐彭玲毕业于南京大学硕士,现在在省城做记者,她回望高考前的苦战深有感触。考学不是唯一的出路,但是如果吃得了考学的苦,也是对自己的一种磨砺,以后生活中的苦吃起来也不会觉得那么苦了。逼一逼自己,即使考不上,也对自己和父母有个交代,将来不后悔。

干吧,人生难得几回搏,现在不搏,还待何时?一定要明白,大学校园真的是人生青春时最美妙的芳草地，青春飞扬，学问伴随你的人生，真的很美很浪漫。

小老乡，加油拼搏，待到山花烂漫时，她在丛中笑！

你的老学长　何显玉

二〇二一年三月十三日

| 东圩埂 |

同学就是亲人了

天还没有亮,我就起来准备早饭。老家初中同学张晓华、孔令华夫妇昨天才到九华山何园,今早要开车回厦门。

来也匆匆,去也匆匆。

匆匆的何止是来去,人生其实也是匆匆的。我们从初一同学,那时也只十三四岁,高中毕业后各奔东西,谋生在途中。弹指之间,已有四十多个春秋了。

我们那所庐江石头镇丁汝昌故里的"戴帽子高中",当时理科成绩最好的当算顾祥林,现为同济大学副校长。文科成绩最好、且非常有思想的当数张晓华了,他的作文常被语文老师张裕武先生当范文在课堂上读给我们听,他那时能与老师们一起讨论些学习之外的话题,在我们看来是不得了的事情。

所谓"戴帽子高中"即是公社初三毕业生整体原校升入高中,由初中老师教高中。我们万幸的是从金牛区高中调来语文老师张裕武先生、数学老师徐新义先生，他们正课讲高一课本，课外领着我们从初一补习起。高一与初一课本并用，大概是我们那个时代学生独有的特征了。此前我们的初中阶段，都是在所谓的"开门办学"中度过的，同学们经常停课挖山挑土，自带农具住到老乡家，帮他们浇油菜、干农活。

张晓华与范自才、顾祥林等同学的同村人家有藏书，常带些小说来学校，我也因此总想接近他们，以期把书转借于我。要说初中阶段的收获，结识了张晓华、范自才等能搞到课外小说的同学，受他们的影响，我也读了些小说，大约是最初的文学启蒙了。后来的人生路上，我常常想，我的人生轨迹与那时接触到的书籍有着莫大的关系。如果不是受那些书籍中的英雄人物的激励，又幸遇到张裕武、徐新义这样负责任的恩师，不仅是我，我们石头镇那一代的儿郎大概没有几个能挤过高考独木桥，走出黄土地，见识外面精彩世界的。

一所好的学校对一方土地上的男儿女孩成长非常重要，一个好的老师对所教的孩子们是否有出息关系非常大，而一群好同学间的激励对人生影响同样是非常大的。

张晓华那时候有思想，从一件事情中看得出来。有一次，我们几个同学在鸡鸣山上玩，耽误了上课，老师点名批评了，我们不敢进教室。张晓华以为我们不上学了，设法找到我们，掷地有声地说："你们不要一时冲动，误了一生的前程。快去给老师认个错，以后加倍认真学习。"前几年，我去厦门，跟他说起这件事情时，他已记不清了，大概他那时给不求上进的同学们敲边鼓鼓劲的事情干得太多了。

我们当年高考落榜后，愿意再战的同学各找门路去补习，我与张晓华失去了联系。后来听说他去当兵了，再后来考军校、提干，转业到厦门公安任职。及至前些年，我们在厦门见面时，他说："那年在金牛中学补习，临近高考前，沙为业同学要去当兵，拉我陪他去体检，顺便也报了名。结果，他没走成，我反而当兵走了。"

晓华说得轻松，其实那个年代一个农家子弟在部队考军校、提干也绝非易事。他努力拼搏出精彩的人生，转业入职厦门警界，也是风里来雨里去，异常辛苦。他是个孝子，那时与孔令华同学结婚还是两地分居，又要挂心乡下父母，生活中的诸多艰辛唯有自己心知。

光阴总是给人以期盼，以光阴换空间，只是白了少年头。张晓华与孔令华如今在厦门已有两个孙子了，一家三代人生活在厦门。他们很年轻的时候开始，每年都要回家乡陪乡下的父母亲过些日子。现在双方父母亲只剩下孔令华的母亲一个人了，张晓华每年回家乡都要生一场病，可能是长期的沿海温湿的气候影响，他的体质受不了内陆气候的寒冷。可他仍然坚持回家乡，他说："家乡终会变成故乡了，能回家乡见到家长是件幸福的事情。"

所言何尝不是呢，我的母亲活到九十二岁去世了，她活着时，我每次回家总能见到她倚门盼望我的样子，她永远地走了，我的家乡已成了故乡，我最近一次回老家时，院门紧锁着，我明知钥匙在邻居家，却没有去讨，独自坐在门前台阶上。我不去开门，幻想母亲还在老屋内，我一打开门，现实会告诉我母亲已永远离开了这老屋，我已是游走在外、漂泊没有归途的游子了。张晓华与孔令华还好，家中还有一位妈妈在，常回家看看，是情理之中的事情，也如他所言是件幸福的事情。

人生的路途很多亦很长，其实紧要关口处，往往就那么几步，方向和路线决定之后，时光只是在这条线上增添些许光环。父母在，我们尚知来处；父母亲不在，我们的人生只剩归途。

张晓华与孔令华夫妇今年中秋开车回老家，同学们见面时，议及我现在山中。早些年，他们夫妇回家乡时听到我在省城折腾的情况，甚是担心，专程到省城找到我，询问我的近况，叮嘱我："伙介，人生折腾不起的。"以张晓华对人的和善与宽容，这样的话大约算是重的了，足以看出来他当时对我是非常担心的。这次在故乡听说我跑进山中生活，还养了流浪狗，又担心起来，提出进山来看看我的生活，以免挂念。

陪同他们来的还有韩晓玲同学与其先生蔡哥。韩晓玲与蔡哥在省城时我们交往较多,他们夫妇白手起家,在城里的事业辉煌之际,突然回到家乡投资办高中,助力家乡学子跳出农门,如骆驼般负重前行。我在都市迷失方向落难之际,他们夫妇给了我很多鼓励。

孔令华、韩晓玲在校读书时比我稍大一两岁,那段光阴里原本就天生丽质的她们,正如花似玉,无聊的中学时代,因她们的美丽为校园增添了许多的生动。她们的美丽与善良,还有乐于助人的热心肠,给我们穷困潦倒的乡村学生生活留下了许多温馨的回忆。去年国庆,韩晓玲、孔令华俩出面,与宫为雨、曹诚森等几位老同学组织了毕业四十周年聚会。居然来了八十多个同学,尽管很多人对面已不相识,但是同学间依然亲热得不得了。

昨天他们结伴过江来我这山野间,近处走走,午餐与晚饭亦未喝酒,晓华与蔡哥已滴酒不沾,我与两位女同学也只是随意喝点。我们开玩笑说,现在酒喝不动了,好在路还走得动,渐渐地我们的家乡都成了故乡,同学都成了亲人了,我们要多联系,老得哪里也去不了的时候,至少还有同学间彼此牵挂与惦念着。

说说笑笑间,我们的眼眶里都有了泪花。

今早张晓华、孔令华要开车回厦门,原说不吃早饭就走。我凌晨三点多就睡不着了,掐准时间蒸了妻子做的南瓜馒头，用鸡汤下了面条，削了丝瓜放面条里。我妻子也在翻捡着，看看能有什么东西给他们带回厦门，他们来一趟不易，四五十年的老同学现在不就是亲人嘛。

晓华与令华起来时，见面条已好，各自吃了一碗，匆匆开车走了。这一天，这一路，他们要开一千多公里，令华还不会开车，晓华兄一个人开这长途车不容易啊。

他们的车驶离了茶溪小镇，我还站在原地，妻子上前拉我回屋。我心里默想：还好，他们吃了我下的面条，如果空着肚子在这秋风中开车，我心里会更加空荡荡的。

二〇二〇年十月六日 九华山何园

| 东圩埂 |

敬那往昔的温柔

深秋,江南山中,花无语,风渐冷。有老家儿时小伙伴过江到九华山中,与我闲度三日。

去年春天,其中一个小伙伴的母亲去世了,我与这三位小伙伴往后余生彻底成了故乡的游子了。他们来江南,可能也是为了寻找亲人的感觉吧。我们一起去吹吹江南秋浦河的秋风,探访诗之河与长江的合流,驻足长江轮船码头,遥想当年各自在江边乘船去远方寻觅生活与诗歌的情景。

我们还往江南山之深秋里走了走,越过一座座古石拱桥,摇醒老街上那一块块青石板的岁月梦想。

秋风卷了落叶,茶浓惹心醉。浊酒一杯敬过往,酒多话多,自然想起往昔旅程上曾遇见过的温柔。那温柔,如诗永驻心田;似梦,温暖着各自的余生。如果以道德而论,小伙伴们都不是好东西。可是这人世间一筐筐苹果中,仔细看,又能有几个完好的苹果呢?

茶

那年,是梅子入职的第四年。她获得一项大奖,给单位挣足了面子。

她从没有与甲面对面说过一句话,但那天单位例会上,她分明看见主持会议的甲那双充满智慧的眼睛,盯着自己足足有三秒钟。

梅子大学毕业后孤身一人来到这里,算是举目无亲吧,把所有的时光都扑在工作上,她在单位晚上工作是常态。有时很晚了,独自在办公室工作,听到走廊上那熟悉的脚步声传来,不用猜想,一准是甲在检查楼层了。那脚步声渐来渐近,自己的心也怦怦跳得厉害,既渴盼他推门进来,又生怕独自面对他时的手足无措,可这样的机会一直没有出现过,失落中也有几分沮丧。

有好几次,热心肠的同事拉着梅子去相亲,有公务员,有博士生,家境与个人长相都没得说。可是,不知缘由,梅子的脑海里总浮现出甲的形象:温文尔雅中溢着慈祥。有时路过甲的办公室,总看见他埋首在厚厚书堆里,旁边杯中总是泡着一杯绿茶,似乎一年四季都是绿茶。自己一直在寻找的生命光亮总是闪现在他的身上,跟他隔着玻璃都能感受到一种安全与温暖。

梅子病倒了。单位工会主席带人去她的出租屋探视她,并说甲问过好几次了。梅子那天激动得流下了泪水,探视的人出来后都感叹:一个女孩子家独自在外不容易。

梅子支撑着病体回到单位上班,勉强支撑了一个上午,下午她还要去医院吊水。她路过甲的办公室时,自己也不清楚哪来的勇气推门而入,连门也没敲一下。甲笑吟吟地起身问:"身体好些了吗?别太拼命了,路还长着呢。"梅子一句话也说不出来,眼泪不争气地流了出来。甲拿起茶杯给她泡了杯绿茶,端给她。慌乱中梅子的手触碰到了甲的手,果然温暖如玉。

那天喝完一杯绿茶,起身告辞时,梅子突然冒出一句:"秋冬天你要煮些红茶喝,别一年四季净喝绿茶,也要换换口味。"说罢,将父亲从家乡刚寄来的一饼红茶放到甲的桌子上。甲伸手要拿起那饼茶还给梅子时,触碰到了梅子的手,便缩了回去。他那双充满智慧的眼睛又停留在她脸上足有三秒钟。

第二天早上,梅子路过甲的办公室外,见他的案头果然泡了一杯红茶。梅子像长出了翅膀一样,轻快地飞过那扇窗户。

后来,甲的生活如诗似梦般地过了一段日子,梅子考研离职后,他的生活中不再有波澜。他私下里说过,没有人比得了梅子。他内心那块芳草地就一直保存原样，至少，这一生曾有个叫梅子的人路过。

汤

乙的生意原本就一塌糊涂了，偏又扯上了官司。他在离开生活了许多年的那座城市前，与妻子办理了离婚手续，将最后一套房子归到妻子名下。而后，乙去了别的城市打工谋生，挣钱还债。

人在风光时似乎朋友多一些，而掉进一个坑里后，往昔身边的朋友自然就会少了许多，这也是人之常情吧。英子的出现，恰在乙深陷泥潭难以自拔的时候。乙并不知道英子悄然出现在他的生活中，只是自己的手机话费总有人替他交了，月月如此。

那年秋风冷了，看着秋风漫卷一树树落叶，乙忽然想回到原先生活的城市看看。一念起，万水千山隔不断。回得去的城市，进不了的家门。恰巧此时，英子来信息了，问询他何日回城，告诉她一声，自己过来看看他。向来傲气的乙搜寻记忆，仿佛有过一个叫"英子"的人路过他的生活。

那天回城时，英子已从另一个城市提前赶来。早早给乙煲好了一罐鸡汤，看着他一碗碗喝下去，额头上冒出了汗珠。她领着他去理发、洗澡，拿出新买的过冬衣裳给他换上。乙乖顺得如同游子回到了母亲的身旁，听任她的安排。那次，乙在车站目送英子匆匆上车回她所在的城市去时，独自在车站哭了很久。那是他人生一塌糊涂以来的第一次哭泣，哭过之后，乙变得轻松起来，觉得身上有股子力量在升腾。

从那以后，乙每次从外地回到原先居住的城市时，英子都会提前过来，照例给他煲好汤，看着他喝，再带他去理发、洗澡，换新衣裳，甚至鞋子、袜子也是新的。看似重复的一套内容，却屡屡给乙的人生添加了前行的无形动力。男人在困境中拼杀，意图绝处重生，累到无能为力的时候有这么一罐汤，还有那温柔以待的力量。

人生旅途中，一时间遇到一些"郁结"之事，需要一种"通透"，无论是身体还是心灵被一种东西浸润透了，自然便化解了那些"郁结"，一通百通，人生便是另一番景象。乙在那"罐"汤汁的浇灌下，心里的"郁结"渐渐散去，在外地的事业越来越有起色。终于还清了外债，又在原先居住的城市购房，开辟事业的新天地。

英子给乙煲了一罐汤，他便酿出生活的芳香来。他回到原先居住的城市后，英子劝他与前妻复婚，从此，再也没有出现在乙的生活里。只是，乙时常想念那罐汤，更想念那个在他落难时路途迢迢前来煲汤为他守候的女人。

饭

丙在海外获得博士学位后，算得上是个"空中飞人"了，一年乘坐的航班有五十多次。倒时差倒是不算难，最难的是各地饮食多有不习惯。他这个从空中俯瞰世界的人，最后还是落入人间烟火里。

他在京城开公司的那段日子里，见到面食就没了食欲，吃面时间长了头发一把一把掉落。有一天中午，他走过一个员工座位前，见她刚拿出一盒自带的饭菜，饭菜的味道吸引了他。员工慌乱地解释说是家里来亲戚昨晚烧多了，才带到公司的。他掏出一张纸币递过去说："你出去吃饭，盒饭给我。"员工更慌了，他笑笑说："我换你盒饭吃。"

这盒饭菜是这个员工的表妹做的，白洋淀来的姑娘，名字中有一个菱，她的祖辈是白洋淀上的渔家，只是现在都上岸种地了。丙试着吃了一周白洋淀姑娘菱子做的盒饭，萌生出让她来公司负责给员工们做午饭的想法。菱子托她表姐捎话，自己想复习高考，恐怕没那么多时间。丙更是想见下这个渔家姑娘，便在一个周末约她们表姐妹一起吃个饭，也感谢她给自己做了一周的午饭。

菱子五官很端正，如同出水芙蓉一般美丽。丙让她来公司烧一餐午饭，省得员工到外面买吃的，其他时间她自由支配复习迎考。也是这一次见面，菱子才知道请她吃饭的居然是个留美博士，当年数学竞赛第一名，菱子一双水灵灵的大眼睛放出光。

菱子烧了不到半年的午饭，丙辅导过她功课。丙在上高中时，就兼任高考班数学老师，一个月拿三十元钱呢，研究生毕业后留校教书。辅导一个天资原本就聪明的姑娘，自然不在话下。丙后来飞回美国，专门交代过：重新雇个人烧午饭，或是给大家增发午餐补助，菱子回去专心复习迎考，继续发工资。

丙再见菱子时，她已是京城一所高校的学生，并担任了学生会的负责人。丙知道菱子家困难，让公司按时以公司员工工资的名义转钱给菱子。丙在京时，菱子有空就过来给他做饭，细心的菱子还让家人从白洋淀里寄来一些好食材。

丙常挂在嘴边的一句话：世界大了，人就小了；目光远了，事就小了。可他却在老友们面前常提起菱子，一副不能忘怀的样子。

二〇二二年秋　九华山

向前走就可能遇见光

几十年前的那个夏季,听说高考分数下来了,我从东圩埂急急地赶往金牛中学。在金牛街上就听人说,校长从县城打电话给学校了,把超过录取分数线的学生名单全报过来了。我的心一下提到了嗓子眼,紧张得要命。进校门要爬一段山坡,我却怎么也走不动路,怕听到报回的名单中没有我。

正徘徊间,遇到一位老师从学校出来,我上前问他,他想了想说,"好像有姓何的"。我这才有力气爬上那一小段山坡。

弹指间,我从金牛山挤过高考独木桥也有几十个春秋了。当年的少年郎,早就华发丛生了。从热闹的都市漂泊到江南山野间栖居,孤独地面对山河日月,闲吟些诗文打发山间时光。

上个月回故乡母校,吴海洋校长与副校长倪云志等人很客气，跟我说了今年是金牛中学创办八十周年，邀我为之写点文章，以作纪念。我回江南后迟迟动不了笔，每要敲击键盘时，便思绪万千。

金牛中学承载着那一带万千家庭父辈们的莫大梦想，做父母的都盼望着自家儿女能从那里挤过高考独木桥，捧一碗公家饭吃。这里，更是金牛一代代儿女梦想起飞的地方，是热血报国志士的摇篮。然而，限于那时仅百分之几的高考录取率，也给了很多家长失望，很多有才华与能力的青年落榜，回乡务农。

后来，高考录取率提高了，金牛乡村得以考入大学读书的有志学子多了起来。可是越来越高的学费，让笑容才上眉头、愁意已下心里的父母亲们苦不堪言。很长时期，金牛那一带乡村里最贫穷的家庭往往是家里出了读大学的孩子，上大学的孩子越多家里越穷。

我上中学时学费一直是靠家里的几只母鸡下蛋，一个鸡蛋六分钱攒出来的，农村同学家差不多都靠"鸡屁股银行"上学。有一年高考作文题目《由达·芬奇画蛋想到的……》，一个从未出过远门的同学开头写道："看到这个叫达·芬奇的老太太画蛋，我不由得想到自己的母亲在家养鸡的一幕幕场景，乡下人太可怜了。"然后，写母亲如何辛辛苦苦、起早贪黑养鸡的事情，刹不住车了。下笔千言，离题万里。

即使到了我们下一辈学子读大学，农户家供养大学生仍是压力山大。我所在的报社曾拉了家烟厂赞助，每年捐资五十万元资助一百名品学兼优、家境贫困的大学新生。刚开始没人相信，我便托家乡同学寻找那些穷且益坚、有志气的孩子，报名填几份表来领五千元。第一年核准百个受助孩子时，我老家居然有二十三个孩子，这也是我用极有限的"权力"为家乡谋了一回"私"。有什么办法呢？金牛山并非金子铸就的，金牛农民在泥巴田里抠不出来钱啊，孩子读书上进没有错。

时光轮转间，我看到当年那些落榜的同学一个个活出了各自的精彩，很多人生活得很幸福，现在儿孙承欢膝下，尽享天伦之乐。当初那种不安渐渐淡了，反倒为他们的人生之路鼓掌。有个叫李世树的同学，在家乡种蘑菇，还曾到上海和周边县里作为专家指导当地农民科学种植蘑菇。后因多病的妻子需要照顾，便在老家搞大棚蘑菇。我曾去乡下钻进他的大棚看蘑菇，他疲累时会敲击木鱼吟诵大风歌，在我心目中非常了不起。还有我们当年的班长洪保全，很早就学会了驾驶技术，在江苏给人家开挖掘机，日子也过得风生水起。他们当年未能通过高考走向远方，失落与伤感过，可也少了人生许多别样的悲苦与伤痛。

从几十年光阴来看，当年高考落榜，于人生未必就是坏事情。而挤过独木桥的人，未必在他乡就过得很好。那些在人生途中赶上好机遇、执掌权柄的人，心思稍乱，意志稍不坚定，便可能会偏离"航线"，给自己的人生留下隐患，不知道什么时候就被哪根巴根草引爆定时炸弹，捅下一生都无法弥补的娄子来，悔之晚矣。

去年春上，我在老家要挖两棵树移到江南，丁芳同学喊专门搞园林的老同学赵自强帮我挖树，树挪上车后，我拉着老赵随我下江南，请他喝酒。老赵靠在乡下植树给孩子在省城买了房，喝酒时他还后悔当年家里穷，没有补习考大学。另一位当过局长的同学说他，"我们都挖不动树，你挖得屁眼都是劲，抬得动树、吃得香饭、喝得下酒。仅你现在这副好身板，城里达官富人多少钱也买不来啊，知足吧。"老赵笑得前仰后合。当晚，他随送树的车回江北前，我还塞了烟酒、包个小红包给他。他连说下次你们回老家时，我让老伴杀家里养的老母鸡炖老鸡汤给你们喝。

人生的路是一次有去无回的马拉松长跑，生下来就奔死而去，向死而生。成败并非取决于一时一事一地之得失，选择或是被逼走任何一条路，只要不马虎、不懈怠，一直在努力，始终在奋斗，相信前面终会见到亮光，人生自会精彩。人在做，天在看。苍天厚土，总不会怠慢了用心生活、自强不息者。

隆冬里涌动着春潮，今天，我写了首散文长诗《金中，报国志士的摇篮》，献给母校金牛中学八十华诞。中午时发给几个金牛中学毕业的年轻人看，他们称看得热血沸腾。曾为我文章配乐朗诵过的一位叫"雨荷"的女士欣然要为此诗配乐朗诵。我意犹未尽,下午端坐窗前写下这篇文章,姑且当作自己仍然自强不息吧,努力秉烛待旦,向前走可能遇见光。

二〇二一年十一月二十六日　九华山何园

| 东圩埂 |

午后时光

　　我从江南山间抵达合肥时,已过午饭时间了。执掌省城一家大单位帅印的中学老同学李永东打来电话,问我到哪儿了。他发了一个位置,让我导航过去。

　　我辗转找到那儿,是一个公园,午后无人,我肚子饿得叽里咕噜直叫,不见一家店铺。这家伙怎么把我导到这么一个地方?此前,他几次跟我要刚出版的《茶溪听雨》一书,说是送亲朋好友们。我跨越长江到省城老远跑来,却连只兔子也看不见。我拍照发微信,他未回复,打电话也未接。

　　山中虽然时光走得慢,光阴于我也还是珍贵的,心里有些不痛快。

　　正犹豫不决时,李永东打来电话,说午饭后到公园散步,刚走路回单位了,让我去他单位。我当记者时为老百姓的诸多事情奔走,从不怵任何领导与单位,为自己的事却极难低下头来。一个叫盛作年的同学曾说我:"脸皮很薄,骄气挺足,容易惹事啊。"

有一次,我路过李永东办公楼下,心血来潮要上楼去看看他。埋头往里走时,大楼保安让我出示证件登记,我们口角间竟动起手来。当时正值下班高峰,李永东闻讯来不及等电梯,一口气跑下十几层楼过来拉住我,把我带上楼。他喘息半天,说:"你啊,一点委屈都受不了,以后要吃大亏的。"

果真没几载,我在巢湖险些命丧黄泉,他闻讯后痛心不已。待我重回人间,他专门宴请那些为救我性命奔走的人。酒多了,他当众痛骂我一顿。当时在场的报社总编辑丁传光回报社对我说:"你这个老同学真够处,我看到他骂你时泪水都在眼眶里打转。"老丁比我年长,我们都是农家子弟考大学跳农门的。他一再叮嘱我:这个老同学你要珍惜。

午后的阳光里,去找寻老同学的路虽然不短,思量着这些陈年往事,心倒也慢慢静下来了。

车刚停稳,守候在楼下大门口的李永东大步走上来。他招呼身边两个小伙子说,"请你们帮搬一下书。"他对我说,在等你的时候正好看到小伙子们,请他们帮两个老头子一把。上楼到办公室,他倒水泡茶,拿出两本书送那两个年轻人,说:"从今天下午开始,办公室来人就送书,直到送完为止。"他让我给他一个卡号,转钱过来。他捣鼓手机转款时,我才喝几口茶。他说:"你看看可转过去了?"

不看则已,细一瞅数字,我站了起来,忙说:"你搞错了吧,伙介,转这么多干吗?"他给我杯子添点水,说:"伙介,我们老同学中只有你一直坚持写作,能在作家出版社出版著作,也不是谁想出就能出的。老同学们都期盼你多写写我们故乡,记录那些故人与往事。父母亲不在人间,我们都成了漂泊在外的游子。往后能从你的著作中重回故乡,也算聊解思乡之情吧。"

今年清明节,我们金牛同学相约回母校,参观孙立人纪念馆时,大家感慨孙将军是文武兼备,连书法都那么有功底。李永东当时说,"我们忙于经商、生计,都没有系统学习过传统文化。现在只有老何著书立说,算得上是个文化人。"当时,老同学们也跟着他附和,我被搞得很不好意思。

现在,他再次这么一说,我们俩都沉默起来。

清明那天,我们中午在镇上饭店一起吃饭。酒过三巡,这群当年金牛中学的优秀儿女,不由得感慨:无论为爱情如何疯过,为梦想曾经多么轻狂,父母在人间已经走个过场了,往后余生漂泊在外的我们都要保重自己。那天中午,我们举杯敬了过往,相约晚上再聚。

我妻子怕我再去寻醉,午饭后悄悄带我重回江南山里。当晚接到薛荣年等几个老同学的电话,询问:"伙介你在哪儿?快来干饭。"儿时伙伴们句句乡音回响耳畔。沐浴他乡月光,低头思量故乡那轮月亮。是的,不管我们背着什么样的行囊,行走多远的地方,故乡总在我们记忆的深处发光发热。

  这个午后，两个儿时老同学沉默许久。我喝光杯子里的茶，婉拒他再次添水，便转身离去。李永东送我到楼梯口，也没有说话，我只感觉到肩上似有担子挑着。

二〇二三年六月四日　合肥

第六辑　回到东圩埂

回到东圩埂

今天上午,我从江南九华山中回到了生我养我的江北圩区陈垱圩东圩埂。

乡村正值农忙,家门口看不到一个闲人,只有树荫下两条小狗冲我叫了几声,然后懒洋洋地睡下。我家老屋小院大门"铁将军"把门,以往遇到这种情况,我只要往圩埂上人多的地方去,母亲一准在那人群里说笑。我给乡亲们散烟递水果时,母亲笑吟吟地说:"不陪你们聊了,我儿子回来了。"这次,我知道,人再多的地方也找不到母亲了,便也没急着去找钥匙,独自在门前台阶上坐一会儿。

门框两边原先的两个灯笼只剩下右边一只,成了鸟巢。从灯笼下方地面的鸟屎来看,这巢中一家子数量不少啊。记得有一年春节前外甥们要更换灯笼,母亲拄着拐杖过来说,"那灯笼里还有一只小鸟没有飞出去,你们不要毁了它的家呀。"外甥们爬梯子上去细瞧,灯笼巢里果然有一只羽毛未丰的小鸟伸头看他们呢。外甥们乖乖停下手中的活计,笑嘻嘻地走开。

更远的记忆中,连年春天里,燕子都到我家屋梁上筑巢。那时家中吃饭的大桌就摆在燕巢之下,刚生下来的小燕子屁股挪到窝边拉㞎㞎,往往掉在桌子上。父亲便将桌子挪到墙边,每天细心地将燕子巢下的㞎㞎清理干净。我有时春夜读书,打瞌睡醒来见父亲还没有关门睡觉,他轻轻地说:"燕子妈妈今天飞远了,还没有回家。"我也莫名精神起来,一边读书,一边静候燕子归巢。十一年前,我们给年过八旬的母亲翻盖这个徽派四合院时,母亲唯一的要求就是能让春燕进屋筑巢。新房落成的一个春日场景,让这个小院溢满了笑声。一只小燕子从屋梁上掉下来,恰好被眼疾手快的外甥女接住了,众人像欣赏新生儿一样抢着看这个乖宝宝。可怎么送小燕子入巢却难倒了众人,它的安危成了最大的牵挂。后来,还是三姐夫从邻村人家扛来长梯子,捧着燕子放回窝里。

如今,燕子春天依然会飞来东圩埂,门前灯笼还是做了鸟的家。只是,我等不到、看不见带我来这个人世间的父亲与母亲了。

我坐在台阶上给堂弟大存打电话,他说正在圩心撒稻种,马上让人送钥匙过来,约我中午去他家吃饭。我还没走出东圩埂时,记得生产队人耕种百十亩稻田,让圩埂上百十人口得以苟活下来。如今,东圩埂后生外出打工,年老的也随儿女进城带孙子孙女,农田都搁圩心了。大存一家租种三百亩水稻田,风调雨顺的年份,收成还说得过去,逢上暴雨与洪水,颗粒无收也是欲哭无泪。我在江南山里这几年,他每年都带儿子下江南看望我,他希望儿子跟他后面侍候农田,有时也让我说说大侄子,他儿子却只笑不答。

钥匙送来了,打开院门,院子里一片荒草。送钥匙来的是位年老的妇女,头发蓬乱,脸很瘦。她佝偻着腰,声音极低地对我说,"村里干部说一会儿来人割草,清理干净。"哦,院子外面门头上挂着"村史馆"牌子。我拿出一袋江南的咸鸭蛋给她,对她说,"没事的,下午我来清理院子,你们忙田上的事情吧。"她怔怔地看着我,说:"大玉子,你还记得我吗?"我愣了半晌,一时想不起她是谁。她一手拿鸭蛋,一手扶着门框走下台阶。我忽然想起来了,她是这条圩埂头上一个老叔的妻子,许多年没见,苍老如斯。记得她年轻的时候在打谷场上翻跟头,从这头一直翻到那端,再往回翻。乡亲们放下手里的活计,跑来拼着命叫好。群声激荡时,她稍歇息,又沿着打谷场翻跟头,像极了一架纺车在风中转圈,那根黑油油的粗长辫子能舞出风声来。她翻一次跟头,能让乡亲们开心好多天,穷困的日子少有这般热闹。岁月真的不曾饶过谁,这些天我去圩埂那头看看她与老叔。

妻子从车上拿下来烟酒茶叶,合计着给谁家送些什么东

| 东圩埂 |

西,我只管搬下带来的书,烟酒茶叶现在家家都不缺,谁来了谁拿呗,用不着烦神分配。我们将从山中早上刚买的黑猪肉与新茶送到大存家去。弟媳慧荣在家忙活,我妻子递上礼品时说,"这些天你们烧饭时多加一把米,大玉跟你们家搭伙。"慧荣说都是自家兄弟,不用客气。

我回老屋收拾,家里长久没人住,断水断网。我拿块干布擦桌椅上的灰尘,擦完我拿起床单准备去水塘洗洗,满圩埂却找不到下到水塘的路径。临近中午,圩埂上连个人也问不着。我小时候门前的小河沟,水清亮亮的,妇女拎着竹篮淘米洗菜时,竹篮里总能捞到一些小鱼虾,老远听到河沿边有女人的笑声时,便知道她们的竹篮里又游进了鱼虾。那时候的夏天,这条小河沟里全是我们圩埂上的伢们,我们从圩埂头上比拼着往河里跳,潜入水底看谁憋气时间长。

我的左膝盖上有一块大疤,就是那时从圩埂头往河中跳时扎破留下的。大存的哥哥与我一般大,夭折了,弟弟淹死在小河沟里,后面的小弟取名叫"安定",十三四岁便独自在外谋生。上一次与安定见面还是五年前,四伢家刚考上大学体育专业的儿子去学校报到的路上出了车祸,不幸惨死,我与安定在火葬场送别这个不幸的侄儿。我是很欣赏这个阳光大男孩的,他是东圩埂上的希望之光,也是我们宗家的未来之星啊。他上大学我还帮他争取到阳光助学行动的五千元助学金。那年秋季,我特地邀请大存、大富堂弟,陪四伢夫妇到九华山小住，我陪他们喝酒，开导他们。后来听说他们去上海做了人工受孕，弟媳生下一个女娃时已年近半百了。听大存讲，安定也当爷爷了。

东圩埂上的前辈人走得所剩无几了，晚辈中如四伢儿子那般健康阳光的后生也不幸走了。安定都当爷爷了，四伢不是又有了个闺女了嘛，悲欣交集，生生不息。只在故乡待了半日，我就少了许多未回来之前的胆怯与悲伤。我到我的故乡——东圩埂，生活些日子，沉浸于往昔的故土乡音里，打磨我在外流浪途中写成的《东圩埂》一书。

我能新生，《东圩埂》就能注入新的生命。

二〇二三年六月七日　庐江东圩埂

东圩埂晨曲

早晨,东圩埂树梢鸟儿们的歌声唤醒了我。这些天,圩心大片麦子正在收割,鸟儿们挨过了苦日子,嗓音格外婉转动听。看窗外,天才蒙蒙亮。这些年,我在江南九华山里养成习惯,早上醒来即起床捧读一本诗书,滋养心田。迎着晨光朗读,总觉得走进的又是一个美好的日子。

回故乡的这第一个早晨,醒来却不想起来。昨夜独自睡在老屋里浮想联翩,夜间闻窗外落雨声,披衣去走廊上坐了一会儿。圩埂上这三间老屋基,还是我老太太手里建的,她的三个儿子成家后一家分得一间屋。我的爷爷何辅财是家中长子,分得了中间的一间。十一年前的仲秋,大富将他爷爷传下来的那间老屋转给我家。中秋刚过,我爱人指挥挖掘机,推倒三间老屋,深挖地基,翻盖起这座小四合院。

这三间老屋,历经圩埂上何家四代上百口人烟火熏染,到我手里才有了这么一个小院。三年前谷雨时母亲离世,我们又都在外地,小院日益冷清起来。荷池漏水,荒草蔓长,唯有那棵我亲手栽的桂花树撑起一片华盖。万物寂静,听雨唱歌。虽然曾经的悲欣都已如风而逝,透过午夜雨帘,遥想那些渐行渐远了的先辈、父母和姐妹,还有长我一轮只在人间待过七个春秋的哥哥,何家几代人苦难的血泪早已渗进这片泥土里,气息尚存。

其实,人世间哪有不散的宴席呢,所有的相遇都莫过是一段光阴里的陪伴与守望。若要问:究竟要多久的陪伴才算得上长情大爱?缘深缘浅可能感悟得到,谁又能给出一个具体的长度来呢?最美的遇见里,即使是血脉相连的人,用尽全部力气和勇气去守望一份期待,到最后依然是一场场离别,没有谁愿意提前离场。听我母亲说,我七岁的哥哥饿死前紧紧揪住了她的衣袖,怕也是舍不得离别吧。

昨天回来时,圩埂上的人都在忙活,见到的人没几个,更没人有空陪我说说话。午夜的雨停了,我本想点几支烟,斟三杯酒,敬那些过往这片故土上的亲人。他们都已在人间走了个过场,我亦未能坚守渗透他们血泪的这片故土,连自己盖的四合院也丢在故乡,成了漂泊他乡的过客。他们无论行走多远,离别多久,甚至有的人在人世间我们都未曾谋过面,可我依然相信:如若有灵,他们还会护佑着这片窄窄的故土。

这么想着，我心稍安，又回屋睡觉了。

这个早晨我没有起来晨读，我隐约在静等另一种声音：刮锅灰。我们儿时早晨睡得正香甜的时候，各家管事的女主人先后起床拎着铁锅到圩埂头上倒扣过来，拿着锅铲刮锅底灰。那更像是由贤惠的妇女们合奏的东圩埂晨曲，最初由一位或两位启奏乐曲，那是金属轻击金属的声音，清脆而有力量。继而有更多的声音响起，忽轻忽重，忽长忽短，时而合奏，偶尔有尖溜溜的金属声长响，那可能是新嫁东圩埂上的新娘还没摸到晨曲门道。晨曲高潮时，圩埂上的公鸡"喔喔喔""咯咯咯"加入进来。演奏到这个乐章时，男人们便起床了，接着就是我们伢们被大人赶下了床。

这个早晨，我期待中的晨曲没有响起。昨晚去大存家吃晚饭时，我还见到东圩埂五叔九十四岁的妈妈坐在门口，她已认不出我来了。我把钱塞进她的口袋时，她似乎想起来了："大玉子吧，你又给我钱了。"她与我母亲同一年到东圩埂上做童养媳，那年我母亲九岁，她才七岁，两个苦命的人相邻相守东圩埂超过八十个春秋。她们俩能从那首"东圩埂晨曲"中，听出是谁家的锅在响，谁家媳妇的心情是喜还是忧。一丝忧伤掠过我的心海：那些当年晨曲的演奏者如今大都凋零了吧。仅存的五叔的母亲差点连我也认不出来了，可能更记不起时常回响在游子梦里的那首"东圩埂晨曲"了吧。

满满人间烟火气的"东圩埂晨曲"已成了遥远的回忆,那我就走下圩埂,沿着圩心乡间草田埂走在希望的田野上,感受故乡久违了的自然晨曲吧。

二〇二三年六月八日　庐江县东圩埂

| 东圩埂 |

守望一份美好

我彻头彻尾成了故乡的游子,漂泊在江水之南,这还是第一次在故乡东圩埂老屋里过夜。更深夜静时听窗外雨声响起,猜想故人可否乘雨而来,我好隔着时空听他们聊聊圩埂上的往事,我也说说现在的心事。这一夜,什么也没能遇见,待窗外有点亮光时,心里反而有些失落。

我起床穿上布鞋,往裤兜里揣了几包香烟,走下圩埂到圩心希望的田野上,看遇见怎样的乡村晨光。

圩心的田块,早已不是我在家乡时的模样,甚至都不是前些年的样子了。我外出谋生,每年春节后离别家乡前,总会用半天的时光到草田埂上走走,核对一条条田埂上的儿时账单,可能也在告诫自己就是个"草根"。路遥千万里,要记得自己是从哪条草田埂上走出来的。半世零落,命运多舛,归来故乡重走田埂,或许也是种治愈吧。

"格田成方"由纸上名词移至圩心一望无际的田野。沟渠坝埂宽可行车，路面浇筑水泥，路随沟行，沟渠纵横相通，清泉般的水汩汩流进刚收割完麦子的地里。举目远望，天空中的云彩，像是天宫织女们晾出夜里赶织出来的一批彩锦，与圩心大片绿油油的秧苗，还有麦田里镜子般水波相映衬，彩锦落入田间地头，天上色彩在变，田里模样也在变，眨眼间便有了新样。这幕美景，可能是"天上人间"在乡村田野最本色的正解。

小风微拂，忽有一丝不易察觉的清香袭来，那是水沟里错落有致田田荷叶的体香。不用思索，我就认出来这片荷叶边上那块小田正是父母亲从前耕种的自留地。我刚上石头初中那年，东圩埂人在那里深挖开一口很大的水井，周边用从金牛山上一块块挑来的石头垒砌，井底隔两年清一次淤泥，从马槽河捞来沙子撒下去，这便成了东圩埂人的吃水用井。家家水缸边再找不到用来让水清澈的明矾了，得怪病的人明显少了。东圩埂上的男人，终于有活过六十岁的了，我的父亲也活到了六十八岁。

后来分田到户，各家自打了一些压水井，这口水井便失去了作用，连年淤积失了旧时的风采。我母亲在井台四周栽些瓜果，搭上架子。瓜果虽好，我还是担心孩子们来采摘瓜果滑进那井里爬不上来。母亲乐了，"你还以为是你们小时候半夜偷人家西瓜呀，现在哪家没有瓜瓜果果，伢们嘴都吃刁了。"这井台四周成了母亲的瓜果园，每次晚辈回东圩埂都要来采摘些时令瓜果蔬菜带回城里。我初到江南时,见随处可见荷叶,还曾对到江南看我的堂弟大存、大富说,从江南挖些莲藕回去栽上,一条圩埂上都是何姓人家,岂能没有荷花呢?如今,见此片片绿荷,也是如愿了。

继续往圩心走,路面上不时看见有一摊摊的小螺蛳,可能是起早收虾笼的人丢弃的。等太阳出来了,这些水中小生灵就遭殃了。我弯腰捡拾起那些小螺蛳投入水沟里,大自然已给了我们丰厚的食物,我们当彼此爱惜才好。从前,轮到谁家的父亲春耕犁田时,犁把上都要挂着一只篾篓,收工回家篾篓装着泥鳅黄鳝。昨天大存说,现在用旋耕机深翻细耙麦地,麦田先放足水,一台旋耕机一天能将百亩麦地整理成稻田。我特地去察看旋耕机的样子,一圈圈弯刀密布,轮胎高过人头,几十把弯刀齐刷刷从泥土中梳理过后,哪里还有黄鳝泥鳅的存身之处?

从前慢,慢得一辈子只够爱一个人,这样的慢生活已被一把把"弯刀"搅碎了。以前,我在城里见着人们总是匆匆的模样,一些人跌倒在路上便算是在人间走了个过场。我逃离都市闲在山林间,越发觉得城里匆匆模样的人更像成群搬运粮食的蝼蚁,说是拼搏出个美好人生,实则很多人连一个普通的日出朝霞与落日晚霞也没有细心欣赏过。现在,乡村也科技起来,到底是科技帮助我们征服大自然,还是我们利用科技无情地戕害了大自然?

故乡的清晨，阳光还未完全洒满圩埂上下，草尖上的露水湿了我的布鞋。我走上圩埂，见到几位长者，掏出裤兜里的香烟递给他们。原本想走走那条我曾日日走过的上学路，到小河的那边看看。草深树长，走不进去，只得折身而返，回到老屋院内。泡怀清茶，换了汗衫与鞋，摇一把芭蕉扇。在手机上写下这个早晨的微信：

人生在世，哪里用得着百年。只要是在人间走个过场后，随后就彻底尘归尘土归土，就如同从来没有来过一样。即使是浓于水的血脉亲缘关系，也在一场场目送中徒留下声声叹息。

感恩遇见，致敬彼此。相逢遇见时就好好善待，不怨不怒，守望一份美好，哪怕是片刻间的美妙，尽可能不要去伤害。谁来人间一趟不是遍体鳞伤，还有数不尽的委屈？这么一小段时光里，哪里还忍心去伤离你最近的人？

我住在老屋，回望故乡，轻轻浅浅地写就这般模样的文章。不为传世，只为记忆。我的乡亲、高校党委书记朱灿平先生赞曰："东圩埂晨曲是穿越时空的奏鸣，萦绕心灵，经久不绝！"

这里的"彼此"犹如"众生"，并非完全指人。见众生，见天地,见自己,善待自己,也要心怀慈悲。和光同尘,与时舒卷,一身披晴朗。

二〇二三年六月九日　庐江县东圩埂

故乡的原风景

这几天太阳热烈,温度步步升高。清晨,天才蒙蒙亮,我在故乡鸟儿的歌唱声中醒来,走下圩心还没走完一条草田埂,草尖上的露水便打湿了布鞋。乡村的晨光里,走在阡陌纵横的田野上,故乡的原风景里总能遇见很多美好。

一连几天早晨,我都在鸟儿的歌声中走下圩心,用脚步重新丈量魂牵梦萦的这片土地,重温儿时那些丢失在泥土里的记忆,核对一个个模糊了的细节。我离乡在外谋生几十年了,再回望故乡,父辈那批人差不多都不见了,甚至更年轻的同辈也有人离别了人间。我怀念他们,不只是熟悉他们,更因为他们就像一个个活色生香的路标,承载着我儿时成长路上的欢喜。翻检从故乡背走的行囊,纵使装过千山万水,人间悲喜,仍然觉得最弥足珍贵的,还是少年时这片土地上的所有记忆。

故乡的太阳公公、婆婆还没有起床,田埂草尖上有多少

| 东圩埂 |

露水，天空里便有多少云彩。云彩随风飘移，不断变化颜色与阵形。或许，织女们忘记收回晾晒在天空上的彩色衣裳，这便有了故乡天空满满的云霞。我想找一个确切的词来形容故乡清晨天空中的云霞，"云舒霞卷"可能再合适不过了。宋人张孝祥《水龙吟·望九华山作》有句："云舒霞卷，了非人世。"苏东坡《芙蓉城（并序）》中也有"云舒霞卷千娉婷"句。

我故乡的云舒霞卷里，更有许多的生动。

看，那刚收割过的麦田，新灌上了水，勤劳的人仿佛一夜之间便将麦地深翻细作成了水田，就等播撒稻种了。微波轻漾，水本就容易生情，清晨这一刻，成群结队的白鹭栖息在水田里，各取最美的姿势像一个个生命音符，恰好栖息在那里，圩埂上的绿树房舍做背景，如诗似画。我前行时，步幅越来越小，唯恐弄出响声，惊醒了这些贪睡的生灵。就像我们误入一片芳草地，蓦然发现那些沉浸在热恋中的少男少女，不由得轻脚轻手走过。

天上云舒霞卷，田里静默安宁。

尚有些微凉的晨曦中，田野间看不到一个农人。他们与田野天天相守一起，早已摸透了田野的脾气，抑或是不忍心搅了孩子般余梦未醒的白鹭们，更不想碎了热恋中的白鹭那初始的觉醒。我在走下圩埂时，已将裤兜里的几包香烟递给了早起的乡亲。退休的乡村教师大明哥，自耕三亩稻田，还有一块菜地。他六十八岁的模样，宛如城里的中年人，稍黑的皮肤，硬朗的身板。他说，"种田为了出汗，没有力量的躯壳活着有什么劲？"这不就是很多人离别故乡远走他乡逐梦的诗吗？昨晚，我在镇上喝酒，儿时同学显胜带女儿开车接我回东圩埂。这个早晨，显胜在省城当老师的漂亮丫头正陪妈妈给山墙根下的玉米松土浇水，玉米一根根立于墙面下，就像城里孩子绘出的童话乐园的样子。

六月乡村无闲人，只是这样的晨曦微光里，他们多荷锄在圩埂下自家的菜地里忙活，顺带掐够中午吃的菜蔬，任这广袤的田野静默，给静享安宁的其他生灵把梦延伸得再长一点点。

我小心翼翼地从草田埂上移步水沟堤岸，往西圩埂走时，草丛里扑棱棱飞出两只山鸡，惊起三只白鹭飞离水田，翅膀在空中划了个漂亮的弧线，轻触到离地很近的云裳彩霞，又落在水田里，水面漾出一圈圈波纹。

还好，还好，没有惊扰大群白鹭的晨梦。

我要去西圩埂上看看，那条圩埂上曾有东屋、桃源、张拐、殷桥四个生产队，隔河对岸便是樊荡小圩。我的三姐就嫁在张拐，住在圩埂上。那里水多，有时能逮些鱼。而我自小就特别喜欢吃鱼，姐姐家逮到了鱼，总会喊我去吃。世间事若是离开事发时的背景，往往觉得不可思议。吃鱼就那么稀罕吗？那时节，唯有到春节前，车干圩埂下的水塘，逮些鱼分给各家各户，大概也只能做两碗鱼冻，过年时来人端上桌做个样子，表示"连年有余"。鱼，那时是用来看的，而非吃的。

前天早上，我快走到西圩埂时，五叔从田野里追过来，喊我去他家吃饭，五婶一大早杀了只老母鸡炖好汤了。五叔比我小三岁，小时候与我睡一个被窝。他家儿子跟我同辈，自小就是个"玻璃人"，稍不注意就流血不止。十一年前我回东圩埂盖四合院时，五婶生大病，与她前后生同样病的几个人都走了，她还活着。我心情沉重地吃着那顿早饭时，五婶说："我不能死，儿子需要妈妈照顾。"她说起我妈妈活着的时候对她的种种好来，劝我说，"东圩埂是你家，你妈妈不在了，谁家锅里的饭你都可以吃。"我妻子前两天还开玩笑发微信说："你别把东圩埂的鸡都吃光了。"

五叔的妈妈与我母亲同姓王，又同一年到东圩埂上做何家的童养媳。五叔还说我给他妈妈钱，人老了也不知怎么花了。能够活成一条圩埂上最年长的人，总是要尊敬的。况且，我们小时候常听她们说许多故事。她年轻时每到冬季，从圩埂上看圩心白浪浪的一片。人们测量积水的深度，思量着开春后要架多少部水车，车多久的水。那时分级"接龙"车水，把圩心的水抽往圩埂外的小河里。歇息一个寒冬的人，身子骨还未曾活动开，便昼夜歇人不歇水车，车水排涝。我母亲从不提车水的往事，因为她与父亲在外车一天水，晚上进家发烧几天才七岁的儿子便死在她的怀中。这种伤痛，母亲到晚年还常提起。

我走到西圩埂下，有一处泵站，是将陈垱圩心的水往外排的。前天下午，村支书何锋林开车带我将三个圩口转了一遍，观看了每个圩口的排灌站。圩内积水到一定界限时，站内排水设备自动启动，水位降到安全界点时自动关闭。先辈们春季两三个月架水车成"接龙状"往圩外抽水的场景，永远留存在记忆里了。

登临圩埂头上，我摄录一段内河两岸的场景，发给我的外甥，还有远在上海的张荣霞。张荣霞是我"茶溪听雨"公众号的新微友，她老家就在圩埂河对岸的樊荡圩心一个小墩子上，她留言称："儿时记忆中最恐慌的事情便是洪水，一破圩不仅颗粒无收，房子里面还会进水。"

手机没电了，忽闻内河有水声，缘水声见一落差处，一只鸟儿伫立在岸上，有鱼缘水而上跃出水面时，鸟儿很准确地啄到小鱼吞下，而后又默守机会。我分明看见不时有大鲫鱼跃跌在岸边滩地上，突然有冲动要下内河去逮鱼儿。

这次回到故乡，无论哪家请我吃饭，桌上都有大盆鱼。他们说，现在很多内河禁捕，鱼儿多得都快成灾了。前些天雨水大，有人在桥上随便撒网，一网竟拖上百斤鱼上岸，大鱼有十多斤重。一人一竿允许钓鱼，小半天工夫就能钓上来二三十斤鱼。我生出馋样子来时，他们笑说："水质不好的河里的鱼，我们嫌腥气太重不好吃，还不吃呢。"想到这里，我还是打消了下水沟逮鱼的冲动,再瞧那处岸边,小鸟儿不知什么时候飞走了。

露水湿了鞋子,好在太阳公公起床了,将阳光洒在圩埂内外,鞋子渐渐干了。下得圩埂往回走,一种强烈的感觉涌上心头:故乡的草田埂,才是天下万千大道中治愈游子漂泊心病的最好的药。路遥道远,梦想破碎也好,梦境成真也罢,回到家乡的田埂上走走,总能遇见美好,遇见更好的自己。

回到老屋,我给手机充上电。外甥赵亮回信息说:"舅舅,我看到我们家旧址了。"去年初夏,随他在城里生活的父亲弥留之际,他将父亲带回老家西圩埂旧址上,父亲看了一眼那片土地,才咽下最后一口气。我后来写了一篇六千字的文章《三姐夫》,一个算得上最强壮、还有些雄心的人,至死也还要再看一眼故土,尽管那条圩埂上早没了人间烟火。

张荣霞也从视频截图上用箭头标出自己家的位置,她一再致谢我让她看到了儿时的家园,缓解思乡之情。她随后发来一段文字,用在微信上推介我的"茶溪听雨"公众号:

"有幸与作者住同一条河的两边,关于家乡的文字很多人写过,关于农村的人和事还有关于村民的境遇,还是何先生的文章最深得人心。粗看朴实无华,细看皆是洞明世事后所得。时不时在文中遇见熟悉的地名、校名甚至人名,故乡,终究是漂泊在外的人的精神家园。"

外甥还年轻，已能体谅其父心情，帮其了却最后的心愿。我读过的石闸小学、石头中学，河那边的张荣霞后来也读过。只是我考大学走时，她可能还没有出生，我没有见过这个远在上海的小老乡。她能从我的文章里读懂自己的家乡，写出这般美好的文字。故乡有句老话"一河两岸的人都不孬"，她无疑是优秀的。

我们谁也不能责怪自己生命初始的地方，善良的乡亲们给过我们快乐，艰难的生存条件给了我们经历，最糟糕的历练让我们茁壮成长。我们走出家乡，生命能修得几分完美，尚能勇敢面对挑战，敢于迈步从头越。这种状态与骨子里的坚强，可能早在故乡时就已经融入生命了，成为我们此后不变的生命底色。

二〇二三年六月十一日　庐江东圩埂

| 东圩埂 |

田埂上的那晚星光

　　太阳落到西圩埂河那边的樊荡圩去了，晚风还没有凉下来，夜色尚在路上。待在老屋写作一天，我起身掩好柴门，去圩心稻田埂上守望今晚的星光。

　　我走下圩心时，不时有人跟我打招呼。我只能远远地看到水田里忙碌的一个个身影，却辨不清他们是谁。而他们一个个老远便挥手喊出我的乳名："大玉子，等一会儿晚上到我家干饭。"我未出门前，堂弟已打电话约我吃晚饭，担心又要喝酒，带一身酒气去麦地看那轮圆月，恐怕有失敬意，便推说晚上有事。一路上我谢绝了乡亲们的盛情。

　　离别故乡谋食在外我是游子，归来东圩埂在乡亲们的眼里，我还是个归客。

　　我这才明白故乡的傍晚依旧和我儿时一样，总是忙碌的。暑气渐消，晚风凉了许多，乡亲们趁最后一抹亮色，撒稻种、收拾田拐地头。幸好，我只是去稻田埂上走走，若是去赶一场青春约会,还未曾见到月色下的佳人,倒早被这些乡亲们撞破了秘密呢。

这次回乡本想约儿时伙伴,一起去圩埂间的大塘里洗一回澡,劈波斩浪再回年少时光。刚回来那天早晨,我还特地去看了多少次出现在梦中的池塘,洗澡、扎猛子、摸鱼,甚至还抓到过一只老鳖,把从塘泥里摸到的臭鸭蛋放锅灶草灰里烧熟了吃,治沙鼻子……

草深露重,树密水浑。儿时承载过我们欢乐的那方池塘,原本两端都是流动的河流,源头活水来,清流淌出去。而今,两端的河流早堵塞了,清澈的池塘成了一湾浑浊的死水,与我一样也老了。

相见时难,想一如当初我在你怀抱里欢畅,你在我手心摇晃,相拥相溶,怕也只能是不再拥有的一场遗梦了。

忆起那时圩埂头上最开心的事情,莫过于谁家娶新娘或嫁姑娘。嫁出去的姑娘泼出去的水,热闹倒在其次,最热闹的便是圩埂上有男人当新郎官,娶回别处的姑娘。迎亲的男人们起早拿着系了红头绳的扁担去女方家,吃了午饭,喝透了酒,满脸红通通地抬着新娘嫁妆,有说有笑回到圩埂上。我们钻在人群里看热闹,渴望自己尽快长大,扛着扁担挤进迎亲队伍里,也喝得满脸通红的。那时少不更事,问大人结婚干吗?大人笑说:"暖被窝。"

我未能在圩埂头上挑一回迎亲的担子,甚至都没有过一场约会，便离别家乡外出求学、谋生。转而归来，虽然早已不是当初的少年，可这个晚上，我还是期盼如同赴约途中的少年一样，怀揣一份美好去稻田埂上看天上的星星，等待月亮升起来。

　　天边收起最后一抹晚霞，将整个天际都让给了夜色。抬头仰望星空，银河里星光灿烂。我在寻找北斗星位置时，西圩埂上一溜排灯光亮了起来，整齐而又耀眼。我已离别太久，这样的阵势与光景，莫不是今宵夜色里有我儿时的月亮要从这方土地上经过？恰巧让我撞了个满怀。

　　我辗转人间，寄身江南九华山里后，愈来愈喜欢独自待在夜色里。夜幕极温存地掩盖起白天所有的伤痛与烦琐，隔断我们与那些光怪陆离的尘事连接，微风轻拂，将无边无际的温柔给了我。那样的时光里，我满心欢喜，又有些惊慌，就像突然间涌来太多的幸福，自己怎能承受得起啊。

　　一个声音一遍遍地问："你想要什么？给你。森林和山谷，可不可以？"还未能做出回答，月亮不经意间从哪座山的那一边露出了笑脸。月光如水，荡涤尽心头万般琐碎，心便静了许多。这个时候扪心自问："我还想要什么？"便觉得自己早已太过奢华，独自尽享这森林山谷，还有无尽的月光。

　　夫复何求？

　　今晚的此时，我跨过小河上的桥，拐入一条稻田埂时，夜色稍浓起来，四下旷野里不见行人。他们此时大约和家人闲坐，灯火可亲。白天的太阳催长万物，欲念潜滋暗长，人也劳心劳力。而月色星光，像是专门抚慰人心的，平复心情，去除杂念。

刚才刹那间，还为年少时未能在这田野间有过一场约会而稍感遗憾。此时的星光下，便觉得自己还是贪念了。殊不知，生命中的诸多美好，尘埃之上的光明都让我遇见过了。我能熬过谋食、谋爱路上无数孤独的时光，正是故乡曾经的月色星光浸润过我的身心，给我希望，温暖我心，也让我坚强。

我还想要什么呢？

我徘徊在故乡的稻田埂上，只是这样的夜晚，田野里居然没有蛙鸣声响，倒是此前路过的一处荷塘边，有蛙鸣虫叫。儿时这样的星光月色里，我们挑着自制的煤油灯，照亮早稻秧田水面，发现出来觅食的黄鳝泥鳅，伸手抓进篾篓里。在垸区长大的孩子，能攥紧拳头时，便能抓住又滑又有劲的黄鳝。

低头在稻田埂上徘徊，此时的夜风轻柔而又凉爽，每一阵风过，宛如一双纤纤玉手抚摸着肌肤。我正仰望星空找到了北斗星的位置时，扭头忽见一弯下弦月从正南边的金牛山升起来了，月色如银，此身似梦。梦想着一份抵达的美好，揣在心里很重，背在身上很轻，捧在手心很暖。

人们常言,水能生情,而月色星光又总是承载太多的愁绪。故乡的水塘已下不去了,梦就遗落在那汪池水边了。我一直没有去看故乡的月色星光,就怕惹动了离别的伤感。这把岁数眼泪抹不干,会不会惹人笑话。此时在稻田埂上仰望浩瀚星空,这轮下弦月是从金牛山南升起来的,山那边恰好就是我跳出农门的校园,我从那里出走故乡,见识了外面世界的诸多风景,始觉今晚故乡的星空下是如此无与伦比的美好。

我伫立故乡的星空下,沐浴着儿时就曾见过的这轮下弦月的光,天亮后我又要漂往他乡,继续此生大约完不了的漂泊。我当然知道此生必死无疑,却也心无所惧。因为,我还能怀抱梦想,就能承受孤独,并在孤独里开出花来。

二〇二三年六月十二日　庐江东圩埂

荷塘还是要有的

东圩埂原先是有荷塘的，那口荷塘就在我家往北隔着大富、三奶、华哥、老广四家的圩埂拐头。那里是两条圩埂间内河一个很小的河湾，水从南头来，清流向北去，拐两个弯流入白石天河，汇往巢湖，乃至通江达海。

我们儿时，见到圩埂头上的妇女下河淘米洗菜，总能引来许多鱼虾啄食、咬手。后来人们挑土撮条内河小埂，将那段稍宽的河湾北端填高做了旱地，也不过两三亩地，每年冬季种些小麦。春夏青黄不接时，那块麦地收些麦子，让断炊人家的烟囱重又冒出烟来。麦地南端一段河湾土被挖走，便成了塘，取土太多，积水自然很深。有一年春天，当木匠的德长叔从舒城晓天山里带回来藕种栽进塘里，这便成了"荷塘"。

荷塘水清叶美花香，在东圩埂孩童们的眼里存储的都是无限的美好。和我先后走出东圩埂的后生，想来还是幸运的。因为，记忆中有这口荷塘满载着家乡那股原始清香浸润过我们的身心，我们自小就对之心怀敬畏，水性再好、再顽皮的孩子也不下荷塘洗澡，可能潜意识里谁也不想泥猴子般的身体脏了东圩埂的水口。

我成了东圩埂上第一个大学生外出求学后，陆续迁移到圩埂北头的人家多了起来，他们愚公移山、精卫填海，荷塘越来越小，夏天也不见了荷叶。我那时回乡探亲，曾说过尽可能保留荷塘，风水学里称"山管人丁，水管财"，圩埂间的内河已填实掉了，东圩埂上一门何姓人家，怎可没有"荷塘"，不见荷花？他们一笑了之，戏说："一条圩埂头上老坟力气都被你拔掉了，还指望一口荷塘翻身？"

我端上公家饭碗，二十一岁还在单位当副科长，有人换算相当于部队副营长，是这条圩埂有史以来出的最大官，很多年里东圩埂孩子们视我为读书榜样。可是，连年没能再出一个大学生，乡亲们渐渐失望，孩子们也没了干劲。那时，圩埂南头二狗子在江苏搞工程，差不多半条圩埂上的男人与不上学的孩子都去他的工地做工。我的堂弟大存春节见到我时说："这条圩埂论学问你最大，论有本事还算二狗子，他带我们挣钱。"

有一年，同学显胜家儿子何帆在县城结婚，请我去喝喜酒，安排我与贵宾一桌。一个陌生人站起来招呼我，还说出自己的名字，我对不上号他是谁。他情急之下说："我是二狗子。"哦,按辈分他长我一辈,况且,此前他曾安排两台挖掘机到东圩埂义务挖塘筑坝埂。我让他坐上席,以示尊重。

旧的荷塘填平了,新的水塘挖出来了,只是还没有荷花。我叮嘱过一些儿时伙伴春天栽些藕种,那时圩心农田转给无为人种藕,藕种并不难搞。他们说:"现在藕连农村猪都不吃,种那东西管屁用呀。"是的,连猪都不吃的东西,或许存储着别样的美,还有看不见的用处呢。

东圩埂水塘里还是见到些零星荷叶,在我考取大学的第二十二年,华哥家儿子大希望考到武汉读大学,又过了些春秋,东圩埂上的大学生日渐多了起来。有一年,原先紧邻老荷塘的老广家妻子带着女儿去省城找我,这个与我同辈、名叫何雅琴的女孩考取了东北农业大学,我为她争取了五千元资助。她母亲用桶装些黄鳝带给我,我请她们母女吃饭,说了许多鼓励的话。今年春上,何雅琴考取公派赴美留学攻读博士。我兴奋之际,给她写了许多话,叮嘱学成归来报效这个国家,不能掉入利己的深坑里。她答应了。

我有三年多未回故乡了,一位友人路过东圩埂拍了不少麦田、村庄图片给我,甚至还有我家老屋紧锁着的大门。感慨之际,我发现东圩埂的沟塘里冒出了绿油油的荷叶,只是荷花还未绽放。我下决心归来故乡,浸泡在故土的气息里,给《东圩埂》一书注入灵魂,还想一睹久违了的故乡荷塘风采。藕是荷塘之母,有水有泥的地方,只要入了泥土,春风春雨里便长出根茎来，小荷冒出尖尖角，花之未开，荷叶逸致，菡萏成花，荷花以盛，尽呈美好于这圩埂内外。

我离别家乡在外谋生，数不清有多少次梦见这故乡荷塘，荷叶上立着一种绿毛红嘴的小鸟，啄到小虫或是小鱼便像箭一样飞翔……我在欧洲游历时，遇到一些年轻时从中国出去的华侨，他们说起各自的梦境，都称从没有梦到在国外的事情，全是小时候家乡的往事故人。童年的记忆与经历，深渗进一个人的骨肉血液乃至灵魂里，美好的童年记忆能治愈人的一生，而有的人却用一生的经历去治愈不幸的童年。

我算是幸运的，每次梦回故乡，除了梦到高考惊出一身冷汗，其他的乡梦里不乏荷叶的清香、儿时的欢畅。我应该感谢上一辈东圩埂人，纵使苦难贫穷，依然给我们一方荷塘，让我们看到美好，还有一片麦地，给我们活着的希望。我今回东圩埂，或早或晚，信步走在田野上，看那沟塘里的片片荷叶，心生欢喜，我们下一代东圩埂后生出没于青萍碧浪之间，沐浴清香原味里，还有比我们儿时更美妙的田园风光与星辰灯火。刻在他们心田上的少年记忆，应当比我们更美好。若是能唱响采莲词，吟诵出麦田守望的诗文来，待他们长大走出东圩埂，若流年有爱就心随花开，若人生情凉就守心自暖。

二〇二三年六月十四日

西瓜地里的月亮

我的老家有句俗话:"我们没瓜皮啃",原意是连瓜皮也啃不到,后来延伸到彼此间没什么瓜葛。确实如此,在我们圩区,各类瓜果都是稀罕物。

寸土寸金的圩心种西瓜是极奢侈的事情,谁能舍弃金灿灿的稻谷,而去种那可有可无的西瓜?

偷 瓜

我刚上初中那年夏季,陈垱圩心有人在高地种了很小一块西瓜,瓜秧扯藤时我们小伙伴心头就燃起了希望的小火苗,放学时喜欢绕到那片西瓜地边上走走,看着花儿朵朵开,瓜藤爬满了垄上沟里。我们心生欢喜,于是开始一分两分攒钱,期盼着这个夏天能在家门口吃上一片西瓜。有一天中午，我和大富、大永等小伙伴捏着攒了半个夏天的几角钱，顶着烈日去那片西瓜地。

中午太阳毒辣，瓜棚里几个人在乘凉，从我们走近西瓜地时他们就警惕地盯着，以至有两个小伙伴不敢上前。我攥着零钱，大胆走近瓜棚，还未等我说话，棚里早有人厉声说，"青天白日，你们敢来偷瓜，老子打断你们腿！"我赶紧说是来买西瓜的，把手板心里的零钱伸给他们看。他们连棚也没让我靠近，吼声"滚，滚远点"。

烈日下，我们钻进水塘里消暑，合计晚上去偷西瓜，以出心里憋屈的气。当晚，我们几个小伙伴守候到夜深人静时，悄悄顺着田埂爬近西瓜地。那时早稻抽穗了，我们匍匐在田埂上忍受蚊子的叮咬，一动也不动。直到下半夜，看瓜人睡了，我们悄悄潜入瓜地旁的水塘里，扎猛子触摸到瓜地边的塘埂，才从水里冒出头来。侧耳倾听瓜棚里传出的鼾声，我们从水里爬上塘埂，弯腰走进西瓜地。

月光映照下的瓜地里一个个滚圆的西瓜表面泛着一层亮光，夜风轻拂瓜叶，那点点亮光或隐或现犹如萤火虫一般。大富早已怀抱两个大西瓜，他摸近我的身边晃了晃头，示意赶快摘瓜走人。我慌乱间也摘了两个西瓜，跟着他们从塘埂边跑了。

我们一口气跑到安全地带，放下怀里的西瓜，大大小小加起来十多个呢。我们用拳头砸瓜，怎么也砸不烂，索性搬起来往田埂上掼，四分五裂后抓起来往嘴里塞，又忙吐出来。那晚，我们砸烂了偷来的西瓜，也不见有熟透的，胡乱啃了一些，困倦极了往家走……

卖 瓜

斗转星移，我从家乡草田埂上挤过高考独木桥，继而又挤进省城当时最为红火的一家报社做记者，还干到了首席记者。那时居民家还没像现在普遍装空调，多是靠电风扇度过炎热的夏天，而西瓜无疑成了市民驱暑解热的最佳凉品。那时候，城市文明创建比天气还热烈，街头巷尾驱逐摊贩，市民白天难以找到卖西瓜的摊子，要跑好远的路到周谷堆或是大商场里买瓜。

有一天早上，我在环城公园跑步，看到一伙人在砸一个手扶拖拉机上的西瓜。地上全是砸烂的西瓜，熟透了的西瓜水流了一地，红的像血。那对卖瓜农民夫妇自称半夜才从长丰开进城，一个西瓜还没卖出去，不让卖就放我们回家吧。农民发动拖拉机开着跑，一个年轻人抓起一个西瓜朝他砸去，正砸中瓜农的后脑勺，瓜汁溅得一头一脸红红的。我见状上前呵斥，那伙人凶巴巴地上来找我理论，我大声说："你们这样欺负瓜农，良心给狗吃了！"我转而对围过来的那些早起锻炼的人说,"我是××报首席记者,你们与我共同见证这一幕,我现在报警。"那伙人见围观的人面露怒气,骂骂咧咧地走了。

我打电话叫记者丁贤飞与陈瑞立即到现场,我陪瓜农到派出所做笔录。当天,我们写出一篇报道,我配了《市民多吃瓜,瓜农早回家》的评论文章在报纸头版刊发出来,引起极大的反响。报社组织多路记者,深入到瓜农田间地头跟踪采访记录他们种瓜、摘瓜、运瓜的辛酸过程。报社记者们分头联系自己熟悉的单位,动员集体购买西瓜,为瓜农解难救急。报纸每天挂着"市民多吃瓜,瓜农早回家"字样的栏头,连续报道此事,引起领导的重视,省城圈出上百个西瓜摊位,让瓜农摆摊设点卖瓜,市民也就近买瓜,大家都方便。

那段时间,老家金牛有人给我打来电话,他们从报纸上看到我天天帮瓜农卖瓜,便诉说了金牛也有许多瓜农限于运输困难,西瓜卖不出去。我联系好了爱心单位,并动员他们派货车到金牛拉西瓜进城,回单位分发给员工们。我让金牛的几个熟人,沿着公路设几个集中点,将瓜农各家的西瓜过秤记账,待货车来时集体装车,得了钱款后再按各家斤两分钱。相信的瓜农就照着摘瓜运到公路旁,将信将疑的瓜农持观望态度,不肯摘瓜运到公路边。那些天从省城开往金牛的拉瓜车来来往往,有些瓜农不放心,跟着货车进城讨钱。我清晰地记得,有一次天太晚了,没有回金牛的车,几位瓜农滞留省城街头。我闻讯后找到他们，在南七找家宾馆住宿。这家宾馆人听说是瓜农，不仅免了住宿费用，还招待瓜农晚餐，喝了啤酒。他们回家一说，打电话找我的人更多了……

唉，谁让我当年月光下带小伙伴们偷了老家瓜农的西瓜呢。

看　瓜

前天晚上，我看到金牛镇夏雁飞镇长发的一条抖音，金牛乡妹姚明月出镜说，"金牛镇第三届西瓜文化旅游节即将开幕，快来金牛瓜分甜蜜吧。"现在城乡间西瓜早已不是稀罕物，庐江金牛农民春光里多在田拐岗头间栽些西瓜秧，留着夏天结瓜自家吃。西瓜熟了，行路人口渴随手摘个西瓜解暑，也是很正常的事情。瓜地处处有，不见看瓜人，不用像我们少年时半夜爬草田埂偷西瓜。而金牛镇搞西瓜文化旅游节凭什么吸引四面八方宾朋来呢？

我给金牛中学老同学李世树去信问及此事。

老李当年是同学中的奇才，我们数学都还搞不懂时，他给中学代课教数学。我们没钱交学费眼巴巴看着家长，他跟同村长辈张林周借辆板车跑舒城晓天山里，赊两千只篾篮子，把山里篾匠带出山，吃住在他家里负责安装篾篮提梁。

他与张林周拉板车走村串户叫卖。一只篾篮赊时两毛八分，装好提梁卖出价四毛五分，得到的利润三人均分。他挤下高考独木桥回家种田，栽培蘑菇、种西瓜是远近闻名的能手，高峰时曾带动上百户农民栽培双孢蘑菇，成为胡玉美酱原料供应商。他种的西瓜好吃，中科大数学教授郑伊龙等人每年都要买他种的西瓜分送亲友们，我也专门跑他的西瓜地看过。

当晚，老李回信，"伙介，孙立人将军故里的金牛镇农民现在不仅开耕出一片片芳草园，各种特色农业有声有色，而且金牛成了城里人向往的大自然乐园。"

于是，我决定回金牛，让女儿起早开车送我回金牛镇。

车从合肥出发，过三河在汤池北道口下高速，到金牛山孙立人将军故居只用了四十分钟。李世树早等候在那儿，他带我去街上吃金牛大饺子，一块钱一只，香喷喷、脆酥酥，一咬都是儿时的味道。老李劝我别吃太多，留点肚子去瓜地吃西瓜。我坐他的三轮车从古镇街上走过，他回头逗笑："看看古镇上可有小芳认识你，请你干中饭，我跟着沾光喝酒。"

老李没带我去他的西瓜地，而是到了古城王方清、王宗兵父子俩的西瓜地。正巧有外地瓜贩到地里买瓜，我们仨各抱一个西瓜合影留念。王宗兵大学毕业曾在城里做事，十多年前回家跟父亲流转了很多农田，与农户成立"千万家"合作社，分传统水稻、稻虾、西瓜三大板块。今年合作社种了一百二十亩西瓜，买西瓜要等三天，瓜熟蒂落，急不得。西瓜季节性强，瓜熟后就种蔬菜，蔬果轮作增加收入。乖乖，金牛西瓜好吃还好俏呢。我在瓜地目睹瓜农挑熟瓜摘下装车上，好几辆运瓜车停在路边。

再好的西瓜吃不了多少，到金牛古镇也不能只当个吃瓜群众。李世树眼珠一转，"上车，我带你去稻虾田捉虾、逮黄鳝。"老李带我到李世叶家门口，世叶刚把早上起网的龙虾送到镇上交货给贩子回来。他前些年就流转了五百亩农田，稻虾混养，现在早上一般要起上来两千斤龙虾，野生黄鳝也有二三十斤，上街就被人买走运走。

世叶很平淡地给我们讲了一个残酷的自然法则：大拇指黄鳝吃二拇指黄鳝，龙虾小时被黄鳝吃，龙虾大了吃黄鳝。很多人搞稻虾混养，到后来见不到多少龙虾，也逮不到黄鳝，就因为没及时捕捞上来分等级养，被它们互相吃掉了。世叶每年夏季养五千只左右的鸭子，放野外从不归家，自家稻田、虾田，随它们找食吃。到了深秋，外面人进稻田抓鸭子，头顶上飞的都是鸭子。李世叶比我小三岁，一双手骨节粗大、掌指厚实，他说早晨伸手进笼子里抓虾，虾贩子惊问龙虾咋不咬你手？不是不咬，是咬不动。

熟悉农情的庐江县直机关原书记范自才说，世叶承包土地款与人工开支，一年起码要五十万元。养的水产真正是纯天然、绿色食品，只是没有品牌、没有人手挑拣粗加工，都很便宜地卖掉了，龙虾还不到五元一斤，散放吃虾、泥鳅长大的野鸭子才十二元一斤,回家炖鸭子汤连隔壁人家小狗闻香都急得直转。我捧起世叶的那双手,无以言表内心的敬重。世叶已经尽力了,他只有这一双大手。

李世树怂恿我说,"你不是要动手参与吗?这里最缺的是人手,几百亩水田里的虾网要人收,虾网里钻进去的黄鳝要挑出来,还有千亩莲池采摘莲蓬,随便找一样事,保证你玩得欢快。"世叶一听,站起身来说,"下午就来,我们去收虾网逮黄鳝。"临近中午,夏雁飞镇长喊我去吃饭,他说没有大鱼大肉,有几碟小菜你能尝到小时候的味道。

小菜上桌时,扑面而来的果然是儿时的味道。腌萝卜、臭豆腐蒸小菜、干泥鳅、渣马齿苋、五谷丰登……夏雁飞虽然年轻,说起金牛如数家珍,他说金牛不仅是孙立人将军故里,三国安城旧地,金牛岗区土壤适合种植各类果物,而圩区泥巴适合水产。一同吃饭的堂侄何锋林讲,有一个叫马复荣的无为人在陈垱圩心租田栽种莲藕,去年虽遭洪灾,仍赚了一百多万元。同桌人跟我讲,当地一对夫妻在杭州市郊租了二三十亩水面栽莲藕,自种自挖自运市区卖莲藕,这些年来在杭州城里"种"出了三套房子……菜是儿时的味道,身边发生的种种新农村故事又是别样的好,无酒也欢。

金牛古镇距省城才四五十公里,合庐产业新城强力兴起,交通非常便捷。在金牛好吃的何止是大饺子,也不只是西瓜;好看的也不只是桃红柳绿,瓜田李下。只要你来到金牛，穿越在千年古镇历史风云的雨巷里，随意向左或是向右走走，与肩担生活的老农闲话，或是与迎面走来的小芳们聊聊，你会感受到在金牛无论是做个吃瓜或是看瓜群众，都是件很幸福的事情。

二〇二一年六月七日　九华山何园

大饺子

庐江居皖之中,远眺江南,近观长江,环巢湖西南岸。境内有多处水库与河流相通,沟渠四通八达,诸河流水汇巢湖入长江,通江达海。水网纵横交错间多是圩区,沃野千里介于北纬30°57′—31°33′。此鱼米之乡有种让漂泊在外的庐江游子们难以忘记的食物——大饺子。

二〇一二年金秋时节,孙立人将军故里的金牛中学七十年校庆,千余名金牛学子从天南地北赶回母校参加校庆活动。头天晚上住在城里的薛荣年、李永东、夏柱兵、汪代启、伍克胜、盛作年、谢平、唐燕朝、潘大聪、何显玉等同学起了个大早,相约奔金牛山干两件事情:吃大饺子,爬金牛山。

那天早上,深秋时节巢湖南岸特有的大雾没有来,家乡的阳光很灿烂,像是欢迎这群从金牛山下出走四方的游子归来。当地一位同学端来两脸盆大饺子,没有筷子,没有碗,也没有开水。一个个老同学们用手抓着吃，干掉一个又一个。阳光照得他们满嘴油光光的，个个笑逐颜开。

而后，众人一口气冲上金牛山顶，匆匆眺望了一下金色的乡村，赶紧下山找水喝。

庐江人素来有做大饺子的传统习惯，家家户户都会做大饺子。将稻米入清水中泡酥，上石磨碾碎，煮锅沸水，将碎米粉搅于沸水间，就着炉膛余火翻炒，这大饺子的"米粑"就成了。性急的孩子往往趁家长不注意，抓把熟米粑跑出屋去找小伙伴们，还未下油锅就已飘香的大饺子味道早勾出村里儿郎的馋虫来。

大饺子的饺馅有讲究。过去猪肉是稀罕物，乡村人家除了过年和来重要的客人才买点猪肉，一年吃不上几回猪肉。饺馅多半是河沟渠塘里随处可见的白米虾，佐以米糊加葱姜蒜拌匀，一小团米粑在巧媳妇的手里捏成圆形，放半勺虾米糊做饺馅，饺子皮对折一捏合，月亮般的饺子就成了。尽管米虾我们能从沟塘里捕到，可是炸大饺子太费菜籽油了，那时寻常农家一年吃的菜籽油多在十斤以下，一个月抹锅底的油不到一斤，哪里舍得耗油去炸大饺子。我们小时候一年中大约能吃上一两回大饺子，极偶尔家长从街上带回一两只饺子，我们小孩子吃下肚感觉走路都特有劲！

庐江大饺子有阳刚之气，吃起来脆酥。农家饺馅多用米虾糊或是豆腐，街面上饺子摊上炸的则多为肉馅，一口咬下去满嘴油光光的,解馋又禁饿。大饺子像一弯月亮,给人无限遐想空间,少不更事的娃儿总觉得月亮离我们太远,还没到知晓月宫里嫦娥的重要性的岁数。在我们乡下儿郎心里,更愿意大饺子是只船,载着我们去金牛街上或比此街更远的远方。因为听大人们说,街上和城里人天天早晨拿大饺子当饭吃。

那街上和城里人多么幸福啊,于是我们向往街上和城里。我十三岁那年,与堂弟大富、大存结伴朝着县城的方向走,边走边向人打听县城在哪儿,听说县城边上有一座冶父山,朝着有山的方向走就行了。走了一天的路,渴了扒水沟边喝水,饿了偷地里几根萝卜,终于爬上了冶父山,远眺了一下县城。我第一次到县城,还是许多年以后参加高考,学校用四辆解放牌大货车载着我们一百多个考生去县城。

我们在金牛高中时,每天早上一瓷缸稀饭,上到第二节课肚子已咕噜咕噜响。家庭条件稍好点的同学,有时上金牛街上买两个大饺子解馋。至今还记得有个叫林清宝的同学,每天早上买四个大饺子,油光发亮放饭缸盖上,他走过的地方都飘荡着饺子的香味。可他偏偏不急不忙,慢慢品尝。我们能忍住不看,却挡不住那直钻入鼻子里的米饺香味。

有个叫薛荣年的同学,咬咬牙与几个同学凑了几斤饭票,早上结伴去金牛街上买大饺子解馋。炸饺子的大叔等他们吃完了饺子,硬说他们饭票还没给。血气方刚的这群同学很是气愤,需知道为解饺子馋,他们回校是准备挨几顿饿的。双方吵了起来,炸大饺子的大叔从油锅里舀瓢热油,撵了他们半条老街,弄得他们非常狼狈。

有意思的是,金牛街上这个炸饺子大叔的女儿大学毕业后到上海谋生。在高人的指点下,找到了早已是金融界风云人物的薛荣年,希望给找份好的职业干。当年被她父亲撵过半条街的几个同学一听,依然为当年的委屈愤愤不平。老薛一笑,引领此金牛后生入职,后来工作做得非常不错。她捎来父亲的口信:期盼薛荣年再回金牛,自己要拿出最好的本领炸一锅大饺子,给他们品尝,还当年亏欠,报今朝恩情。

老薛依然忙碌,有时在合肥时,他会冷不丁跑到一个叫罍街的地方,那里有处炸大饺子的铺子。他去那铺子里买上四五个大饺子,品尝家乡的味道。吃到得味处,还不忘打电话给附近的金牛老同学:"伙介,我在干大饺子。要不要买几个大饺子给你送去?"

金牛大饺子似月亮,有份独特的浪漫,让贫寒中的我们有份对生活的美好期待。又像是条船,承载着我们矢志努力去街市和远方的梦想。如今,我们从金牛山下出走四方谋生的游子,散居各地,很多人去了比当初想象中的远方更远的地方,漂泊在外乡几十个春秋,继续此生中大约完不了的漂泊。大饺子早已是我们这一代代金牛人对家乡记忆的一个标志物,有形有味,可赏可吃,活色生香。一个个月亮般的大饺子里包裹着我们金牛游子心中永远挥之不去的乡情乡亲，还有那越来越浓的乡愁，多少回梦境里都能闻其香，醉其味。

生活在庐江的一些老同学或亲友，有时想念漂泊在外的亲友老同学时，也习惯说一句，"伙介，抽空回来干大饺子。"那是最有诱惑力的乡情在召唤，踏上回乡的路途，那渗入骨子里的大饺子味道不知从哪儿就冒了出来。一见家乡街上饺子摊，早已迫不及待先抓两个干下去，再买上一袋子大饺子，一路留香，慢慢回味飘逸于心海几十个春秋的熟悉味道！

二〇二〇年十月二十二日　九华山何园

三河街

陈垱圩东圩埂距三河街十五华里，那条圩埂上的人"上街下县"多半往三河街跑。"上三河街去"，成了那时东圩埂人生活中一件很美妙的事。每次从三河街归来，都捎回来讲不完的故事与美味。

我人生第一张照片——小学毕业照，就是与同学们步行到三河照相馆照的。途中过了两条河，走过林城圩过马槽河，还有就是流至三河与丰乐河、小南河交汇的杭埠河。那时马槽河深，常年有小船摆渡，一人三分钱，两个人交一个鸡蛋也行，伢们不要钱。杭埠河那时还没有人工开扒拓宽，春夏季涨水，水深没膝时行人往来都赤脚涉水而过，水深齐腰后就来了摆渡船。

我离别家乡在外漂泊谋生时，许多次梦见这两条河，寻找河两岸那些记忆中的村落，醒来想到河岸上再也闻不到往昔那些炊烟味儿、见不到那些村落了，总有些失落。

| 东圩埂 |

我们少年时代，对三河街充满神奇向往主要缘于两件耳闻目睹的真实事情：一件事情是东圩埂姚拐一个人称光爷的人意外发了笔大财，跟三河码头木材商打赌赢下一条木筏，回来建房筑院，娶妻生儿育女。另一件事情是三河街上有一家酒楼，窗户临水，推开窗户即是小南河。不同的碗碟盛不同的菜，结账时跑堂的看桌上的碗碟算账。这都没啥，重点是吃饭喝酒时，食客趁跑堂不注意抓起桌上的碗碟飞出窗外，沉入河水里，跑堂算账时按桌上剩下的碗碟算钱。食客们讨了便宜，一出门开心得砸蛋，在河埂上蹦呀跳着。有不信"打漂漂"传闻的人攒点钱去那家酒楼，也打过水漂，一条街上的酒馆菜馆等客来，那家酒楼是人排队等菜上桌。

我家小妹出生后，一间老屋真的不够住。那时，两位堂叔将后面各让一间给我家，能盖三间屋了。我父亲攒了五六年才勉强凑够十三根木材，只够盖两间屋，其中有一根梁还是用两根小料绑在一起。直到父亲去世前，后面还是两间草屋。这两间屋后檐与另一位堂叔家后檐紧挨着，两家建屋时各退二尺砌墙，留下一条四尺宽的雨巷。只是那条雨巷没有走来撑油纸伞的姑娘，两家的鸡鸭倒是经常出出进进。

东圩埂传了几代人的光爷奇闻就是我家屋后老婶父亲的往事。

东圩埂人对父亲都称大大。我堂婶的大大姓左，是从湖南那边随母亲逃难落脚在这条圩埂上的。后来在前人的老屋院内挖出了一缸金银财宝，在三河街河码头上跟木材商一场豪赌，成了人人羡慕的富人。买得木材，回家盖房筑院，娶妻生儿育女。

我们上小学时，光爷已是驼背弯腰的老头子了。民兵手持花棍押着戴着纸糊高帽子的他，顺着圩埂游行，后面跟着许多人高举手臂喊口号。他死了，东圩埂老人们私下里说，死了也好，免得在世间遭罪受。一个人离去，并不妨碍穷人做发财的梦。我小时候也跟大人后面寻过宝，据说银子即使埋在土里，在漆黑的夜里也会发出银光，小孩眼睛容易看到那束光。

三河街那家临河酒楼的老板依旧按照桌上碗碟收钱，偶听碗碟入水的声响，图个热闹赚足了人气。食客们将菜碟悄悄"打漂漂"飞向河里，便成了彼此心照不宣的约定。谁去了趟三河街就像穿越时空去了一回明清时代，回到东圩埂总有讲不完的见闻。末了总有人不忘追问一句："你去了那家酒楼吗？打水漂漂了吗？"讲述者也不搭理，那时上街下馆子是件奢侈事。再说了，三两个人点两三个菜吃饭，谁还好意思往河里扔碗碟呢？只有人多菜碟多时，眼疾手快从窗户里"打漂漂"三两只碟子还是可以的。

那些年，东圩埂男人们从春天下秧苗时就商议，今年秋粮晚稻要是丰收超产了，挑稻送三河粮站交公粮时，生产队要在古镇那家饭店请男人们撮一顿，甚至连点哪些菜都反复讨论过,谁身手敏捷就由谁来"打漂漂"。为此,东圩埂的汉子们吵得热闹,在一旁干活的妇女开玩笑说:"你们说得像真的,馋得我们口水都要流下来了。"东圩埂屁孩子每每听大人讲述在酒楼喝酒、拿菜碟子打水漂漂时,都期盼快快长大,能挑得起一担稻走十五华里,去古镇临河酒楼喝酒,扔两只菜碟子,也潇洒走一回。

我们小学毕业照毕业相时,老师带口信让家长给孩子两块钱,四毛钱照相钱,扣除来回过河一毛二分钱,剩下一块四毛八分钱吃饭、逛街。当听说中午要到那家临水酒楼吃饭时,我们激动得一夜未合眼。只是真的到那酒楼吃饭时,眼瞅着大人们偶尔从窗口将菜碟子打水漂漂,我们小孩子不敢出手。

另一次到那酒楼看了场热闹是上初一那年冬天。那几年,人工开挖杭埠河,到秋收后各生产队男男女女挑着行李、腌菜、稻草、农具去扒河工地。吃住在附近农户家,差不多是男人一间屋,女人一间屋,地上铺上稻草众人横七竖八挤睡。白天,从河床中间挖泥挑上圩埂头,埂头越来越高,河床越挖越深,上下坡度也越来越陡,挑担愈加吃力。逢上雨雪天气,男人挤在屋内地上打牌,女人则纳鞋底。

我父亲那时当生产队长,他托人带信回队上让买七八斤猪肉,另外从各家菜地上铲两筐黄心菜,送往杭埠扒河工地。

送菜的任务光荣地落在了我的肩上。

我挑着担子晃晃悠悠地到了扒河工地,第一次知道"人山人海"是什么情景,我一路上问到东圩埂队工地。那两边都看不到头的扒河工地上,处处欢腾,号子声此起彼伏。我中午在工地上吃过饭后,一个人跑到三河街上瞎逛,哪里热闹往哪里赶。跑到人声鼎沸处抬头一看正是照毕业照那天去过的临水酒楼,这次热闹的不是里面,而是楼外的河边。我挤过人墙缝隙看到河里似乎有人,人在水里,忽见一只手举着一只碟子出水,众人欢呼声高涨起来,待他头出水时,呼声更高了。他将碟子递到河边人手里后,深吸一口气再次没入水中,另一个人头又冒了出来,又是一片欢呼声……

游泳对我们圩区长大的孩子都不是事儿,难在这么冷的冬天下水。我听明白了,今天一桌食客与酒楼跑堂的开玩笑,跑堂的说,马上要过年了,谁能从河里摸出碟子来,摸三个碗碟子上来送一碗碟菜。食客唯恐他说话不算数,找掌柜的理论。掌柜的更爽快,"谁下水先送一壶热酒。"

食客中有两个捕鱼为生者,真的下水了。水中那两个汉子摸出来的碟子越垒越高,掌柜的未露愁容,反而笑开了花。待他们上岸后,掌柜的招呼跑堂的带他俩去澡堂泡热水澡,而后来酒楼喝酒。

那天晚上,东圩埂人吃肉喝酒时,我讲了下午的见闻,他们说临近春节了,酒楼被扔的碟子多了,掌柜的故意激励能下冬水的人去摸些碟子上来。

我的金牛中学三个同班同学盛作年、蔡智慧、左从能为高考那年腊月三十在这座酒楼的一饭之恩，时常念叨，一直未曾忘记过。

那年寒假，他们仨结伴从三河坐车跑合肥看大学长什么模样，不知不觉玩到腊月三十上午才从合肥乘车到三河镇。天空飘着雪花，河面上有胆大的孩子在滑冰，古镇老街上有人家吃年饭放鞭炮。又饿又冷的他们实在走不动路了，便想在街上买几只大饺子。腊月三十上午，街上小摊子也回家过年了，就连古镇上酒店饭馆也歇业，各家团聚过年。

他们踉踉跄跄低头走着，忽闻一家酒楼有香味飘来，顿时来了精神。让他们惊喜的是酒楼正是传说中的临水酒楼。他们缩着脖子走进去，暖风扑面，搜尽口袋只够买两碗饭的钱，便要了两碗米饭。跑堂端上来三碗饭，还有一碟小菜，笑着说："今天过年，买二送一，小菜免费，不够还有。"三个人狼吞虎咽地吃起来。

临桌三个老者不紧不慢品着热酒，桌子上的菜肴冒着热气。其中一个老者问："你们怎么过年还在外面？"盛作年站起身面向老者讲述了去合肥的缘由，老头们听了动容，冲他们招手，"你们仨伢坐过来，陪我们仨老头喝点酒。"三个学生迟疑不决，跑堂的过来催促他们："老人家喊你们，你们就过去吧，等考中状元喝喜酒时别忘了叫上他们。"

三个学生坐过去原本只想讨口热菜吃,老头们早叫跑堂的端来三只酒杯,倒满酒,说:"过年了,你们三个小子陪我们喝几杯。"几杯热酒下肚,三个冻僵了的学生缓了过来。跑堂的又添了三个菜,吃饱喝好后,盛作年他们问三位老者的姓名,老者们笑笑说:"赶紧回去复习考大学,别在我们老头身上浪费了时光。"月穷岁尽之际,盛作年、蔡智慧、左从能三个穷学生在三河街温暖得有了醉意。

岁月更替间,盛作年在一家上市公司担任副总裁,蔡智慧在滁州一家市行当行长,左从能在一家县行任负责人。他们三人多次去三河街寻找当年除夕给他们温暖与醉意的仨老头,都未有结果。二〇一四年,盛作年托我查找那三位老者,还吹我做记者神通广大,肯定能帮他们了却心愿。

恰好那时三河街按我一篇报道,专程去皖南石台县把胡必彪先生几十年间收藏的江南农耕时代近乎绝迹的用品运到三河,创办了首家安徽农耕文化民俗馆。我去三河看胡必彪时,社居委书记、主任请我在鹊渚桥头饭店吃饭,我跟他们讲起了盛作年三人在三河的邂逅经过。饭后,他们带我走访了好多老居民与酒楼,所访古街老者都说,"这样的事情每个三河街老头身上都可能发生过,谁又能记得清楚呢?"

十年前,三河街上级旅游局、商业局几位局长到我爱人的外贸工厂参观,我又跟他们讲述了此事。我们都意识到一个地方的旅游发展是要有文化来支撑的,而流淌在三河古

| 东圩埂 |

街三条河流里的那些真实感人的人文故事,既是人情世故美德,也是地方文化精髓。可能是年代久远,抑或是素来好客热心的三河人对这样的事司空见惯了,就像古街老者所言,三河街上了年纪的人身上都会有这样的一串故事呢。

二〇二二年七月二十三日

黄 屯

我的故乡金牛镇境内仅有一座孤零零的小山,名叫金牛山,山南脚下便是金牛中学。我复读那段时光,每天傍晚时分一口气爬上金牛山顶,眺望远方,憧憬着美好的未来。

这座小山曾是曹操安置随军家属的地方,而他真正屯兵备战准备打过江南去的地方,是距金牛山约三十华里的黄屯,去过的人都说走进那条老街犹如重回古代。我向往已久,那时没有去过,此后也一直未能成行。

寅虎年初始,老同学孙叶青与程国华两家约我从江南过江,三家会合于黄屯老街走走。接到他们电话那天晚上,我居然有些激动,这座千余年的古村落究竟是啥样子呢?

从小生活在黄屯外婆家、现如今在省城商海叱咤风云的一位乡妹酷爱文学,读了此文后,接连发来了许多段有关黄屯老街的记忆文字。徐向东博士曾在三二七地质队黄屯工区工作过四年,讲述了河水变浊的经过。在省城从事养老产业的陈祖柱先生来信说，文章里何昌延老人就是妻子堂舅，老婆舅舅家住街东，老婆自己家住街西，几十年间这条街来回走了数不清的趟数，以后还要继续走。在他们简短明了的文字描述中，让人听到了往昔黄屯溪畔流水声响，隐约看见了竹林如海、端午的粽子挂满了小四方天井院里的围栏，闻到了熏烤得蟹壳黄的米粑粑松枝香味。于是便有了这篇黄屯散记。

那位乡妹的外婆家就在黄屯老街上，黄屯医院原来就是她外公家的。即使是现在走进老街，问一下居民从前这里的芮院长，街上的人大都知道那位医者仁心的老院长。

那时候的黄屯山清水秀，四季里随着老街边的那条溪流之水的溢枯，风景与体验并不相同。老街边上的那条河既像苏州河，又比苏州河更加野性，更具自然风情。河流流经老街人家后门，沿河而居的人们推窗就是河流，河水从自家窗下流逝。因为河水源自附近山上竹海林间，加上地势落差，流水声日夜不绝于耳。春夜喜雨声响与流水声交织在一起，流水声如同一支长调音乐始终激情澎湃，而雨滴声响犹如长调中的重音，回响在这曲长调音乐间。春水又总跟沿河老街姑娘们日渐增长的怀中春情一样，多得漫到每家后门台阶上，多时能淹掉五六个台阶。

老街的传统是早上各家姑娘或主妇倒马桶、洗墩布，她们或站或蹲在石阶上环顾左右两边人家台阶上的姑娘和主妇们，看看她们秀发散乱的程度，还有脸上水色的桃红程度，彼此开着荤玩笑。有人逗乐说："怪不得河水一夜间涨了这么多，原来是你家远行郎君昨夜归来了呀。"也有主妇作弄春情萌动的姑娘说："莫不是你把怀里的相思泪都倾倒进河里了？"若是哪一家后门怯怯地溜出一个男人端着马桶下台阶，差不多半条河岸的女人都跟着起哄："啊呀，有多久没碰女人了？也不知道怜香惜玉，让女人下不了床啦。"

男人飞也似的跑回屋内，满河溢着女人们的欢笑声……

到了上午十点左右，老街人又约定俗成统一淘米洗菜。河水川流不息，随波逐流，吐故纳新。有小媳妇只顾听左右台阶上讲的笑话而迟收了河水中的淘米箩，再提起淘米箩时里面有好多小鱼小虾。沿河人家的生活差不多跟门后这条河水一样清澈透明，谁家来了亲戚、多少人、尊贵的程度，从淘米洗菜就一目了然。淘米洗菜中还能猜得出沿河人家人情往来、喜悦变化……

而到了秋季，山涧下来的流水少，盛夏时的河流化作小溪，溪流清清澈澈，晶莹剔透，鹅卵石光滑滑的，沙粒黄灿灿的。潺潺流水声像极了小夜曲，轻柔绵长的小夜曲遇到河床裸露出来的鹅卵石便起了变化。这时光若是秋雨飘来，雨点落入河床水流或石头上的声响不同，像一个高明的打击乐手轻重有别敲击着键盘，让沉浸在小夜曲里怀想的不眠人，忽然心房一颤，心头潜滋暗长的一种思绪便如溪水漫过心头,沉浸其中默想着在水一方的伊人……

逢上秋阳高照的天气,溪水在河床中央的鹅卵石缝隙间悄然流淌,映入眼帘的是满河滩各色各样的鹅卵石,大似磨盘,小如鸡蛋。重则两三个人方才抬得动,轻则三根手指也能捡到掌中。在春天思春过头的沿河老街的姑娘小媳妇们不再在河岸台阶上斗嘴,她们挑捡着河床上的鹅卵石,准备带回家压在刚腌的咸菜上面,顺便从河滩上铺晒的各色各样床单上瞅出一些端倪来,给河滩的欢声笑语里添一把笑料……

如烟往事涌上心头,让临去黄屯之前的我在这个夜晚激动不已。次日上午,我从九华山过长江,孙叶青与老程两家从省城来,我们如约会合庐江黄屯老街时,天空中刚飘过一阵毛毛细雨,石板上湿漉漉的。民谚虽有"冷在三九"之说,老街也未见阳光,却并不觉得冷,可能与街两边店铺间冒出来的烟火气有关。我早上在山里吃了早饭,此时黄灿灿的米饺又勾出我的馋虫来。这饺子比别处饺子长出半个腰身,形状酷似一把古代月牙形的弯刀,一溜饺子排在油锅上方的铁架上,倒像是兵器架上一把把金光闪闪的弯刀,而旁边箩筐里煎出来的米粑粑恰似一个个盾牌。黄屯早点摊冒出来的不只是人间烟火气,更有古战场尚未散去的硝烟味道。

炸饺子的老师傅说三国赤壁之战前,曹操统率八十万北方大军在此屯兵练武,春季瘟疫流行。黄屯一位老中医发动有钱有余粮的人家,在公共场合燃艾草苍术烟熏,架起大锅煮中药供来往人员饮用。教百姓挖当地人称"地心菜"的野菜，配几味可入药的野菜一并洗净剁碎，包在铁锅炒熟的米面里做成粑粑，油煎至焦黄后吃，既为药也是果腹食物，防治瘟疫。曹兵听到此事后，请这位老中医教会兵营医官照葫芦画瓢做米粑粑，居然控制住了瘟疫。

这米饺子与粑粑从此后也成了武器状，染上了硝烟味道。

我们往前走到另一家大米饼店铺，正往铁锅四周贴米饼的朱永坤说，"我家米粑粑上过央视《味道》栏目的，味道不一样哦。"我们心动，肚子装不下了，老程买了三袋米粑粑，各家带一袋回去品尝味道。

黄屯老街不长，老街两边因后人加盖搭建，建筑形状各异，又互不搭调，便不伦不类起来。可能是经济发展程度或是关注度不高的原因，这条老街倒未见我在别处司空见惯的那种人为给古街"涂脂抹粉"的痕迹。例如，将临街建筑面或涂或贴上"古旧"色，背面与侧壁依旧是裸露的水泥砂浆。黄屯人老实，没去东施效颦，徒费民众钱财。从这一点来看，黄屯老街尽管日渐老去，我倒是佩服黄屯人的实在。

经过一处老宅门时，老程与一位名叫何昌延的八旬老者聊得投缘，各自讲述自己前辈在街上拥有的店铺数量。老者听说我也姓何，便热情引我们进屋，打开室内灯光，介绍这处古宅的前世今生。他祖父何壁成每到冬季都在街上架锅熬粥，给南来北往的穷苦人吃。那时远到长江北岸无为、六安山里的篾匠都挑着竹器到黄屯来卖，换些米与油盐回家，这里至今仍有几家篾器店。他居住的这处老屋曾经几易房主，还做过公家的铁匠铺，现在整条街上也听不见叮叮当当的打铁声了。他终于回到了自己的老屋生活，因为引进一位微雕手艺人，政府还在他家门头上挂上"名家工作室"的匾额。

中午，老程带我们到一家土菜馆，他感叹说，"满街老房子，拿钥匙的有几个是房主的后人？"他看我爱人去拿车里的酒，便转而问我跟当年从黄屯走出去的那个乡妹可有联系。我试着给她发了两幅老街图片，她秒回："黄屯医院原来就是我外公家的，街上的人都知道从前的老芮院长，他就是我外公。"可能受外公影响，她也喜欢中医。古街的承传从她身上倒是给我们这样的过客一点希望与慰藉。老街正在老去，世事无常，沧海桑田，总有一些东西渐行渐远，慢慢地淡出了生活。

黄屯的美妙绝不仅在一条河流里，从黄屯走出去谋生谋爱的人，碰到一起说起米粑粑时，总说在别处也吃过类似的米粑粑，可能少了松枝的烟火气，还有那份立于炉灶边深嗅空气中独有香味的过程，便没了黄屯米粑粑的味道。

当然，黄屯老街上的各式古色古香的老式木楼，自唐时建街，历经宋、元、明、清，现在仍然保存了完好的明清建筑。老街两边各家各户小四方天井、院内回廊，楼梯间走上去便是闺房书屋。端午前包的粽子挂满二楼天井下的围栏，入秋进冬后，腌制的咸鸭、咸鹅与松枝熏出来的腊肉又挂满二楼天井下的围栏。拾级而上二楼，推开二楼窗户便可见老街上来往的行人和小商贩。

你在楼上看风景，街上南来北往的人也把楼上的你当风景看。老街虽然少了往昔的热闹与繁华，可晴天时河对面竹林翠叶依旧在摇曳，河滩上鹅卵石也泛着各色的光，美得令人心醉。我们来时，雨刚停，若是穿行于绵绵不绝的雨帘里，也能给人们平添许多牵挂与思念，衍生出更多曼妙的多情故事。

现在，很多人儿时的村落、古镇已经消失，村落和老街仅是一具残躯而已。其实，不仅是东圩埂黄屯老街，很多村落、古镇老街或许都并未走远，很多东西沉淀于岁月长河里了，还有少许风景残存在游子们的记忆里。

二〇二二年一月八日　九华山何园

图书在版编目（CIP）数据

东圩埂/何显玉著. -- 北京：作家出版社，2024.2
ISBN 978-7-5212-2673-7

Ⅰ.①东… Ⅱ.①何… Ⅲ.①散文集－中国－当代 Ⅳ.①I267

中国国家版本馆CIP数据核字（2024）第001687号

东圩埂

作　　者：何显玉	
责任编辑：丁文梅	
封面设计：朱　迪	
出版发行：作家出版社有限公司	
社　　址：北京农展馆南里10号　　邮　编：100125	
电话传真：86-10-65067186（发行中心及邮购部）	
86-10-65004079（总编室）	
E-mail:zuojia@zuojia.net.cn	
http://www.zuojiachubanshe.com	
印　　刷：唐山嘉德印刷有限公司	
成品尺寸：142×210	
字　　数：260千	
印　　张：13.25	
版　　次：2024年2月第1版	
印　　次：2024年2月第1次印刷	
ISBN 978-7-5212-2673-7	
定　　价：58.00元	

作家版图书，版权所有，侵权必究。
作家版图书，印装错误可随时退换。